主编 凌翔 当代作家精品·散文卷

三月菊

王槐菊 著

文化发展出版社
Cultural Development Press
·北京·

图书在版编目（CIP）数据

三月菊 / 王槐菊著. — 北京：文化发展出版社，2024.1

ISBN 978-7-5142-4198-3

Ⅰ.①三… Ⅱ.①王… Ⅲ.①散文集-中国-当代 Ⅳ.①I267

中国国家版本馆CIP数据核字（2023）第253085号

三月菊

著　者　王槐菊

出 版 人：宋　娜
责任编辑：冯语嫣　　　　　责任校对：岳智勇
责任印制：杨　骏　　　　　封面设计：邓小林
出版发行：文化发展出版社（北京市翠微路2号　邮编：100036）
发行电话：010-88275993　　010-88275711
网　　址：www.wenhuafazhan.com
经　　销：全国新华书店
印　　刷：唐山楠萍印务有限公司

开　本：710mm×1000mm　1/16
印　张：16
字　数：210千字
版　次：2024年1月第1版
印　次：2024年1月第1次印刷

定　价：69.80元
ＩＳＢＮ：978-7-5142-4198-3

◆ 如有印装质量问题，请电话联系：13121110935

序

周玉娥

"我是山里人。"第一次结伴出游爬燕岭时,她走在最前面,第一个爬到峭壁下的一块大红石上。她蓦转身,伸出一只手:"来,玲姐,拉住我的手,我是山里长大的。"下一个拉着的就是我了。就这样,熟识了她,喜欢上了她的散文。本人不是作家,也不是文学评论家,文中所叙,只是第一个阅读者的一吐为快。以此为序,见笑于大方之家了。

王老师的《三月菊》是一本清新淡雅韵味悠长的散文集,作者用真诚向读者讲述源于现实生活中的小故事,有童年时光的诙谐逗趣,又有赤足雪山的苦难;有人间烟火的描摹,也有行吟大地的凯歌;亲情的倾诉和田园生活的描绘就像一缕春风,撩动着心扉,让人如醉如痴,意味深长。她童年时在山花茶林中沐浴过,在山沟坡头劳动过,挨过饿、流过汗、洒过泪。她把山里的风物冷暖用纯粹的笔墨回馈给了养育她的山水、她的乡亲。淡墨轻描中,作者讴歌了生命的力量,凸显了浓浓的人文情怀,闪耀着人性的光辉。作者文笔细腻,文字质朴清新,有乡音不改的山歌俗语,也有清丽绚烂的辞章。

本书虽然是散文集,然而有一条主线,就是作家成长发展的历程。慈利的天地风霜、日月星辰、山水石岩、虫鱼鸟兽,酿就了她童年的梦想;插秧种菜、采果背柴,磨砺出了她勤劳坚毅的品质。亲情友情的慰藉,滋润了一颗善良感恩的心。笔耕文苑、交游诗林,豁开了美的境界。这本集子无论深读浅读,都能感受到温润,得到慰藉,从而激起生发感动的力量。

　　王老师的散文，体现了作家的人文关怀。这种关怀，突出的表现是真诚：真诚地描绘自然，礼赞山水；真诚地关注生活，关注生命。作者对于家乡的遗闻逸事，名人辞章，如数家珍。那种无比的自豪感，那股浓烈的爱，洋溢于字里行间。真挚的感情往往是用最自然、最质朴的语言表达出来的。

　　首先，真挚的感情是人生的调色板，在困顿的时候能调出些微的火光，继而点燃希望。《柳树》一文中写道："那次，我好像见了大世面。"这句感叹里，有意外的惊喜，有得意，有自豪。那时她觉得自己是世界上最幸运的人，至少是同伴中最幸运的人。而这是一个怎样的"大世面"呢——"这是慈利县高桥人民公社唯一的一所中心完小的操场。每年的'六一'儿童节，下面的初小都要派代表来这里，参加庆祝'六一'儿童节的活动，还要在这里举行一年一度的运动会。我第一眼看到那个操场，就觉得它很大，边上的柳树也很大，那一次我好像见了大世面，我想要是能和我的伙伴们在这个操场上跳跳绳，踢踢毽子，那该有多好啊！"其实，那个操场并不大。这里原本是一个小荒丘，人们将它平整后就变成了操场，黄泥夹着少许沙石的地面，下雨时就积满了水，水坑里积满了泥糊。如果单从当时的感叹而言，这种快乐感来自与此前生活对比的局限。但是，一个甲子都过去了，作家已经是见过世面有所成就的人，此时笔端流出的依然是快乐的心迹，讲述时依然是孩童般的语气，我们似乎还能看到那懵懂的神情。《木楼》里"用破开了的竹棍夹着的报纸"，用旧报纸裱糊着的木格子窗，还有那小小的"戏台"，简直成了作者念兹在兹的快乐源泉。这是一种人文精神的关照，无论多么卑微贫困的人都能拥有幸福快乐的追求。幸福快乐刺激的内容不同，但追求的价值同样可贵，追求的过程同样美。语言的表达没有任何修饰，而人在不知不觉中就感受到了单纯的快乐。"大山里的人从不悲秋"，因为在此时节，正收获着山野的金黄。大山的人就是这么质朴,容易满足。从大山里走出来的人也很谦虚。《一路风景》的结尾,这样写道:"呵呵,不知不觉把它写成了解说词,我才疏学浅。朋友,如果你觉得它是一段解说词,那就顺其自然吧。"其实,一路的风景会让你陶醉。叶圣陶先生说过,凡是出色的文学作品,语言文字必然是与作者的旨趣最贴切的符号。质朴的语言最能表达真挚的情感。《山里的油茶》中对茶泡的描写有滋有味:"我们只要一进茶山就会遍山地采集,把厚实的叶叶茶泡摘下来,轻轻地放在手里欣赏一会儿,再放进嘴里细细地嚼一会儿,天然美味啊……"似曾相识的情形,更有亲切感。读着这样的文章,生活中还有什么不满足不快乐的呢!"诚之者,择善而固执之者也"(《中庸·第二十章》)。王老师以其"诚",谱写着生活的乐章。

其次,王老师对人物的描写细腻,人物形象鲜明。《三月菊》中刻画了较多的人物形象,有奶奶,有父母,有哥哥妹妹,有孙子孙女;有清洁工、有老师、有生意人;有脚夫劫匪;还有儿时的伙伴、工作时的同事、退休后的笔友。

散文中的人物形象一般不如小说的人物形象丰满完整,它可以是一个神态、一个动作、一个微妙的心理变化等等。王老师特别擅长抓住这些细节来描写。《饮其流者怀其源》中叙写了藤老师的形象。当时的"我"在村里的初小结业,以优异的成绩考入公社中心小学的高小。学校与家里相距二十多里地,要住校。入学不到三天,就很想家了,常常偷偷地落泪。老师看在眼里,跑到附近农户家里买了一个大梨子(也许是好多个)。有一次上算术课,我竟然在课堂上哭开了,站在教室外面的藤老师发现后将我领出教室,牵着我的手,让我坐在他的办公桌一侧,先是为我擦去眼泪,接着把一个大梨子塞在我手中,温和地对我说:"别哭了,周六下午就可以回家了,你就可以见到你的家人了。""没多久,我止住了哭,把梨子揣在怀里,走出办公室,回头看到老师慈祥的目光,就像见到了我的父亲一样……"回到教室，"我"就开始认真地听讲了。藤老师第一次就是这样出场，没有从头到脚的外貌描写，没有任何溢美之词。只是截取了一个小小的片段，这个小小的片段有一个完整的情节，从发现偷偷掉眼泪开始，藤老师就更留心观察，同时也在分析了解原因，不是身体不舒服，不是因为挨批评，也没有被别的小朋友欺负，伤心的原因一定是想家了。要安慰孩子，就得给她家庭的温暖。孩子得到了家的温暖，思家的伤感就会慢慢消融。这一段通过行动描写和神情描写，把藤老师的耐心和蔼、严谨智慧写活了。这是一位学生爱戴、家长放心的好老师的形象。老师把某个学生领出来，让他坐在办公桌的侧面，这是常有的事。但是接下来的不是谆谆教诲，没有大道理，没有抽象的说教，有的是父亲的慈祥。

  王老师的描写生动又风趣。例如，还是写藤老师："老师笑的时候，左边的嘴角不停地往上翘，老师生气的时候，嘴角也是不停地往上翘，因此，每当看到他这个表情时，我们就在私下里猜测，老师是要笑呢，还是要生气呢？"藤老师的情态特点给孩子们给读者留下了深刻的印象。集子中的其他人物诸如奶奶、清洁工、茶吧里的妙龄少女等，典型的个性中带有较强的时代感。他们和藤老师的形象一样鲜活。

  文学是人学，致力于人物形象的塑造，既要抓住人物的典型性，又要突出人物的个性，确实有难度，而王老师笔下的人物都能呼之欲出。《林中的杜鹃声声》中的父亲有远见有担当有温度，是"我"依靠的山，也是村里人信赖的好队长。《脚夫》写得有张有弛。脚夫的艰辛与武陵山脉的美景形成了强烈的对比。"肚子饿了，很想下一次面馆，摸了摸口袋，口袋里就那几个铜板，家人还等着急用呢，赶紧缩回手，讨了一碗面汤，吞咽几口发了霉的苞谷米粑粑，日夜兼程。"脚夫在布满血迹的山路匍匐前行，与卑微命运的抗争，更显示出了生命的崇高。

  此外，王老师的作品中还有着优美清淡的景物描写和原生态的画面呈现。刘家山的奇峰、岳麓山的樱花、水濂山的细流、大峡谷的玻璃栈桥，都能让你沉浸在富有诗情画意的氛围中。徜徉在《九月板栗香》里，能得到视觉嗅觉味觉的多重享受。"在月光下，田埂上的小草茂盛地生长着，顶着夜的露珠，一棵接着一棵，一片接着一片"，"夹在小草丛中开放的路边黄、野牡丹、喇叭牵牛也把它们流溢的芬芳随着阵阵清风一并送来"。这幅画是月光下的田园。《月上柳梢头》一文，描写了月亮爬过山来，掠过柳梢，笼罩山村田野，钻进云层又游走出来时，人们的遐想。那种静谧、那种朦胧、那种淡雅，让人浮想联翩，不知装饰了多少少年的梦。

王老师在《山里的油茶》中特意穿插了一段包着各色头巾的人们对歌的风俗画。对歌场景的描写，展示了慈利的自然环境、人文环境，山乡生活的诗意。这山唱"一阵木叶吹上岗，不知情妹在何方。上岗吹到下岗上，秋天的日子哟有许长"，那岭对"隔山隔岭又隔垮，隔河隔水隔渡船。一对鸳鸯隔太远，如何得到一笼关"。人们在山歌中收获，在山歌中激发爱情的热望，在山歌中看到生活的希望。人之为人，是因为人在获得物质需要的同时，还有精神的追求。精神追求是生命价值高层次的体现。

一部好的文学作品不仅使人增长见识，获得审美愉悦，还要为心灵寻找一个栖息之所。王老师作品里的山水，不论是什么地方的，都颇有灵性，可以安顿心灵。

王老师的前一本集子《路边黄》已经有了热烈的反响。《三月菊》在行文中保持了质朴的本真美，而在散文的章法上更趋成熟，语言的表达更有美感，字里行间飘散着一种淡淡的诗意。

我想，在以生活经历来展开散文的过程中，如果还能再加上些许特殊的社会背景的投影，更将锦上添花，但这丝毫不影响我阅读的兴趣，因为"玉在山而木润"。

2022年6月10日

目　录

第一辑　炊烟里的乡愁　　　　　　　　　**001**
　　月上柳梢头　　　　　　　　　　002
　　九月板栗香　　　　　　　　　　005
　　棠梨叶茶　　　　　　　　　　　008
　　家乡的节气　　　　　　　　　　011
　　山里的油茶　　　　　　　　　　015
　　大年三十话猪头　　　　　　　　022
　　正月里来　　　　　　　　　　　025
　　夜色朦胧　　　　　　　　　　　032
　　脚夫　　　　　　　　　　　　　035
　　回家的路悠长　　　　　　　　　039

第二辑　子规声里下桑田　　　　　　　　**049**
　　柳树·木楼·戏台　　　　　　　050
　　槐　　　　　　　　　　　　　　057
　　明天有雪　　　　　　　　　　　062
　　鞋　　　　　　　　　　　　　　066
　　生活随记　　　　　　　　　　　071
　　银幕内外　　　　　　　　　　　074

第三辑　窗外飘浮着一朵云　　　　　　　**083**
　　来福　　　　　　　　　　　　　084

致敬，环卫工人		089
鱼为人食		091
推开那扇窗		094
捕蛇新说		097
我们的笑容不泛黄		102
寻医散记		106
生活是多彩的		114

第四辑	**这里有一片绿**	**119**
樱花润岳麓		120
乌衣巷口夕阳斜		123
内蒙古之旅		127
一路风景		143
大峡谷玻璃桥		146
踏青，在水濂山		150
远古足音		153

第五辑	**拾起一片红叶**	**157**
雪莲花开		158
饮其流者怀其源		164
这不是你的座位		170
她在诗意中行走		173
哥哥和妹妹		177
幽谷一枝青兰		184
烟雨丝丝润琴声		187
江英姐姐		191

02

第六辑	杜鹃声声里	**199**
	三月桃花九月菊	200
	她不曾埋怨过任何人	204
	小雅、小猫和老人	209
	我的母亲	214
	最后两天	227
	杜鹃声声里	232
	后记	238

第一辑　炊烟里的乡愁

月上柳梢头

傍晚时分,西边那一抹红霞渐渐地隐去,夜色朦胧了整个村庄。

一弯蛾眉新月,像一位羞答答的少女透过轻飘而淡薄的云层露出了她的笑脸,她一身素裹,轻盈拂袖,将微微的光洒在寰宇里,流在大地上,泻在小溪中。

月光是从东山那边斜照过来的,给远近的群山抹上了一层银辉,又像一帘薄薄的轻纱,覆盖在大地上。沿溪堤生长的那几棵大柳树依稀可见,明月别枝,月上柳梢。柔柔的光透过枝丫,透过疏疏的叶落在草地上,落在碧绿碧绿的稻田里。水田里的禾稻,绿绿的叶,在月光的明照下,像刚刚用乳沐浴过似的,微风吹来,碧绿的波痕层层起伏。那绿油油的稻禾像婀娜多姿的少女,含着笑,在频频地扭动着腰肢。田埂上的小草茂盛地生长着,顶着夜的露珠,一棵接着一棵,一片接着一片地连接起来,在月光下,轻轻地起舞吟歌。夹在小草丛中开放的路边黄、野牡丹、喇叭牵牛也把它们流溢的芬芳随着阵阵清风一并送来。

月,钻进了云层。

我出屋乘凉,慈祥的父亲不时地为我添上清茶,有时摇动着他手里的大蒲扇,为我驱赶蚊虫,我心里很是过意不去。旁边燃烧着的艾叶加谷壳的青烟从火盆中缓缓升腾,随之又弥漫在空中。虽已时至农历六月,但凉风习习,山村的夜晚如同深秋一样让人倍感凉爽惬意,一阵清风吹来,树叶一阵"沙沙"作响。那哗哗的流水声,宛如一首《月光曲》的音符在琴键上欢快地跳跃着。

月，从薄薄的云层中游走出来，挂在淡蓝色的空中，更加明净清澈，它像一只小小的船在蓝蓝的天空中飘游。"弯弯的月儿小小的船，小小的船儿两头尖。我在小小的船里坐，只看见闪闪的星星蓝蓝的天。"我想起了我上小学一年级时读的文本。

我望着那轮明月，望着那只"小小的船"，一幕儿时的画面浮现，那是一个明月悬空的夜晚。

"妈妈，天空中有外婆桥吗？"我望着母亲。

母亲露出一脸的疑惑。

"我想坐上月儿船，划到外婆桥去看望我的外婆。"

母亲默不作声，或许她也在想念外婆呢。

母亲曾经向我提起过外婆。她说外婆长得很漂亮，人很善良，为了一大家子的生活，外婆操劳了一辈子。我只有一个舅舅，听说舅妈小的时候，家里的生活很困苦，外婆见她可怜，于是将她接到家中，视她为自己的亲闺女。她将舅妈留在家里，自己去捡柴，自己去扯猪草。那些挖地种庄稼、栽秧割稻子等男劳力的苦功夫，外婆一项都没落下。母亲说，外婆过世的时候，舅妈哭得撕心裂肺，之后也伤心了许多年。

母亲还说，外婆很喜欢我。在我出生的前一天夜里，外婆彻夜无眠。第二天天刚亮，外婆就从山那边赶过来，路边茂密的小草上全顶着露水，她的两只小裹脚在田埂上、在崎岖不平的山路上急急地走着，那一趟路，外婆不知摔倒过多少次。到家时，只见她的那双小裹脚沾满了泥水，膝盖也摔破了，可她一看到母亲和我安然无恙的时候，外婆悬着的那颗心才着实落下来。

一晃满月的日子到了，母亲要带着我去外婆家住上一段时间，这是我们老家的风俗习惯，叫作"出月"。听母亲说，那天一大早外婆就坐在门口一直张望着，心急了，外婆又迈开她的那双小裹脚，赶了大半路程来接我们……

我那亲爱的外婆啊，就在我一岁多的时候，她走了，给我留下的只有外婆的故事。

后来，我的母亲也早早地去外婆那边了。

今夜，我的思绪随着明月在空中漫游，我想念我的外婆，我想念我的母亲。我多希望那银河上有一座外婆桥，能让我乘着明月小船向外婆桥划去，我想，外婆和母亲一定会站在桥的那头凝望着人间这方。

天上的云还在走，云中的月还在游，我想起了李白的诗句："今人不见古时月，今月曾经照古人。"

夜半时分，明月渐渐地隐去，天空墨一样黑，只有几颗星星还眨着眼。

一颗流星从空中划过，留下的那道弧像是扩大了的弯弯的月、弯弯的船。

九月板栗香

　　九月凉风习习，家乡的板栗树静立山中，撑一片蓝天，抹一缕秋阳。板栗成熟了，板栗球裂开了一道口子，那道口子，就像人们笑开的容颜，所以，乡间流传着这样一句话："九月板栗笑哈哈。"

　　那时，我们家乡的野生板栗树真多，无论你走在哪座山上，都能遇见板栗树。板栗树高大，阔叶粗枝。冬天，为了使板栗树长得更好，人们将长得太密的板栗树枝用斧子砍下来，然后用锯子锯成一段一段的圆筒子，再用斧子劈开，将劈开的木柴成垛地码在山上，木柴干了，我们背回家，所以，板栗树又成了我们用来烧水做饭和取暖的木柴。

　　农历四月到五月，板栗树开花了，浅黄色的花儿一簇一簇地缀在枝头上，淡淡的香气诱人，如果你来到板栗树下，闻一闻板栗花香，你一定会感到神清气爽。板栗的花期一般是十天到十五天左右，开始花丝露出，渐渐地花丝伸直，然后裂开绽放，结板栗时，花的使命结束，花丝枯萎，就像一位上了年纪的老人。

　　板栗树结板栗球，板栗球圆圆的，外壳由像针一样的刺包围着，只要一碰到它，板栗球就会扎人。板栗球还是青的时候，板栗还没有成熟，球里面的板栗肉质细嫩，带有甜味。要想吃嫩板栗，我们就要从树上把板栗球摘下来，更确切地说，用镰刀将小树枝子砍下来，谁敢用手去碰那扎人的刺球呢？我们用镰刀或者石头将板栗球砸开，里面就出现了嫩嫩的板栗。有的人会穿着草鞋在板栗球上踩来踩去，直到刺球裂开为止。常常听到长辈们夸奖："某某人真厉害，光着脚就能踩带刺的板栗球，只几下,带刺的球裂开了,板栗出来了,再看脚上,完好无损。"我们小孩没那真功夫,当看到又高又粗的大树上沉甸甸的板栗球压弯了树枝的时候,大伙儿只有望洋兴叹。我们祈盼着刮来一阵大风,将树上的板栗球吹落下来,让我们尝尝细嫩的、甜甜的板栗肉。我们一起放声大喊:"风儿来呀,风儿吹呀,吹落板栗,给小妹呀。"有时很凑巧,风儿真的来了,我们一阵哈哈大笑。

板栗成熟后,人们就背着背篓,或挑着箩筐,背着长长的竹竿上山打板栗球。用竹竿敲打时,随着"吧嗒吧嗒"的声音,板栗球纷纷地落下来。竹竿不够长了,人们干脆爬上树,又是一阵用竹竿敲打,敲完了,低头看树下,满满一地板栗球,上树的人大笑,赶忙跳下树来,将板栗球担回家,堆在屋子里,不过几日,板栗球裂开了口,露出了褐色的板栗。

成熟在树上的板栗球如果没有及时地被人摘下来,就会"瓜熟蒂落",刺球就自然而然地裂开,褐色的板栗破球而出,掉在落叶覆盖的树下。有时大风一吹,枝头摇曳,褐色的板栗就被摇落在刺蓬里或者灌木丛中,静静地躺在草叶中等待人们去发现它。

在山上捡板栗比上树打板栗球更有趣,不用背背篓和担箩筐,只需要背一个桐苞篓就行。

拾板栗要带一把小镰刀和一个小树枝杈子,你要用镰刀砍掉地上的荆棘,用小树枝杈子将地面上的落叶一层一层地扒开。拾板栗时你的眼睛要睁得大大的,因为落叶的颜色和板栗近似。当我们用树枝杈扒开一层树叶时,哇,一颗板栗出现了,又扒开一层树叶,又一颗板栗出现了,那才叫人高兴呢。

有时,我们砍柴以后就去板栗树下捡板栗,我们把板栗带回家,母亲说:"留一部分过年吃吧。"于是,我们就开始盼望着过年。小雨天队上不派工的时候,人们也可以去山上捡板栗。有一次我去新婚的叔舅妈家,叔舅妈正在做布鞋,她见到我很高兴,非留我吃早饭不可,她说叔舅舅一大清早就上山捡板栗去了。不一会儿，戴着斗笠、穿着蓑衣的叔舅舅从外面回来，从他脸上的笑容就可以判断，他是满载而归，果不其然，他捡了满满一篓子板栗。

板栗保管不好，就会长虫。有的人家将板栗球放在谷壳堆里，有的将板栗放进谷仓，有的将装好板栗的布袋和篓子挂在壁上，隔几天用棍子敲打几下，这样就不会长虫。我们有吃生板栗的习惯，蔫了的板栗好吃，黄色的肉，脆脆的，脆得香，脆得甜，客人来了，用板栗招待客人，大家一边剥板栗一边唠家常，多有滋味儿。冬天，火坑里燃烧着木柴，我们在火坑的灰里面埋上几颗板栗，隔一会儿再掏出来，熟板栗香了一满屋，这不亚于一次原始烧烤。

用沙炒的板栗香香的。

从小溪中捞上细沙，洗净泥，晒干，然后用桐油和沙一起下锅炒，直到沙变黑为止。炒板栗时，在锅里放一点桐油将黑沙炒热，再倒下板栗反复炒，板栗熟了，你的口水也流得差不多了。

板栗炖鸡肉是我们家乡的一道名菜，如果您到我的家乡做客，家乡人一定会用板栗炖鸡肉招待您这位远方的客人。

家乡的板栗，有父老乡亲的情怀，也有我儿时的诸多回忆。

棠梨叶茶

冬日，我和东莞市的几位朋友去厚街的鳌台书院感受墨香，中午，厚街诗词协会的方茂标副会长领我们落座于一家茶店，店里的货架上陈列着不同种类的茶，有红茶、绿茶、云雾茶、普洱茶、武夷山茶、碧螺春山茶等。各种各样的茶都有明码标价，我很好奇，向主人问起茶来，主人很耐心，向我一一介绍各种茶的作用，听了主人的介绍，我对茶有了一些初步的了解。

茶店里有一张木制的茶桌，板栗色，长方形，十来个人围坐在一起还不算拥挤，茶桌上有一套精致的茶具，看来主人平时一定是广交朋友，与人"取诸怀抱，悟言一室之内"。

主人很殷勤，热情地招呼我们围坐饮茶，我不擅长沏茶，只好静观其变。东莞中华诗词协会秘书长雪芳是我们的领队，她人很随和，一落座就忙活起来，从温茶，置茶，醒茶到冲泡，一切井然有序，她这种老到的沏茶技艺，无不叫人啧啧称赞。

店内欢声笑语，大家品着香茗，感受着茶的韵味。

我是地道的乡下人，不懂茶道。小时候，我们队里栽种油茶，当时油茶树漫山遍野，比比皆是，但油茶树结油茶果，油茶果是用来榨油的。可能是由于气候，还是什么别的原因，我们那时没有种绿茶，记得只有舅舅家的菜园里有两棵绿茶树，茶树矮小，每年采茶叶的时候，舅舅将细叶和粗叶都采下来，分别制成香香的茶叶。舅舅有一个较旧的搪瓷缸子，每次我去他家，总会见到他用搪瓷缸子泡茶，他用搪瓷缸子把水烧开，然后放上几片茶叶。

舅舅喝一口茶后总要"吧嗒吧嗒"两声。

一次，我家邻居雪胃疼，住进了镇卫生院，医生说要手术，雪很害怕。舅舅说，我给你泡一搪瓷缸子浓茶，喝下去试试，浓茶顺气。雪听了舅舅的话，喝了一缸子茶，也可能是歪打正着，当时胃就不疼了，免了一次手术，至今我还不知道是医药的功效还是茶叶的神奇，当时，我觉得茶是灵丹妙药。

我们家乡生长一种天然的棠梨树，棠梨树的叶是家乡人上等的茶叶。

棠梨树的叶呈尖形，叶柄稍圆，我记得每年的夏天，当棠梨树叶长得茂盛的时候，我们就背上竹篓上山采摘，奶奶将那些绿叶洗净，晒干后用布袋装起来放进谷仓，或者用竹篓、竹篮子装着，挂在木壁上，天气好时，拿出来晒一晒，以免生虫腐烂。

陆羽的《茶经》中有这样一段话："其水，用山水上，江水中，井水下。其山水拣乳泉，石池漫流者上。"我们饮用的是山涧泉水，我看到父亲将竹笕一节一节地连起来，让泉水顺着竹笕一滴一滴地流到自家的水缸中。用清冽的泉水烧的棠梨叶茶清香可口，甘甜止渴，数日不馊。

我们村里每家每户都有几个大黄钵，黄钵的意思是指这种钵很大，且又是黄色。一钵稀饭可供七八个人吃一顿还有余。五黄六月，太阳火辣辣的，每天，我都看见奶奶烧一钵开水，将棠梨叶洗净后放进黄钵，盖上盖子，不一会儿，当你揭开盖子的时候，你就会惊奇地发现，黄钵里的开水变成了褐红色，几片叶子漂浮在上面，就像几叶小舟在红海中荡漾。我觉得很神奇，争着要先喝几口，奶奶总是拦着说："慢点慢点，小心烫，又不是六月渴。"

奶奶说对了，还真有六月渴，三伏关里，人们下地时会带一竹筒棠梨叶茶，中途歇息的时候，坐在树荫下，抿几口棠梨叶茶，顿觉神清气爽。平时走亲访友，或者赶集，或者走远路，当你在路上走乏了感到口渴的时候，你可以随意走进山下的一户陌生人家讨口茶喝，陌生人家的主人会热情地用棠梨叶茶招待你，当你出门要感谢的时候，主人会说："山涧流的水，山上长的柴，柴水方便，如您喜欢，下次路过时再到屋里来。"然后主人会笑呵呵地送你出门。

炎热的六月，我们家里每天总要烧几黄钵棠梨叶茶，黄钵旁边放一个舀茶的小竹筒，竹筒三四寸长。我家位于山道中心，过往行人络绎不绝，他们走累了的时候，就在我家长廊里休息。这时，奶奶便招呼他们进屋喝茶，日子久了，那些脚夫、挑桐油的人、挑木籽的人以及生意小贩，都知道慈利高桥刘家山的"茶店"，因为，我奶奶好客，一生用她烧的棠梨叶茶招待四方客人。

日子一天天地过去，棠梨叶茶越来越受人们的青睐。后来我走出大山，去了外地工作，但我总是忘不了滋养我长大的家乡水、家乡的棠梨叶茶，每次回家，总要带上一包棠梨叶，重温儿时的梦。

也不知是从哪一年开始，乡下人也品上了绿茶，品尝了新的绿茶人生，然而，棠梨叶茶在家乡人的心目中永久醇香。去年回乡，当年的小伙伴（如今已是垂暮之年）特意为我烧了一壶棠梨叶茶，我们谈笑风生，人生的笑意随着棠梨叶茶，一起流进回忆的思绪中。

家乡的节气

腊月二十四

在我们家乡,腊月二十四过小年,打我从记忆开始,就知道农历腊月二十四是一个极其重要的日子,它是春节的前奏,庆祝新春的开始,因此在这一天,家家户户准备了一大桌美味佳肴,一家人团聚在一起,像是大年三十吃团圆饭似的,其乐无穷。有时也走亲访友,我常常听到"腊月二十四来我家过小年呀"的邀请话语。

同时,人们也把这一天叫作"掸尘"和"扫房"日,我们那时住的全是木房,因长年累月的烟熏火燎,木房的横梁上、板壁上全积满了呈条形的黑色灰尘,我们当地人叫作"扬尘"。腊月二十四的那一天,父辈们用长长的扫把小心翼翼地刷掉这些扬尘,使房子焕然一新。家里的衣柜、门窗及各种行头都要擦洗得一干二净,不留任何污迹,尤其是厨房、灶台、锅盆碗碟,更不能马虎行事。总之,庭内庭外、院内院外、房内房外,上上下下都被打扫得干干净净,人们喜气洋洋,沉浸在过小年的愉悦中。

这个习俗历史悠久,早在宋朝就有"腊月二十四过小年"的记载,清代也有记载说:"雍正年间,皇帝在腊月二十三这一天要到坤宁宫祭祀天地神位,提前祭拜灶王爷,以后的王族、贝勒、官员也仿效在腊月二十三祭灶,二十四则给府内的差役们放假,让其各自回到家中去祭灶。"后来,也有"官三民四"之说,现在,北方人腊月二十三过小年,我们南方人腊月二十四过小年。

腊月二十四"老鼠嫁女"的故事一直流传至今,就像圣诞老人在圣诞夜给小朋友送礼物一样使我迷惑了许多年。

乡间曾流传着这样的说法:鼠王选了腊月二十四嫁姑娘,办喜事那天,正值人间忙着办年货,人们推磨舂碓,闹个不停,鼠王大怒,"人间闹我一天,我闹人间一年"。人们吃了大亏,所以,每逢鼠婚日,人们很少推磨舂碓。

每年的这一天,长辈们也提醒我们:"今夜老鼠嫁女,可不要提前睡着了哟!"听到这句话,我们高兴极了,因平时常常看到新娘坐的大红花轿停在我家门口休息,我们一群孩子总是挤过去看热闹,心想:老鼠也是这样嫁女的吗?

我们家的木屋虽然通风,但凹凸不平的泥土地面常年潮湿,窄小的房间里又摆满了农具、便桶,祖母的陪嫁床也安放在这小小的屋子里。这张床是多用的,上面睡人,床下面是一个储物柜结构,能装下千斤粮食,所以叫作"多柜床"。多柜床的床底下还塞满了一些杂物,床上没有棉絮,全部铺垫稻草。因床柜较高,我们只好垫上石块,然后在石块上搭一个木踏板,每天睡觉时,我们先踩上踏板,然后才爬到床上。被烟火熏得黑黑的蚊帐上有七八个大大小小的补丁,还有不同大小的洞口,这一切的一切,倒成了老鼠夜间猖狂出没的地方,只要天一黑,我们就能听到成群的老鼠追赶打闹而发出的"吱吱"声。我记得那时的老鼠真多,家家户户都是老鼠成灾,这也使我更加相信"老鼠嫁女"的传说。

记得有一年的腊月二十四,天完全黑后,房子里漆黑一团,只有火坑里燃烧的木柴发出的一丝亮光,为了看到老鼠嫁女,我静静地躺在床上,耐着性子侧着耳朵听,先是没有动静,干脆坐起来用手扒开蚊帐的洞口,把头贴在板壁静听,还是没有动静,我耐心地等待着,时刻提醒自己不要睡着。

迷迷糊糊的我听到锣鼓喧天,唢呐吹响,管乐齐奏,迎亲送亲的队伍来了，老鼠新娘头顶红盖头坐在花轿内，四只老鼠抬着，它们把花轿弄得摇摇晃晃的，不时发出"吱吱"的响声。走在前面的鼠郎官骑着一匹大白马，身披大红花，由宾客们前呼后拥，院内张灯结彩，新房红烛高照，热闹啊，热闹极了。

"该起床了！"

一声喊叫把我从睡梦中惊醒，阳光从纸糊的窗口照射进来，直刺我的双眼，奶奶笑呵呵地问："昨晚看到老鼠嫁女了没有？"我揉揉眼睛，笑了，无从回答。

以后的几年，每逢腊月二十四，我还是迷信地提前睡觉，静静地躺在床上，总希望有故事发生，一直到我长大懂事为止。

六月六

农历六月初六，是我们土家族一个重要的节日，也是我国一个传统的、有很大影响的多民族的节日。我是土家族人，每年的六月六，我们要做三件事：晒衣物，洗头，做粑粑。

"六月六，家家晒红绿。""红绿"就是指各种颜色的衣物。说也奇怪，每年的六月六，天空湛蓝，火辣辣的太阳几乎要把人烤出油来，在我们村子里，家家户户门前的竹篙子上都晾晒着衣服，有棉衣棉裤，单裤单衫，棉絮被子。大簸箕小簸箕里也装满了帽子、布鞋布袜、小手帕、缠头巾等各种小件，连做布鞋的棉线也都晒上了。那时，尽管我家的衣服不是很多，但母亲还是把箱子里的干净衣服一件件地拿出来晾晒。据说六月六被晒过的衣服不发霉，不长虫，穿起来很舒服。

六月六除了"晒伏"之外，我们大人小孩必须在那一天洗一次头发，据说那天如果洗了头，就会常年不长虱子，因那时头上长虱子的妇女很常见，我们经常用茶枯饼或者皂果洗头，至于洗发水和洗发露，我们从未听说过。我家后院有一棵插柳树，不是杨柳，叶子常绿，开一朵朵的白花，每年的六月六，母亲用插柳树叶给我们洗头，她先将插柳树叶捣碎，然后取其汁，再调入温水即可。现在看来，那是天然的洗发水和洗发露了。

六月六的庆祝，各民族不尽相同，瑶族过半年节，侗族过尝新节。各地也不相同，山西有赶庙会，山东、江苏吃炒面和水饺，而我的家乡以"发粑粑"作为庆祝的主食。这种粑粑是用黏米和糯米做的，将大米用水泡，用石磨磨成浆，待浆发酵后蒸熟即可。粑粑是用桐梓树叶包的，吃起来甜甜的、香香的，大人小孩都爱吃。

参加工作后，我还保持着在"六月六"晒衣物的习惯，晒没有穿过的布鞋、小孩的帽子、几条当时舍不得用的毛巾和小手帕，再加上几块做衣服时裁缝剪下来的碎布片子，布片子是留着补衣服时使用的。

吃粑粑的习惯一直流传至今，现在的慈利街上，农夫们担着箩筐，背着背篓，或者推着车，吆喝着卖桐梓树叶粑粑。几天前，我的一位亲戚从老家回来，还特意带来了几十个发粑粑。

山里的油茶

　　油茶树是一种常绿小乔木，人们也称其为茶籽树、茶油树，我们乡里则称其为"茶树"。茶树上结的油茶果可以榨出最受人们青睐的食用油。

　　从我记事起，我就知道我们村子的山前山后栽满了油茶树，那时，我们吃的全是油茶。

　　茶树与其他树木不同，木质细且又很硬，枝干不易折断，孩子们常用来做陀螺、做飞棒。

　　我记得陈家屋后的山顶上有一棵较大的茶树，分枝很多，枝粗，弯弯曲曲，说来也巧，那树枝弯成了几个"口"字形，孩子们爬上树后将身子套在"口"字形中就像进了保护伞一样，无论你在树上怎样跳跳蹦蹦都不会掉下来，平时放牛或周末砍柴扯猪草，我们几个年龄不大的孩子总要来到这座山上，我们爬上油茶树，在树上尽情地玩耍。我们看蓝天，我们看空中飞来的鸟，我们听布谷鸟的"布谷"。在这里，没有教室里老师的教鞭拍打讲台的声音，在这里，没有大人对我们的呵斥声，我们就像来到了一个与世隔绝的乐园。我们用双手紧紧抓住树枝，摇啊摇啊，使劲儿地摇啊，我们的身子随着树枝一起一伏，我们比赛，看谁落得最低，看谁起得最高，高兴极了的时候，就扯开嗓子对着天空高呼，稚嫩的童声在山中久久地回荡。时间久了，大人们也会寻上山来，可谁也不愿意下山，直到落日的余晖散尽，我们才一溜烟似的跑下山来。

　　一到春天，新种的油茶树开始长叶，春风雨露将它们剪裁得几乎一个模样儿，叶儿很细，向上竖立着，刚出的芽嫩嫩的，嫩得像刚刚出水的娃娃，可爱极了。随着日子一天天过去，叶儿渐渐变大，变得更绿了，有的叶儿变得厚厚的，像猪耳朵那样厚，我们称它为"叶叶茶泡"。叶叶茶泡吃起来又脆又甜，我们只要一进茶山就会遍山地采集，把厚实的叶叶茶泡摘下来，轻轻地放在手里欣赏一会儿，再放进嘴里细细地嚼一会儿，天然美味啊，孩童情趣也尽在其中。

油茶树的叶子呈椭圆形，一年四季深绿色，边缘有不扎手的小锯齿。阳春三月，油茶树上长满了茶泡，茶泡是油茶树结的一种奇异果实，远远地望去，形状类似桃子，挂在树枝上随风摇曳。茶泡成熟前是红色，有的是青色，成熟后是白色，成熟后的新鲜茶泡果肉很厚，很脆，很甜，很爽口，如果上面褪去一层薄皮，茶泡就更好吃了。一般来说，在阳光充足的茶树上，结的茶泡比较多，满满的一树，远远望去，好似白色的花朵。放牛时，我们将牛赶进山里，然后就去摘茶泡了，如果茶树较高，大一点的孩子就爬上树，双手紧紧地抓住树干将整个身子吊在树上往下沉，这样，下面的孩子就容易攀摘了。有时，我们嘴里含的是茶泡，口袋里装的是茶泡，口袋装不下了，就干脆脱下外衣，包一大包茶泡带回家。茶泡多的时候，我们就用长长的细篾将茶泡一个一个地穿起来挂在壁上，隔不了几天，茶泡就蔫了，蔫了的茶泡吃起来更脆更甜。

家乡人说，"茶籽开花隔年捡"，每年的农历九月到十月，茶花开了，一山山一岭岭的，在丽日之下，像银子一样闪亮，像金子一样发光，像一朵朵游走的云绕在绿林中，又像棉朵炸开在一望无际的棉海里。

茶花静静地开在枝丫上，美而不媚，雅而不俗，当晨露凝聚在一层层的花瓣上的时候，那层层花瓣晶莹剔透，温润芬芳。当你拿着镰刀上山割牛草的时候，当你背着背篓上山打猪草的时候，当你放牛的时候，你会情不自禁地走进茶山的怀抱，深情地拥抱香气怡人的油茶花。

茶花含有丰富的水分，花蕊像一根根细丝，上面缀满了花粉，成群的蜜蜂在上面飞来飞去，茶花盛开的时候是蜜蜂最忙碌的时候，也是孩子们最乐的时候，他们跑上山，爬上树，摘一朵茶花，张张小嘴像含着奶一样轻轻地吮吸花中的甜蜜，从这一朵到那一朵，从这一树到那一树，回家的时候，嘴里叼着花，手里还抱着花，孩子们的小小心灵也在酿着甜甜的蜜呢。

油茶树挂果了，开始是青青的果子，随着阳光雨露的滋润，果子渐渐成熟，最后变成了暗红色。寒露来临便是摘茶果的最佳时节，当东方红日还没有露出来的时候，当路边的野草还滚着露珠的时候，男人们便挑上了竹箩筐，女人们背上了竹背篓，来到茶山，开始了秋后繁忙而又最让人陶醉的"摘茶"季节。茶树不是非常高大，但也足有两人多高，摘茶果的人必须挎一个小篓子，拿一个带钩的小树枝，以便上树钩枝摘果。树上有一些灰尘，容易掉进眼里，所以摘果的时候必须小心。寒露期间，阳光虽弱了些，但还是有点火辣，为了防晒，为了防止树上的灰落在头上，男人们在头上缠了一圈又一圈的长长的头巾，头巾有四尺多长，我们称作"罗布巾"。女人们的头巾和现在的毛巾相似，只是上面绣着花。

收茶果的季节也是家乡人唱山歌的季节。油茶山上，漫山遍野的茶树上挂满了沉甸甸的茶果，还有包着白头巾的摘果人。茶树、绿叶、茶果、白头巾，交相辉映，人们陶醉在美丽的风景之中，他们触景生情，开始对唱摘茶山歌：

"一阵木叶吹上岗，不知情妹在何方。上岗吹到下岗上，秋天的日子哟有许长。"

如果无人接唱，对方又会继续："隔山隔岭又隔湾，隔河隔水隔渡船。一对鸳鸯隔太远，如何得到一笼关。"

谁又会示弱呢？山中的"情妹"即兴和唱："高山立屋门朝南，粉笔墙上画娇莲。人人说我娇莲小，小小娇莲配郎缘。"

男女对上歌之后，你来我去，互不相让，山中人有静听的，有帮唱的，也有大声喝彩的。唱山歌不一定只是年轻人，只要上了茶山，男女老少都能唱。

唱歌人都是即兴的，当别人唱歌的时候，你要仔细认真地听清楚歌词，对方歌声一落，你必须和着音韵对上歌来，那时，歌声此起彼伏，他们用劳动歌声歌颂人间真善美的品德，抒发彼此的纯真友谊之情，他们也用歌声驱散了一天的身心疲惫。

一天下来，一担担、一筐筐的茶果像小山一样全堆在禾场上，接受阳光的沐浴。过不了几日，茶果裂开了，黑油油的茶籽出来了，人们便把茶籽从茶壳里分拣出来，将茶壳晒干后留作过冬的取暖燃料。

我家附近有一个榨油坊，油坊的左边是一条小溪，右边靠山。人们开始榨油时，先将茶籽上炕，然后用牛拉碾，将茶籽碾碎之后再蒸熟，最后用干净的稻草扎成大圆饼，再将饼装进榨槽。榨油槽和榨油柱全是檀木做的，木质很硬，不易腐烂。榨油柱有三米多长，用一根很粗的棕绳子系紧之后悬吊在横梁上，榨油时，少则几个人，多则七八个大汉，他们一起操着榨油柱，嘴里喊着号子，协力撞击榨油槽，这时，香喷喷的茶油从榨槽里慢慢地流出来，整个榨油坊弥漫着新油的芳香，如果你从榨油坊经过，总会抵挡不住香气的诱惑，情不自禁地停下来，或者走进榨油坊，抿上一两口才肯罢休。

榨油是重活儿、苦活儿。榨油期间，人们不分昼夜守在油坊，他们要上炕，碾，蒸，榨，夜里还要看守榨油坊，困了，将稻草铺在地上就地歇息，饿了，先喝上几口刚榨出来的油，如果他们用热茶油泡饭吃，那也是无可非议的，因为榨油是力气活儿。

人们把刚榨出来的油装进油篓，油篓是用篾扎成的篓子，外面用桐油糊上一层一层的皮纸，油纸干后便可装油，油篓便于脚夫远行，是当地人用来装油、进行买卖的最佳工具，但住家人还是用大缸储藏茶油。

我们一直食用茶油，茶油是无价之宝。

听我奶奶说，茶油能美容美发，那些有钱人家的大太太也好还是小姨太太也好，都喜欢用茶油美容。我的姑奶奶曾经是一个大商人的得宠小姨太太，每年栀子花开的时候，她总要叫仆人摘下许许多多的栀子花，用茶油浸泡后抹在头发上，她也常常将油捎给娘家，深得娘家人的喜欢。女人出门走亲访友时，也忘不了在头发上抹一点茶油，或抹在脸上滋润脸蛋儿。

榨油后剩下的茶饼，我们叫"茶枯饼"，茶枯饼撒在水中用来捞虾捞鱼，也可以用来洗衣服。我记得我的母亲一直用茶枯饼洗衣服。我们还用茶枯饼洗头发，这样可以防止长虱子或者止痒。

茶油又是最佳食用油，那时的郎中说，茶油能治百病，现在的医生也说茶油能降脂抗压，还能治疗糖尿病和其他疾病。

茶油虽是农家人食用的优质油，但滴滴皆辛苦，我们位于高山之地，有得天独厚的自然气候，因此，茶山中的杂草、灌木丛、杂树及荆棘长势很猛，深深的杂草中藏有毒蛇、蜈蚣，杂树上还有毒蜂巢。为了便于摘果，每年我们都要挖一次茶山。我们用锄头锄掉杂草，用镰刀砍倒荆棘和杂树，冷不防草中溜出了一条毒蛇，猛一抬头树上还缠着几条毒蛇，吓人啊，胆子小的悄悄地走开，胆子大的抡起锄头狠狠地将蛇砸死，也常有人被蛇咬伤。挖茶山时，如果你稍不留神，衣服就会挂在荆棘上，衣服破了，身上就会被划出血口子。有一次，我的锄头不小心碰到了毒蜂巢，成群的毒蜂一起飞出来，我来不及躲开，脸上和后脑勺被蜇了，整个脸部都肿了，我不记得后来是怎么治好的，可能是土方子吧，我现在只记得，当时母亲急得都吃不下饭，一直陪在我身边。

一方水土养一方人，生息在这里的人们只有靠山吃饭。某年，由于干旱，田里收粮甚少，社员们不得不向大山要粮，不得不靠山地养活自己，于是，某一年，他们背上斧头，拿着大刀，浩浩荡荡地向一座座的大山进军了，他们把一棵棵大树砍倒，把小树砍倒，让太阳暴晒几天后放上一把火，山上顿时火光冲天，一阵浓烟滚滚之后，青翠的山没了，留下一片黑土地，人们在黑土地上撒上粟谷，收割之后来年再挖地种上玉米。青山变成了黑土地，黑土地变成了熟地，如此循环，老虎跑了，狼跑了，傍晚，我再也听不到对面山上野山羊发出的哀号声了，深山密林、苍松翠柏已不复存在，值得庆幸的是，几座茶山幸存下来。

二十世纪八十年代初，为了使广大农村地区迅速摘掉贫困落后的帽子，逐步走上富裕的道路，人们将公社改名为乡政府，生产队改为村，田、地、山按人口平均分到户，实行农田责任制的管理政策，不过，茶树被砍了，人们不再摘茶籽了，再后来，他们不吃茶油了，田里种上了油菜，菜油代替了茶油。

一晃几十年过去了，当年的垦荒者如今已是四世同堂，当年的娃娃伙伴如今有了第三代。我每次回到家乡都见不到村里的年轻人，他们为了挣钱供孩子们读书，为了将木房改建成砖房而常年在外成为打工仔，一走就是十几年，有的时间更长。村里只有上了年纪的老年人，这些老人春来牵牛耕地，夏来栽秧割稻，秋来收果藏粮。村里的那些留守儿童要么寄宿学校，要么跟随年迈的爷爷奶奶住在一起过日子。一年又一年，田地渐渐地荒芜了，山上长出了小树，小树渐渐地长大了，一年又一年，小树又变成了大树，有人说看到了老虎的脚印，有人说地里的玉米被野猪糟蹋了。总之，山又翠绿了，但是，油茶山没了，彻底没了，我再也看不到满山的油茶树了。

去年夏天我回到了家乡，回到了我从小生长的地方，当年的小伙伴如今已经是白发苍苍的婆婆，两鬓斑白的爷爷。晚上，凉风习习，我们就像当年的父辈们一样手里拿着蒲扇围坐在一起纳凉，旁边照样烧着一堆驱蚊的谷壳加艾叶，我们听着潺潺的流水声，我们听着房前屋后的虫鸣，那升起在空中的明月勾起了我们数不尽的回忆。

"翠儿,陈家后头(山名)的那棵油茶树还在吗?"我问翠儿,当年她还是一个小姑娘。

"不在了,好多年前就被砍掉了。"她很惋惜地叹了一口气。

"还记得我们几个在那棵树上玩耍的情形吗?"我接着问。

"记得记得,那是我们几个经常去的地方,一次,我差点从树上掉下来,幸好我抓住了一根树枝。"

"那时多好啊,我们一起上学,我们一起放牛,我们一起砍柴,我们一起扯药草,多单纯啊!"我回忆。

从翠儿的口中,我知道了凤儿的情况。

"她眼睛几乎看不见了,婚后长年待在山里很少下山。"

我喜欢凤儿,凤儿很善良,心灵纯洁得像洁白的油茶花。她比我大两岁,小学比我高一个年级。

凤儿长得很漂亮,学习成绩很好,我们都叫她凤姐姐。凤儿经常登台表演,上台就是主角,在当地小有名气,尽管她以优异的成绩考上了初中(当时全校只考上两个女生),但她与初中无缘,因为父母给她定了娃娃亲,小学毕业后不过几年就结婚了。

凉风阵阵吹来,我想起了凤儿在台上的唱词:"青青的山来清清的水,清清的水哟亲亲的人,我爱青青的山,更爱亲亲的人。"

月亮依然高高地挂在空中,将田野群山洒上一层淡淡的银光,那青青的山,那沉甸甸的油茶树,那雪白的油茶花又浮现在我的眼前。

大年三十话猪头

在我们的家乡,每年的大年三十吃团圆饭的时候,家家户户的餐桌上都有猪头肉,从我记事起,这种习俗一直延续到现在。

勤劳的乡下人每年都喂养一头大肥猪,我们当地人叫作"年猪",他们把欢乐和喜悦都寄托在杀年猪的日子里。

一到腊月,农家人就开始忙活起来,他们请阴阳先生选好吉日,将圈养一年的年猪杀掉,割下整个猪头,将猪头和其他的肉一起腌上十天半月,然后再用十天或半月的时间用木柴火熏烤,直到猪头散发出腊香味为止。

平时他们谈话的议题是:"某某家的猪头可大哂,会有几十斤重。"

如果人们相互串门,一坐下来就忘不了要抬头望望别人家的熏肉架,数着架子上悬吊着多少条猪肉,当看到稍大一点的猪头时,便赞不绝口:"哎哟,你家的年猪可真大,会有百多斤吧。"

那年月,吃猪草的猪顶多也就一百多斤重。也有人觉得自家的猪头太小,自觉颜面过不去,不好意思和外人议论,只有在晚上烧火取暖时,一边望着猪头,一边喃喃自语:"明年再来,明年再来吧。"

但不管怎样,年前,火坑上方有熏着的猪头,就已经证明了这户人家的主人是勤劳的,主妇是能干的。

要过年了,他们也将熏好的猪头从熏肉坑上卸下来,用高粱穗扎成的扫把将猪头上的扬尘刷得干干净净,然后在火坑里再添上几块大木柴,把火烧得旺旺的,主人将一把铁火钳放在火坑里,当火钳的下段被烧得通红之后，主人一手提着猪头，一手拿着火钳，将红红的火钳插进猪头的鼻孔，他们要把鼻孔内外的又粗又短的猪毛用红红的火钳烙掉，这时，屋里立即响起了"哧哧"的声音，一股腊味的香气随着一股青烟冒出来。猪鼻孔烙好了，再将火钳放在火坑里烧红，继续烙猪耳朵和猪脸，如此重复，直到将整个猪头烙好为止。

腊月二十九，是我们家乡人敬奉土地神、水神和灶王爷的日子，猪头便是最好的祭祀品了。据说，此种风俗起源于游牧民族时期，因为那时的游牧，除了猪以外，因为，马、牛、羊、狗都能跟着人们游走，所以，猪就显得珍贵。在商代，猪是富贵和吉祥的象征。而在封建社会，猪头是老百姓用来祭祀的最实惠的一种供品。

从我记事起，每年的腊月二十九，便是人们煮猪头的日子。人们先把烙好的猪头洗得干干净净，然后放入锅里煮将开来，主人不时地添上干柴，灶里的柴火越烧越旺，锅盖下烧开的水也发出"咕嘟咕嘟"的响声，在外玩耍的孩子们也不时地来到灶边，闻闻一年当中难得的一次肉香味，也可以说是过把瘾吧。约莫四个钟头过去，猪头煮好了，一个完完整整的猪头摆在那里，色香味俱全。

要及时将刚出锅的猪头拆开，趁热拆猪头时，只要你用手轻轻地一掰，肉和骨头自然而然地分开，骨头光溜溜的，如果时间长了，猪头就凉了，骨头和肉就不容易分开。

记得那年我家的猪头刚煮好，我们几个姐妹就馋得直流口水，想吃猪头上的"核桃肉"，可父亲赶忙拦住我们说："现在不能吃啊，必须要先敬奉神仙后才能动用。"

那次，父亲带好香烛，领着我们姐妹几个来到后山的土地庙，父亲先恭恭敬敬地摆上猪头，然后烧香磕头作揖，完毕，又领着我们来到水边敬奉水神，最后来到灶边，敬奉灶王爷，当然，还是少不了烧香磕头作揖的程序。

有了猪头肉，年三十餐桌上的菜肴更加丰盛，老年人爱吃猪脸肉，孩子们爱吃耳朵前面的核桃肉，而猪耳朵、猪舌、猪鼻子更是下酒的好菜，人们把猪耳朵、猪舌和猪鼻，切成薄薄的细条儿，有的放上红红的辣椒爆炒，那味儿，不喝酒的人也会夹上一筷子，学着抿几口小酒。

　　以前在正月拜年期间，家境条件好的人家，将炒好了的猪耳朵、猪鼻、猪舌，都用小碟子装好，每当家里来了客人，主人将那些小碟都摆上餐桌，客人走后，主人将那些菜又照样收好，待到下次有客人来时再重新端上桌，从初一到十五，都是如此这般。

　　记得一次我带着弟妹去大伯伯家拜年，那时我们都还很小，一上餐桌，不管小碟大盘，只要是我们爱吃的，我们都不客气，最后，小碟小盘空无一物，弄得主人哭笑不得。回到家来，向父母一说，方才知道我们犯了错。长大以后，不管是过年还是平时在别人家做客，我都不会轻易地动一筷子小碟子里的猪耳朵、猪鼻和猪舌。

正月里来

每年的正月十五，我的家乡热闹非凡，人们除了吃元宵，晚上还要闹花灯，以庆祝春节的落幕，因此，"三十的火，十五的灯"乃是家喻户晓。今年的正月十五，我很想看看热闹，很想在晚上看看花灯、龙灯、板板灯，可我早已提前买好了火车票，不得不在十五这天返回东莞，开启新一年的新旅程。

我在大脑中尽力搜索要带些什么，要准备些什么，如衣物、食品、家乡特产等。为了不落下要带的东西，我将它们一一开出清单，直到把那些大包小包、行李箱填满后集中在一楼大厅要道中方才满意，因为只有这样，我才不会遗漏要带的东西。

我独自上了五楼。五楼有三分之二的顶全是瓦面，三分之一的顶是玻璃，也可以说是现代的建筑风格。我去了熏肉房，将那些没有带走的零散腊肉、腊肠重新排列在火坑上方，我又重新整理那一大堆木柴，便于家人在天气潮湿时给腊肉生火，以防腊肉发霉。这间屋子是我回家后最喜欢待的地方，在最寒冷的大半个冬天里，不等黎明到来，我便会轻轻地上楼来到熏肉房，用火柴点燃干裂的木渣片，星火便燎燃了，然后再加一些干柴，"噼啪噼啪"的干柴爆裂声与呼呼的火苗声混在一起，就像放了一串鞭炮。火很旺，满屋子都被映得红红的，只见缕缕青烟缭绕，弥漫在腊肉、腊肠之间，然后从瓦顶渐渐消失，如今我又仿佛闻到了弥漫在满屋子中的腊香味，也就是在这间屋子里，那一堆不灭的火为我驱走了全身的寒冷，伴我送走了无数个傍晚，度过了无数个即将破晓的黎明。

带上房门，我径直来到了和熏肉房相对应的另一间房，我们都不常来这里，因为这里仅仅存放着几十年前用过的家具，有床柜桌椅，木箱木盆等，这些家具平时不大常用。这里还珍藏着四十多年前用过的东西，有老公二十世纪六十年代入伍的军服，有我们那个年代的衣物、书信以及我的刺绣和编织，还有我们的黑白照。它们象征着那个年代主人公的生活方式，也讲述着那个年代的故事，每当我看到它们，故事的画页就会在我的脑子里一页页展开，让我回忆，让我感慨。

五楼还有洗衣房、杂物间，顶上也全是瓦面，我喜欢前面的那一大片空地，上面全是玻璃顶，由于雨水的冲洗，玻璃光亮透明。这里三面通风，我常常在这里看着太阳从东方升起，我也常常在这里看着落日从西边沉下。白天，我在这里仰望蓝天白云，晚上，月儿当空，凉风习习，我任凭风儿的吹拂，数着眨眼的星星，望着全城的万家灯火，和飞来的萤火虫一起陶醉。因为是白天，没有星光，没有皓月，也没有万家灯火，更没有舞蹈的萤火虫，只有对面簇拥的群山和缓缓升腾的团团烟雾。坐落在山腰中的房子依稀可见，时而能听到山中传来的鞭炮声，因为是元宵，人们在庆祝佳节，在祭奠逝者。我站在高高的楼上，一览慈利全城，座座高楼鳞次栉比掩映在绿色之中，澧水河畔小帆点点，船顺水而下，忽然一阵清风吹过来，像是在提醒我，该下楼了。

顺着椿木做的楼梯扶栏，我下至四楼，平时我很少在四楼停步，只有在春节期间乡下亲戚齐聚的时候，我才和他们一起在这里热闹。春节过去了，宾客散尽，只有那宽敞的客厅中还留着一套过旧的木沙发，茶几上的一套简易茶杯及电视柜上的一丛珊瑚花。我逐步检查三间卧房，拉好窗帘，因为我总希望在我离开之后房间还能保持一尘不染。四楼还有一间娱乐室，此时客人的烟味散尽，瓶里的茶水已凉，只有一台自动麻将机还静静地立在那儿，没了客人当日的阵阵欢笑声。

一阵飘来的兰草花的香味将我吸引下楼。三楼大客厅靠近楼梯，有三米多宽的带门的活动玻璃墙，依墙放着六盆兰草花，其中两盆正含苞欲放，那四盆已经盛开，一束束黄黄的花儿朵朵簇拥，花瓣像是镶着红红的边儿，初来乍到的人无心欣赏大理石茶几旁边的皮革沙发，无视电视墙的得体装潢，只有那几盆带着馨香的兰草花才能使客人留住脚步。三楼的建筑格式和四楼一样，我走进书房，《资治通鉴》《唐诗宋词元曲》《红高粱》《蛙》等以及学校要求孙女读的《草房子》之类的书籍依次陈列在那儿。我一直挂念着孙女，虽然她的母亲对她的关怀无微不至，但我的亲情难以割舍。我来到她的卧室，看到了墙上她五周岁时的挂历照片，看到了她常拉的那把二胡，看到了钢琴架上的布艺娃娃，这时，我也似乎看到了一个活泼可爱、天资聪慧的女孩。

"奶奶，我们几点出发啊？"在二楼玩奥特曼玩具的小孙子大声叫我了。

"下午五点左右。"我告诉他。

二楼也有三间卧室，一间书房，一个大客厅。儿子一年半载才回来住上几天，因此，房门常常关闭着，偶尔我们也帮助开开门，换换房间的空气。为了让阳光照进无人住的房子，房间的窗帘常常半拉着。夏天的阳光强烈一些，从窗口照进来的阳光使得地面的几块木板渐渐褪了颜色，但室内的盆栽还是青枝绿叶。我的房间在二楼，窗口靠近西边的小巷，我从窗口可以看到自家的葡萄架，由于今年春来迟，葡萄藤还未发芽，只有一根又粗又壮的老藤子从地面爬上了二楼，我们还未来得及给葡萄剪枝，那些细细的葡萄藤互相攀缠，能否在今年夏天看到架下面吊着一串串又黑又甜的大葡萄，还不得而知。

二楼的阳台和孙子的房间紧紧相连，站在阳台上可以望尽整条小巷，看到枇杷树、柚子树。阳台右边那户人家的桂花树常年不落叶，但就是不开花。对门那户人家的月季四季开放，红艳艳的花实在招人喜爱。人们常在茶饭之余，三个一群五个一伙，带上小木椅，带上一杯清茶，在桂花树下聊天，或者下棋玩扑克。这里无人声鼎沸，无车辆过往，上班的人走了，这条小巷便成了老人们独享的乐园。我站在阳台上，视线从东移到西，多想把巷中的一切深深地烙在我的脑子里，让我回忆。

不知不觉就到了五点，最迟我们也要在这个时候启程，因为从张家界开来的火车会在六点前到达慈利火车站。我们急急忙忙将行李装上车，临走时，我又将大门上方的两盏红灯拉开，虽然不是掌灯时分，但我们的习俗就是这样，正月十五，家家门上的红灯和所有的灯都要通宵达旦地亮着。

慈利火车站位于羊角山下澧水河畔，铁路就像一条带子绕着山腰而延伸，散步的人常常登山观景，看奔流不息的澧水，看永安大桥，看桥下过往的船只，看桥上来往的车辆人群，看慈利全城新貌。偶尔火车的鸣笛声从山那边传来，人们就会停下脚步，望着火车头的出现，目送火车尾的消失，细心的人还会一节一节地数着车厢，等火车驰过以后便大声地报个数字。

山城的火车站很小，具体地说我们县城的火车站很小，但在春运期间也和全国各地一样拥挤不堪。天气较冷，我们还穿着棉衣，由于塞车，我们进站稍稍晚了点儿，免不了担心误车，我肩上挎着一个大包，一手拖着行李箱，一手还拽着孙子，老公带的东西比我的还要多，恨不得将家乡的所有特产都带给东莞的孩子们。进了火车站，"送客止步"四个字映入眼帘，我们只好隔窗和前来送行的亲人含泪挥手告别。

8318次列车的告示牌高高挂在前面，提醒旅客做好准备。候车室座无虚席，还有几条长长的队伍堵塞在要道口，我们很想绕道排到前面，无奈我们挪不开半步。候车室里多为打工者，也有老人妇女儿童，一扇扇的玻璃窗满是水雾，那是人们呼出的热气，满耳听到的是孩子们的哭声、叫声、喊声以及手机通话声，室内一片喧哗。肩上的东西越来越重，我只想找一块空地卸下肩上的行李，可人靠人肩挨肩的，只好一分一秒地忍耐着。我很敬佩那些举家迁移、勇于开拓的闯关者和拓荒者，也很同情那些战乱之国的难民以及灾区遭受自然灾害的同胞，比起他们，我们幸福多了。

火车快要到了，我们有秩序地站在警戒线之外，有好几个乘警在维持秩序，他们拿着话筒，拿着对讲机，为了旅客们的安全，他们专人专职各负其责又相互配合。我们是11号车厢的软卧，和其他乘客不一样，我们只要一上站台就可以原地等待，不必走多远。阵阵冷风吹来，感觉更冷了，大家焦急地等着火车，一直朝西头望着，只想听到火车的轰鸣声，只想看到火车立刻从西而来。一位拉着行李箱背着包、年纪不到四十岁的妇女操着一口普通话问：

"同志，火车怎么还不到呀，明天我们几点到广州？"

"我早就告诉过你们了，车票上面有日期。"

那位乘警看了她一眼也用普通话回了一句，然后他又用慈利本地口音嘟囔着："都是本地人，朝不见晚见，还用普通话和我交流，是不是怕我不知道你从山沟里飞到广州大城市变成凤凰了，显摆显摆哟！"听到的人都会心地笑了，也清楚他是在开玩笑呢。对方听到乘警的话则一言不发，说不定乘警说到了要点，也说不定她不愿意搭讪，谁知道她心里在想些什么呢，总之大千世界无奇不有。后来我又看到那位乘警为了旅客们的安全跑上跑下，一直没有停下来。

随着汽笛的一声长鸣，火车缓缓地开过来了，人们开始骚动起来，有的人行李太重，又要走好几个车厢，于是就开始小跑步，担心上不了火车，因为火车在慈利这个小小站口只停靠三四分钟，真苦了那些老人孩子和拖儿带女的人，这时的乘警更忙了。我们也随着人流涌到11号车厢的门口，我看到老公在吃力地拉着行李上车，情急之下，我松开了孙子的手忙着帮助提行李，冷不防孙子急于上车一脚踩空，乘警眼疾手快，立刻将他抱住，我吓出了一身冷汗，好险啊！我和老公连连鞠躬道谢。

软卧较硬卧干净舒适，而且上下只有四个卧铺，还有自动房门，床单被套一律白色，壁上有挂衣钩，窗口边的茶几也是用白色的布罩了起来，使人有一种清新的感觉，带花的黄色窗帘紧紧地拉着。我们乘坐的是两个下铺，这样有利于老人和小孩的行动。我们的行李太多，本想将行李箱放在铺下面，无奈箱子太大不能存放，正当无计可施的时候，早已睡在上铺的青年忙起身告诉我们，上面有一个存放行李的地方，接着他又主动帮我们将行李全部放好后才躺下休息，我打从心里感谢他。

火车徐徐启动了，上铺的那两位可能由于旅途劳累各自一动也不动地躺在铺上休息，老公不停地拨打电话，他要告诉亲人们，我们已经平安地乘上了去广州的列车。房门被关上了，过道上暂时无人过往，没有脚步声，没有说话声，一切恢复了平静。我拉开了窗帘，看到熟悉的群山，熟悉的小桥，熟悉的村庄一晃而过，火车的一声长鸣渐渐地把我带到了异地他乡。

夜，窗外一团漆黑，月和星也都休息了。我无一丝睡意，静静地坐在铺上，看到的只有过道上几盏昏暗的小灯，听到的只有人们熟睡后的鼾声。慢慢地，我也似乎有了睡意。不知又过了好几个时辰，火车不知在哪一个小站停下来，我隐隐约约听到外面传来了喇叭声和乘客们上车下车的脚步声，我微微睁开眼，看到对面铺上来了一对母女，她们正朝着我微笑呢，我也用微笑和她们打招呼，然后就迷迷糊糊地进入梦乡。

"换票了，快到六点了。"乘务员轻轻地挨个挨个地叫醒每一个人。真快啊，以前火车经常晚点，一般要到早上七点或者七点以后才能到站，这次是准点了。我忽然想起朝我微笑的那对母女，想起主动帮我们搁放行李的那位好心人，他们不知何时无声无息地走了，留给我的是那甜甜一笑的回忆。

广州火车站很大，南来北往的旅客很多，我们随着人流涌出了车站，涌出了检票口，来到了广场。按事先安排，负责接我们的车应该提前到达，可我们不见它的影子，电话联系时，车还停在惠州休息，从惠州开到广州需要两个多小时。广州的气温很低很低，一来这几天降温，二来又是春寒期，冷风不断地扫过来，人不由得打几个冷战。我们很想寻个地方容身歇脚，可是广场上站满了人，堆满了行李。我们拖着行李到处转悠，最后发现在通往地下车道的路口旁有一棵大榕树，树下的人很多，他们绕树而站，围树而坐，一层一层的，一圈一圈的。这棵榕树枝叶繁茂，树冠像一把大伞，夏天可以遮太阳，冬天也可以挡风，我们总算有了可以避风的地方。老公身体欠佳，这次出门衣着单薄，他实在扛不住了，只好将一个大行李包背在背上。"你老年痴呆了，包那么沉。"当时我打趣地嘲笑他。"呵呵，御寒。"他也笑着回答我。看来，往日军人的身体那时也不"军人"了，岁月不饶人啊。人们不停地跺脚活动身子，冻得实在不行了，我便带着孙子绕着广场跑步，几个来回之后，身子开始有点发热。

　　树的对面有一个警察岗亭，喇叭声一阵接着一阵，警察们在忙碌着，他们在维持秩序，在帮助旅客寻找亲人，在为旅客们传递信息，也在保护旅客们的人身安全，虽然天气很冷，但他们照样忙碌着。

　　站在树下，可以看到旅客络绎不绝，他们就像电影里的群众演员一样，一幕幕地出现，一幕幕地消失。其实，我们每天都在自然界的大屏幕上演绎着人生的故事，它让你经历，让你品尝，让你体会个中滋味，让你回味无穷。

　　正月里来，南来北往的人都在奔忙着。

夜色朦胧

夜晚，这里没有大街小巷的人流，没有五彩缤纷的霓虹灯，没有宽阔的马路，更没有喇叭刺耳的车流，在这里，在山村的夜晚，你只会感受到大山沉睡后散发出来的浓厚的乡土气息。

今夜，天上不是满天的星，月儿也不是朗照，对面山上那户人家的窗口透出一丝微弱的光，一闪一闪地，像天上的星星一样，在寂静的夜晚，就像给夜行的人一束火把。溪上游那户人家星点儿的亮光时隐时现，似乎若有若无。靠东边山上的那几户不知何故，连星点儿的亮光也看不到，或许是劳作之后的疲倦使得他们早已歇息。

我拎起一把小木椅，坐在瓜棚边。房前的瓜棚是由很粗的树干横着搭成的，白天你能看到那青的、黄的、老的、嫩的，盆儿大的南瓜悬吊在架上，绿绿的、带有细毛毛的瓜叶中夹着几朵盛开的南瓜花，绿叶黄花相间，非常醒目。瓜棚下面是一条小溪，溪水不分昼夜地流淌，潺潺的流水声就像五线谱上那些鱼儿似的音符在跳跃，有时又像远笛在歌唱。

房子当头的枣树、梨树、桂花树的影子依稀可见，落下参差不齐的疏影，柳树时而婆娑，时而欲静。夜中的稻田只有田园的形状，我看不清绿油油的稻叶，看不清刚刚灌浆的稻穗。旁边的田埂上无人经过，田埂上的黄豆苗，路边的野花，还有我小时候用镰刀割的路边黄都被笼罩在夜幕里。

我曾经在另一篇文章中描述过路边黄："路边黄长在路的两边，一到两尺的秆儿，很细，秆儿的枝条上开满了黄花，黄花的朵儿很小，小得可爱，颜色也黄得纯真，我常常捧着这些花儿，久久地闻着它们的馨香，总是舍不得将它们割掉，然后晒干，去卖个好价钱。"虽然夜色笼罩，但我眼前似乎出现了一条弯弯的小路，小路上长满了青青的草，青青的草中长满了路边黄。

四周死一般的寂静，只有夏虫发出的"啾啾"声，我听不出也分不清声音是来自哪些昆虫，只知道它们应该是藏在路边的草丛里、瓜棚架边、围墙下、瓦砾中、稻田或者是溪水沟边。我想那蟋蟀、叫鸡子，还有诸多的小虫肯定也在蠢蠢欲动。夜深人静，百虫嘶鸣，细细听来，清晰柔和。看到飞来的蓝莹莹的、闪着灵光的萤火虫，似乎我也随着那虫儿在翩翩起舞，我羡慕萤火虫，因为它能给黑夜洒下点点星光。

风儿轻轻地吹，给人送来阵阵凉意；树叶儿"沙沙"地响，我感到有些孤悲。

忽然山中传来"我儿，我儿"的鸟叫声，声嘶力竭，哀婉凄凉，那是芝麻鸟的叫声。

村子里的人说，从前有一位继母，她不喜欢丈夫前妻的儿子，于是她想尽一切办法要除掉他。一天，她要自己的孩子和前妻的孩子一同上山种芝麻，并且要等芝麻生了之后才能回家，她把熟芝麻分给前妻生的哥哥，生芝麻留给自己的孩子，一路上，哥哥的熟芝麻香气扑鼻，弟弟动心了，于是，主动找哥哥调换了芝麻。

哥哥的芝麻生了，回家了，而弟弟的芝麻长年不生，他只好待在山里，最后，他被老虎吃掉了。

继母失子，悲恸欲绝。

后来，村子里的人看见一只鸟飞遍山山岭岭，无论白天黑夜都能听到它发出的"我儿，我儿"的悲凄声。芝麻鸟的哀叫在阳春三月芝麻播种开始，直到农历八月芝麻收割完之后，那凄凉的声音才会停止。

今夜，芝麻鸟的声音由远而近，一声紧随一声，一声高过一声，我静静地听着，心中不免一阵酸楚。

我感到全身很凉，立刻起身回屋看望早已歇息的老父亲，父亲年岁已高，身体每况愈下。

我轻轻地来到父亲的床边，拉开蚊帐，发现他已经睡熟了，我看着父亲，在床前静立了一会儿，然后为他放下蚊帐，慢慢地走了出来，我望着茫茫的夜空，夜空朦朦胧胧。

脚夫

我的家乡地处绵延的武陵山脉,《山海经》的《中次十二经》记录了十五座山的地理位置和山川风貌,其中,龟山就是家乡的一座山。那时,乡民的生活全靠脚力,因此,从有氏族以来,家乡就存在着"脚夫"人群,我们当地叫作"挑脚"。长辈们也常常给我们讲起老一辈"挑脚"的故事。

那时,家乡盛产桐油、茶油及木籽油。众所周知,茶油在食油中位居首位。桐油耐酸碱、耐高温,属于战略物资,也可以用于造船厂,同时,在油漆、油墨印刷和建筑方面,也起着重大作用。木籽油可以制成蜡,木籽壳榨出来的油为白色,叫作白蜡,木籽榨出来的油为黄色,叫作黄蜡。每年秋天,家乡人将桐苞、油茶果、木籽摘下来,在榨油坊榨成油后冬藏,来年雪关一过,就送往外地,但大多数的桐油、茶油、木籽油和土产都是送往常德。

常德位于洞庭湖畔,千年古城,湘北重镇,故名"武陵",是沅水流经之地,自宋朝开始,就有常德地名。那时的常德是交通要道,有船只码头,车站公路。城里店铺众多,有烟酒日杂铺、铁匠铺、金匠银匠铺,收购桐油、茶油、木籽油的收购站,也有农贸市场,总之,是商贾云集的地方。听长辈们说,家乡的油要往下送,往下送的路线是:从我家刘家山或孔家峪出发,经由花椒坪、新铺、黄石、九溪、漆家河,再到常德。

脚夫去一次常德,来回需要几日,每次出远门,脚夫的扁担上挂一双备用草鞋，一个水葫芦，几块荞麦饼，或者几个苞谷米粑粑。为了赶路，天刚蒙蒙亮就得出发，中午，寻一棵树下的阴凉地儿坐下来，卷一根喇叭筒，过一袋叶子烟瘾，打开用桐梓树叶包的苞谷米粑粑，一计算时间和路程，还远着呢，又将干粮塞进布袋，将几口山泉水灌进肚里，不得不又继续上路。

黄石位于桃源县西北部，是去常德的必经之路，桃源县因陶潜的《桃花源记》而出名。脚夫到了黄石后，因无钱夜宿店铺，只好在附近村头寻一处茅檐人家借宿，要么和衣睡在茅檐下。运气好的时候，善良的主人给脚夫一捆稻草，一块木板，这也算是上等的招待了，因为主人也不宽绰。脚夫拿出水葫芦，啃着干饼，计算着第二天的路程，那一夜，他不敢睡觉，他把油篓靠在自己身边，手搭在油篓上，他怕一觉醒来，油篓没了。

过了几天几夜，到了常德，脚夫看到了洋车、富人、妓女、戏院、赌场，也看到了街头唱曲儿的、耍猴把戏或者卖艺的人，可他不敢多看一眼，不敢多停留一步，他知道，一家人还等着他安全返回呢。脚夫最怕那些叼着香烟、敲着算盘的黑心人，因为脚夫交货的时候，常被他们刁难，克扣斤两，等级下压，每每这时，脚夫只好忍气吞声，心想换几个铜板总比退货要好。也有的脚夫初到常德，被一伙人盯了去，在一个偏僻的巷口，便将货物骗了，脚夫寡不敌众，最后含泪回家。

回家的路更加艰难。

肚子饿了，很想下一次面馆，摸了摸口袋，口袋里就那几个铜板，家人还等着急用呢，赶紧缩回手，讨了一碗面汤，吞咽几口发了霉的苞谷米粑粑，日夜兼程。有的饿倒在路上，要不是路人相救，那段路就成了脚夫永远的归宿。

那时，家乡人一听到"狗子垭"和"打劫岭"这两个地方就感到毛骨悚然。下常德时要过的第一关是"打劫岭"。听长辈们说，"干货往上送",家乡人常把篾货、自己纺织的纱线、布匹、药材等特殊的农副产品从家乡挑往大庸县(今张家界)、桑植、永顺和怀化等地,这就叫作"往上送"。走这条路线要过的第一关就是"狗子垭"。众所周知,湘西曾经以出土匪而闻名,当时,这两个地方各是一道重要的关卡,又是深山老林,前后方圆几十里无人烟,因此,土匪常常出没在这两个地方。我们乡里人称土匪为"抢犯"(拦路抢劫财物的人),当脚夫还不到山岭时,岭上早就有人盯梢,脚夫上了岭,冷不防一个蒙面人拿着棍棒出来,继而几个大汉一起围了过来,初出远门的人为了保住自己的货物,遇上抢犯时拼命挣扎,终因寡不敌众,不仅粮油或货物被抢,而且还落下终身残疾,回到家,一片凄凉。有的人为了保住性命,一见抢犯便丢下货物,一口气跑回家,到家了,人吓傻了。白天,那些提着红糖、鸡蛋,担着大米、黄豆、绿豆之类的乡民必须结伴而行,一般的民众白天不敢单独行走,即使身无财物,也怕遭到恐吓;夜晚,除非是火急火燎的事,否则,谁愿意遭此一劫?

那个年代,为了养家糊口,脚夫没有一天的安宁日子,他们日复一日、年复一年地漂泊在异乡,肩上留下了深深的血印子。脚夫是属于社会中底层的人群,生活艰难,生命财产无保障,出门不知归门日,说不定在什么日子、什么时候,脚夫就随着他的担子滑入深渊,旁边仅留下一条带着血的扁担,一个空水葫芦,几年后,人们也渐渐地忘记了他,因为,代替他的脚夫又开始了同样的命运。

二十世纪六七十年代,新型的脚夫出现了。我们大队共有十三个小队,分散在不同的山头岭下,全大队共有两百号人家,为了方便社员们的日常生活,大队设立了代销店,代销店供应盐、红糖、火柴、松紧带和鸡肠带,也供应针线、衣扣、薯米子酒、煤油、小灯盏和萝卜巾(裹在头上的、长长的、薄薄的毛巾),这些货物都是人们所需的日常用品,需要脚夫从公社的供销社挑回代销店,除此以外,代销店也代收药材和农副产品，因此，脚夫还要将药材和农副产品送往公社的收购站。

我的舅表哥松，当时承担了肩挑货物的重任，成了新一代的脚夫。舅表哥平时为人忠厚，办事可靠。

从大队代销店到公社供销社的路程较远，来回都有好几十里，山路崎岖不平，上坡下坡，翻山越岭，往返一百多斤的货物重担沉沉地压在他的肩上，无论天晴下雨，他都不能停下，下雨时，他就挑薯米子酒和煤油，因为酒和油是用油篓子装的。天晴时他就挑其他的货物，只有这样，货物才不会被雨淋湿，他也才能满足全大队人的生活用品需求，因此，一年三百六十五天，他都不能停下来休息。

舅表哥告诉我，五黄六月，烈日炎炎，肩上的重担几乎使他喘不过气来，听到树林子里传来的蝉鸣声，他多想停下来休息一会儿，然而他不能停下来，他必须坚持，他怕摸黑走夜路。有时大雨滂沱，他全身被雨水淋湿，湿衣服裹在身上，每行一步都非常艰难，他双手要一前一后地扶着担子，不然，担子就会被路旁的荆棘树枝挂住，货担就会来回晃荡，稍不留神，人就会摔倒在地，货担滚下山坡。

每年冬天，大雪纷纷扬扬、冰封山路，表哥更不能休息，人们要等着他担回的煤油点灯，等着他担回来的盐下锅，病人也想喝一口红糖茶，他总是说："我不能让代销店的货架子空着。"

舅表哥每天收入一元，全部上交给生产队，待年终总决算时折合工分计算劳动日，然后和其他社员一样根据劳动日在队里参加分红。任劳任怨的舅表哥，每年总是超额完成任务，由于长年累月的脚夫生活，后来，舅表哥松犯了脚骨病，丧失了劳动的能力。

现在，只要家乡人一提起脚夫，大家就会自然而然地想起我的舅表哥松。

随着经济的发展，家乡有了简易的公路，脚夫的使命由其他的交通工具所代替。然而，脚夫的艰难人生，在人们的心目中有着不可磨灭的印象，"脚夫"，这一闪光的名词，人们将会永远铭记。

回家的路悠长

候车

七月下旬,正是天气炎热的时候,因为回家心切,在孙子放假前一个月我就买好了火车票,孙子一放假,我们就打点行李准备回湖南老家。启程的那一天,为了安全起见,我们由专车护送,沿途顺利,没有塞车,下午三点我们就到了广州。进站的人很多,我们排了好长一段时间的队才进候车室,我们找了一个空座位坐下来,因为我们乘坐的列车是晚上八点过几分才开,我们还需要在候车室待上四个多小时。

坐在我们旁边的是两位上了年纪的爷爷和奶奶,还有一个孙子和一个孙女,他们的座位旁边摆满了行李箱和行李袋。

只见那孙子脱下鞋子光着脚到处跑,从这排座位跑到那排座位,又把自己的行李箱推着跑,妹妹不示弱,也跟着哥哥四处跑,摔倒了又爬起来,弄得身上脸上脏兮兮的,有时还拽着哥哥撒娇,爷爷奶奶劝阻无效,只是一个劲地叹气摇头。他们告诉我,他们在这里已经待了两个小时,还要等六个多小时才能乘车,在候车室总比在外面安全。同时还告诉我,他们在农村带四个孙子,吃穿住行以及上学都由他们负责照顾,因为他们夫妇有两个儿子。

我家孙子很喜欢这两个小伙伴,见了他们分外高兴,立刻和他们玩在一起,同时拿出自己的好吃的点心与他们分享,很快他们就成了好伙伴。我担心他的安全，眼睛时时盯着他，生怕他跑出我的视线之外，因为广州火车站旅客很多，人很拥挤，很复杂，作为看管孩子的人我应该尤其负责。

晚上六点多，候车的旅客开始晚餐了，很多人买了方便面，因为候车室里有开水供应，这样很方便，我也给孙子用开水泡了一碗方便面，可能是人多好吃饭，也可能是他饿了，竟然将那一碗面吃光了，他摸摸小肚肚笑着说：我吃得太撑了。坐在我旁边的那位奶奶也早有准备，他们自带了米饭和菜，一家四口分着吃，她说这样既经济也方便。坐在我对面的那对夫妇带了四个孩子，女主人拿出一大袋馒头包子分给四个孩子，他们好像是一家人，因为孩子们长得都很像。

候车室人来人往，时不时传来准备上车的喇叭声，只见那些拖儿带女的、年老体弱的人都站起来排队准备检票上车。忽然过来一对老夫妇，大爷四下张望，神情焦急，不时地望望墙壁上的电子钟，目光又从人群中搜索着他要寻找的人，结果显然令他失望了，他便要我帮他照看行李，他要去外面寻找他的同伴，说是同伴寄存东西去了，到现在还没有回来，而且快到上车的时间了，他十分焦急。我劝他别急，没关系，快去快回，大爷急匆匆地走了。

广播里传来旅客上车时间的提示音，他们上车的时间到了，我也像大爷一样翘首踮脚，希望从人群中看到他们，我真担心他们赶不上火车，替他们捏了一把冷汗。正好在这时，他们气喘吁吁地赶来了。

在列车上

轮到我们上车了，播音员也一遍一遍地广播时间，我一手牵着孙子，一手拖着行李，肩上还挎着一个行李包，随着人群涌进了通道，通道里人多拥挤，大家都拖着行李一个劲儿地跑着，都怕误车。幸好我的行李不太重，因此，我和孙子很顺利地上了车。我们坐的是下铺，对面是一位中年妇女，她的儿子有十多岁了，睡中铺，他们在张家界下车，然后去另一个地方，我们在慈利下车，早她们一站，因此，我们有较多的聊天时间。

我们说话很投机，三言两语就熟悉了。

孙子一直找机会和对面的阿姨说话，那位阿姨见他聪明伶俐很可爱，也很愿意与他聊着不同的话题。

因为要回老家，孙子异常兴奋，他向车厢里的几个小朋友讲起了他熟悉的《恐龙星球三叠纪》的故事，平时，他是不会这样做的。

"两亿三千万年前，它们横空出世，并迅速成为地球陆地生态系统的统治者，经历了三个地质时代的辉煌之后，它们在地球第五次生命大灭绝事件中神秘消失，它们就是中生代的霸主——恐龙。"孙子简直是在背诵这本书的前言。

他还向那些小朋友讲了很多恐龙的体形特征、捕食能力、生活习气和癖好。他的语调有轻有重，抑扬顿挫，他脸上的表情随着故事的情节不断地变换，他时而摆着头，时而用手势解释，一对眼睛睁得圆圆的，他很想用他的故事吸引对面阿姨和周围小孩子们的注意力，尽管食品小车来回过往，但都没有打断他的话题，他不在乎周围发生的一切，他只在乎他的故事能否感染大家。

孙子情绪高涨，一直处于乐观状态，他一会儿唱歌，一会儿背诵在幼儿园学的课文。对面中铺的那位小哥哥总是玩手机，他母亲见他玩的时间太久对眼睛有害，于是制止他继续玩下去，孙子插话："是啊，玩手机对眼睛有害，我不玩手机，我的眼睛有散光，哥哥你不要玩了。"说起别人来就是"站着说话不腰疼"，但他毕竟是个小孩子，没有别的用心。

晚上，车厢里的灯光暗淡下来，旅客们有的躺下入睡了，有的在昏暗的灯光下看手机，有的坐在窗台下掀开窗帘欣赏窗外的夜景。月亮还没有升起来，孙子毫无睡意，问我何时到家，我告诉他要到第二天才能回到老家，现在该睡觉了。孙子躺一会儿又坐起来，有时候又看看外面，当火车在一个站停下来的时候，他发现了站台边有没有出发的火车，马上惊喜地告诉我：

"奶奶，我们到站了，车停了。"

我告诉他这是一个小站口，我们回老家要经过十多个大站口，他不作声了，似乎在想什么，我见他躺在床上，翻来覆去，一会儿坐起，一会儿又躺下，丝毫没有睡意，我困了，顾不得他了，不知什么时候我闭上了眼睛，又不知什么时候他把我吵醒了，一个劲地叫奶奶，我不知道怎样说他才好，但是我明白，他要回老家了，太激动。

等我再一次醒来的时候，他睡着了，可能是我们那个车厢里睡得最晚的一个孩子，但他好像睡得不安稳。

在孙子幼小的心灵里，乡愁也浓浓的。

天上的月还在空中

我有些失眠，长时间不能入睡，只好静静地靠窗而坐，听着车轮滚滚向前的铿锵声，闭目养神。

窗外黑黑的，路过村庄时偶尔发现远处有一道亮光，这亮光随着疾驰的车轮一闪而过之后，外面又是一团黑暗。如果到了一个小站，火车停下，车上的旅客一个接一个地下车，他们拖着行李走了，车上又上来一批旅客，他们都没有大声说话，拖着行李迈着轻轻的脚步找他们的铺位，然后轻轻地放下行李后，又轻轻地拉上被子静静地入睡了。一站又一站，我看着一批批的旅客下车，又看着一批批的旅客上车。

车厢里除了列车员夜间查铺之外，无人走动，一切都在静谧之中。我轻轻地给孙子盖好被子，摸摸他的脸蛋，我多想让他好好睡一觉。我眯着眼睛靠窗斜躺着,渐渐地也迷糊了,等我醒来,天空破晓,一轮圆月还高高地挂在空中。阴历六月下旬,到了半夜,月亮才升起来,而且不会随着天亮而坠落,农人们常说:"十八、十九、二十,人静亥时,二七、二八、二九,早上一架牛。"后一句的意思是说,在这三天,农人们在早上还能伴着月光犁一块地,因此,早上见到月光是不稀奇的。

我从窗口边望着圆圆的月,看着发亮的东方,猜想着那里可能在孕育着即将喷薄的一轮红日。

天上的月勾起了我无尽的思念,我归心似箭,想到了远在乡下的年迈父亲。记得提前一个月买票的时候,父亲就电话问我何时回家乡,我启程的那一刻,父亲又给我来电话,问我动身了没有,父亲说我到的那天他坐汽车来县城看我,从父亲说话的语气中判断,他像小孩一样高兴,人逢喜事精神爽啊。

我坐在窗口边,东方还是红红的,远处的村庄、田野、山峦似乎都在晨曦中活跃起来,村庄的炊烟、田野的庄稼、山峦的薄雾,一切都渐渐地明晰起来,不过,月亮还高高地悬在空中。圆月成了我手机里的一张新的照片,也成了我心中的一幅美图。我,恨不得列车再提速,让我尽快回到那小小的县城,回到家乡去看望我的父亲。

人们都盼月圆时,我想这一列车上的旅客多半是回乡探亲,有的是看望父母,有的是夫妻相聚,有的是趁着孩子放假的时候,带着他们看望在外工作的亲人。是啊,人们的心中永远都有难以割舍的那份亲情。

过了许久,天上的月还在空中,圆圆的。

家里的绿

火车晚点了,我们迟到了两个多小时,本应该在早上八点半到站,结果到了十点多以后火车才到达慈利,真苦了在火车站久等的老爷爷,他一见到外重孙子，眼睛发亮了，脸上笑开了，他搂着外重孙子久久不放。

"的士来了。"我提醒他们。

车在家门口停下来，一下车，第一眼我便看到了依次排列在家门口台阶上的花盆，花草好像刚刚被人浇了水。大门还关闭着，正月十五我离家时亮在大门上方的两盏大红灯笼还高高地挂在那儿。进了屋后，使我惊奇的是，楼梯口、护栏边、窗台上、书架上、电脑桌上都摆着绿色的盆景，海棠花、太阳花、兰草花都在竞相开放。

一楼靠外面玻璃墙的盆景发枝了，枝干伸得很长，有的落地后又向上延伸生长，有的枝条上还开出了一朵朵的白花，花形像喇叭，花是白色，但花边儿上呈浅黄色。清晨，太阳照在玻璃墙上，阳光透射进来，花儿更美了，过路的行人都情不自禁地站在玻璃墙外面停一会儿，望望室内，望望那盆金枝玉叶。

三楼客厅入口处的兰草花开得很艳。听说有几盆兰草花已经开了好几个月了。兰草叶青青的，甚是叫人喜欢，兰草花更吸引人，如果将窗户打开，微风吹进来，楼上楼下都弥漫着兰草花的馨香。

不知什么原因，家里的那棵葡萄树今年春上没有发芽，没有绿叶，更谈不上夏天的葡萄了，葡萄架上只有枯枝枯藤错综地交织在一起，碗口粗的主干还趴在外面的墙上，我望着葡萄架，看着枯萎了的枝蔓，想像着去年夏天葡萄满架的情景。

它还能绿吗？我祈祷着，但愿"春风吹又生"。

坐中巴车

我一年回乡两次，过春节一次，学生放暑假一次，我总想多抽出一些时间，多利用一些机会陪伴我的父亲，父亲也一直挂念我们，心里早就盼望着我们回家。因我惦念父亲心切,所以我在自己家里只住了两天,便启程赶回乡下。

父亲住在乡下,离县城较远,坐车需要好几个小时,而且多是山路,最危险的是雷雨垭路段,山高路陡且又七弯八拐,站在雷雨垭回望山下,令人胆战心惊,但这又是一条必经之路。政府为了方便群众,决定从半山腰处开一条隧道,这项工程在去年启动,虽然未来的路方便群众,可在工程期间的这几年,来往的车辆该往何处行驶?结论是:绕道才是唯一的出路。

那天我们起得很早,从城里乘一辆的士到了汽车东站,顺着一条狭窄的通道来到后院停车场,找到了去高桥的那辆汽车。汽车很旧,加上往返乡下,车身满是灰尘,因为乘车人较多,车里不太干净,套在座位上的布套子好像从来没有换洗过。我选了一个靠窗户的座位坐下来,等待开车的时间。这辆车可容纳三四十个乘客,上车的人不是排好队后在规定的时间一次性上车,而是随到随上,司机要等到车位满了之后才发车。车启动以后才开始收费,司机的熟人和亲戚可在站外乘车,这样可以少收费,或者免费。

座位满了,车开动了,每一个乡镇就是一个停车站,但为了多挣几个钱,沿途只要有人拦车叫停,汽车就会马上停下来,多拉一个人上车,车主就多一份收入,下车也没有规定,随叫随停,你我方便互不干涉。

车内空气不好,窗户关得严严实实的,让人感到烦闷不堪,从外地打工回来的人带的东西很多,大箱小箱大包小包堆在过道上。一会儿有人上车,带来几件从城里买来的小型机械农具,折腾一阵后车子又才开动;一会儿又有人要上车,带上一笼鸡鸭,他们是去赶集的。尤其是到了熟人家门口,司机大声吆喝:"带货来了,卸货啊。"久等,不见其人,车里人再焦急也无用,因为货物总是要卸下的。

我很想打一会儿盹,打发难熬的时间,无奈车里人多,怎么也睡不着。乡下的故事多，乡里人去一趟县城多不容易，总要抓住这个机会把在城里的所见所闻在车里报告出来，就像早间新闻晚间新闻一样。忽然车内散发出一种难闻的气味，睁眼一看，那一笼鸡鸭便便了。

老公身体欠佳，孙子又太小，小孩没有座位，我只好全程承担照顾孙子的责任和义务。座位上方的空调孔排出的冷气直往孙子的头上吹下来，我不得不抱着他侧身坐着。因为早起，再加上长途坐车，孙子也很疲倦，躺在我身上睡着以后，全身冒冷汗。我有点晕车，再加上腰椎、颈椎的毛病，我感到分秒难熬，我将小包放在背后垫着腰背，以减轻腰椎的疼痛。

我望望窗外，天空很蓝，几朵白云悠悠，外面一片绿油油的禾稻，风起浪千重，还有清清小溪、阡陌农田及农家小院，都随着汽车移动的一刹那而昙花一现。我无心欣赏那乡村美景、田园风光，在汽车经过有名的"黄石水库"时，我也只是望望而已，尽管山中有水、水中有山、山水一色。

车从慈利出发，绕道桃源县，途经热市、菖蒲、黄石，再转道二方坪、景龙桥、龙潭河，于下午三点多抵达高桥乡政府，路还没走完啊，休息片刻，我们又雇一辆车翻越麻王坡，车行至山顶，我们才长长地吁一口气，因为再过半个多小时，我们就可以安全地到家了。

那堆谷壳和艾叶

父亲年事已高，接近九十高龄，身体一年不如一年，可勤劳善良的他永远也闲不下来，他照样上山砍柴，犁田栽秧，耕地种庄稼。我们回家的那天，他电话不停，一会儿问我们到了什么地方，一会儿问我们何时到家，他总是永远把我们当成没有长大的孩子。车快到了，远远地，我们看到一个消瘦的身影立在家门口不停地张望，邻居告诉我们，他已在门口站了很久很久，我们理解，那是父亲盼儿心切。

我们一个个在房前的禾场上坐下，禾场是用水泥铺成的，这样晒玉米和稻谷时少了许多灰尘泥土和碎石子。父亲烧好水，泡好茶，然后一杯一杯地送到我们每个人的手中，这是父亲的一种习惯，几十年来的一种习惯，只要我们一回家，父亲总是为我们沏茶，他把全身心的爱溶化在杯杯清茶之中。我们接过淡淡的清茶，享受到了父亲给我们的慈母般的温暖，我们望着父亲的慈祥面容，热泪盈眶。父亲的脚步不曾停过，他烧茶倒水，打扫庭院，归类农具，他亲自从菜园里摘来了他自己种的环保蔬菜，从谷仓里翻出了保存完好的腊肉腊肠，从鸡笼里抓出了早为我们准备宰杀的大公鸡，他知道我们小时候爱吃什么，不爱吃什么。

暮色来临，农家的炊烟已尽，父亲早已将前院打扫得干干净净，为了驱蚊，他搬出了一个冬天生火的小圆盆，放上干柴，放上艾叶，然后一铲一铲地将谷壳堆在艾叶上面，艾叶是他在五月初五端午节那天从山上割来的，谷壳是他打完稻谷后储存起来的。父亲小心翼翼地点燃干柴，干柴燃了，艾叶燃了，谷壳也燃了，一缕缕的青烟升起，瞬间在空中缭绕。

艾叶对农家人来说是宝中之宝，艾叶燃烧的烟雾能驱蚊，能在空气中杀菌，艾叶水能治病。记得小时候每天晚饭过后，父亲总是在禾场上堆上一大堆谷壳，放上艾叶熏烟驱蚊杀虫。如今我们已经是花甲之年，每年夏天回家，父亲还是不忘烧一堆谷壳，在谷壳中加上几把艾叶。

宁静的夜晚，我们姐妹几个一起围坐在父亲身旁嘘寒问暖，谷壳中冒出的青烟似薄薄的烟云从我们头上绕过，慢慢升腾，空气中散发着艾叶的香味。房前小溪中的水哗哗地流着，风儿吹来，经过梨树枣树，撩起了我们的衣襟，吹拂着我们的头发。山林中传来夜莺的叫声，夏虫也在瓜棚下啾啾和声，一切是那样的和谐，那样的温馨。此刻，我多想这样永久地陪伴父亲，永远永远地围坐在他的身旁。

第二辑　子规声里下桑田

柳树·木楼·戏台

柳树

　　这是一所学校的操场，操场原本是一座荒丘，人们将它整平后就变成操场了。

　　这个操场不大，地面又全是黄泥夹着少许沙石，下雨时操场上积满了水，水坑里积满了泥糊。操场虽然很小，可它是慈利县高桥人民公社唯一的一所中心完小的操场。每年的"六一"儿童节，下面的初小都要派代表来到这里，参加庆祝"六一"儿童节的活动，在这个小小的操场上举行一年一度的运动会。

　　操场边有一棵大柳树，不知何年何月何人插的柳，经过数年数月，柳树长大了，树干又高又粗，两人合围远远不够，横向的树枝一直向操场延伸。每年的春天，柳树开始发芽，枝条开始长叶，春风吹来，柳枝像少女的细腰，扭动起来，婀娜多姿。

　　一年四季，柳树有着不一样的风采。

　　夏天，小鸟来树上光顾，尤其是喜鹊，常常在树上筑巢，一天到晚叽叽喳喳的，虽然有时飞向远方，但终究离不开它们的安乐窝。夏日的阳光很强烈，但柳树下面阴凉凉的，坐在柳树下乘凉，听听蝉鸣，捉捉小虫子，别有一番儿童的乐趣。

　　秋日里秋风凉，柳树开始卸装，一阵秋风，黄黄的叶撒落一地，我们值日生常常在放学后用竹扫帚清扫落地的柳叶。

冬天，几经风霜，柳树成了光杆儿，暖暖的阳光照在树干上，给柳树以温存。偶尔夜里一场大雪降临，早上起来，你就会发现那厚厚的雪压弯了树枝。

我第一次看到这棵柳树还是在我上小学三年级的时候，那年"六一"儿童节，老师带上我们几个同学，步行三个小时来到这所学校参加"六一"儿童节的运动会。我第一眼就看到了那个操场，看到了操场上的那棵大柳树。在我的眼里，操场很大，柳树很大，那一次，我好像见了大世面。我想，要是能和我的伙伴们在这个操场上跳跳绳，踢踢毽子，那该多好啊！以后的日子，我一直念念不忘那个操场以及操场上的那棵大柳树。

小学四年级毕业后，我考上了这所"学府"，开始了小学五、六年级学业的深造，以后的每一天，我都能见到那个操场，见到操场上的那棵大柳树。

清晨微风送爽，我们就在这棵柳树下做早操，上午两节课后，我们沐浴着金色的阳光，又在这棵柳树下完成了课间操。为了整理队伍，体育老师总是站在柳树下"嘘嘘嘘"地吹着口哨，让我们"左、左、左右左"地踏步，他的口哨声就是他给我们发出的口令。

我们都喜欢一周的两节体育课，每逢体育课，我们就从教室里跑出来，就像被放飞的笼中小鸟一样，扑棱棱全飞到了操场上。我们的体育老师姓杨，是从桃源师范学校毕业的，很年轻。每次上体育课时，老师提来一个藤筐，里面有一个篮球和几根跳绳，他总是先要我们做伸展运动、下蹲运动，然后带领我们在操场上跑几圈，后面的大部分时间便是我们分开运动了。男孩子一拥而上，争抢唯一的那个篮球，女孩子则不以为然，有一根长绳就足可以供我们快乐的了。老师常站在旁边，眼睛注视着操场上那一双双的光脚丫，生怕有人停下来。如果碰上六月的天，

051

我们也可以站在柳树下歇歇凉，伙夫也会送来一小桶棠梨叶茶，木桶上面用绳子系一个竹筒供饮茶所用。下课铃响了，我们乖乖地站好队伍，随着老师的一声"解散"，我们又离开了操场，离开了那棵大柳树。

木楼

柳树后面有一栋两层的木楼。

木楼两头都有木楼梯，楼上楼下共有四间教室，楼下是本地人办的两个初小班，楼上是五年级和六年级两个高小班的教室，五年级的学生是由各个村小的学生考进来的，我上五年级时，全公社只有一个班，共22名学生。楼上两间教室之间是老师的住房，两房之间用木板隔开，前面住着算术老师，后面住着语文老师兼班主任。

楼下的两间教室之间的房子住着校长，圆圆的大门正对着操场上的那棵大柳树，木楼和柳树仅只有几步之遥。圆门的第一间是老师的会议室，可以挤下七八个人，内间住着校长，校长的房间布置得很简单，里面只有一张简易的木床，一张旧木桌、旧木椅，木桌上有一个篾篓子热水瓶，一个脱了瓷的喝水缸子。墙上挂着报纸，报纸用破开了的竹棍夹着。桌子旁边还有一个简易的木头洗脸架，木架上面放着一个旧洗脸盆，架杆上晾着一条毛巾。校长名叫李自雄，自1958年起他就在高桥担任联校的校长。校长人很温和，师生都敬重他。

我们五年级教室在木楼的西头，每次上下课，我们都从木楼梯上"噔噔噔"地上上下下。楼上有一条长长的走廊，从东头到西头全由木栏杆护卫着，下课后，我们走出教室站在走廊里，闻着清风送来的野草花香，近距离地数着栖息在操场上那棵大柳树上的小鸟，偶尔抬头望一眼蓝天，看几朵游走的浮云，顿感全身卸下了千斤重担，早把功课忘得一干二净了。在走廊上休息时我们不敢蹦蹦跳跳，因为木楼年代已久，我们只是静静地靠在栏杆上说说话罢了。

晚饭后，老师常常拎一把木椅坐在走廊里看报，那时的报纸全由人工传递，到达学校时，新闻早已变成了旧闻。老师告诫我们要多读书，这样才能写出好的文章。他还告诉我们，副校长只有小学文化水平，因为他读报多，所以文化水平提高得很快，还能在教师会上作报告。李校长是读报最早的人，因为每次送来的报纸都要先送到校长那里，然后老师再从校长那里去借，至于我们学生只能看到老师坐在走廊里的椅子上认真看报的这一镜头了，我们是无机会接触报纸的。

我们的教室两边各有一扇木格子窗，风雨阳光使得窗户陈年老旧。冬天，大风一吹，裱糊在格子上的报纸变得七零八落，冷风就像凉水一样灌进全身。教室里共有十套很旧的木桌和凳子，它们分别摆在教室的两边，教室中间留出一条空隙供老师来回检查学生作业和学习情况，我们两人共一张课桌和一条长凳，相隔的距离很近，那才是真正的同桌。我们的课程是语文、算术、体育、音乐和一节自然课。每周除一节音乐、两节体育、一节自然课以外全是语文和算术。

我们每天早上都有一节早自习，自习的内容是读课文和背课文。读书时，我们常常把一个字或者几个字的音拉得很长很长，这种音调叫作"唱读"，是唱和读的混合。字音是我们本土的方言，偶尔也夹杂着老师的方言，现在回忆起来，这种音调也有点像古人读古诗词的调一样，因为老师是从私塾学堂里走出来的。我们每天早上都有背书的任务，凡背书者必在老师那里过关，背错了再读，再重新背诵，因此，每天早上我们一下早操，就在教室里读起来。老师总是要我们大声地读，路过的行人远远地就能听到从木楼里传出来的读书声。如果我们读累了，教室里的读书声就渐渐地弱下来，有时不知什么原因大家突然停下来，教室里鸦雀无声，我们不约而同地一齐望着老师，这时，坐在讲台边的老师用木教鞭连续地敲着讲台，喊一声"大声读"，我们又"哇啦哇啦"地读起来，教室里又恢复了先前的读书声。我们班有一个叫作清的女孩子，她读书时嗓门拉得很大很大，一句接一句地从不停下，一节课下来，满脸涨得通红，可怜她还是落下了功课。

我们也有晚自习，晚自习时老师常常点着小油灯来到教室查看我们的学习情况，有时外面起风，老师只在窗外巡视，见我们都很认真时，他就悄悄地走了。老师总是轻手轻脚地从教室后面进来站一会儿，然后又悄无声息地转身而去，来去都不留蛛丝马迹。机灵的孩子总是留心窗外，如果发现老师在窥视我们时就轻轻地故意咳嗽几声，我们都知道这是暗号，每当这时，我们就开始摆出一副认真学习的样子，谁都不敢轻举妄动。

晚自习时我们将课桌拼在一起，多数人共用一盏小油灯，油灯是自制的，将一个墨水瓶洗净后装上煤油，瓶口上盖一个有眼的铜钱，用一块铁皮将灯芯夹紧从铜钱口插入瓶内。买煤油的钱是几个同学凑的，如果家里实在困难凑不出这份钱，晚上就坐在自己的位子上借着旁边的暗光读书学习，这种现象叫作"就亮"。在我的印象中，这样的孩子多着呢，有时我也是其中的一个，家里买不起煤油，只好坐在暗处。我们也常常从山上拾来一些松油，放在一片青瓦上点燃后用作照明，松油燃烧起来亮光很大，火苗"剌剌"地响，不一会儿，教室里黑黑的烟雾弥漫，味儿实在难闻。

戏台

另一栋房子就在操场和木楼的旁边，房子很旧，也是木结构，屋顶灰瓦，中间有一个天井，天井一年大部分的时间无水，如果碰上下雨天，水从天井上方的四角斜面处哗哗地流下来，落入天井后便从井中的四角暗暗消失了，井中很少蓄水。从天井的上方可以看到蓝天白云，也可以看到雪花飘落。天井后面的空间较大，上面是一层阁楼，阁楼低矮，小孩子站着不需弯腰，可老师要低着头才能进入阁楼，阁楼地面上铺着一层稻草，这便是我们五、六年级十几个寄宿女生的寝室了。短短的木楼梯没有扶手栏杆，我们每天都要小心翼翼地进入阁楼，然后小心翼翼地从阁楼上下来。天井的右边也是一间土屋，土屋里有一个土灶，一口大锅，三张高高的四方桌和几条长凳，这便是我们的伙房了。

使我印象最深的莫过于这个戏台了，戏台在天井的前面，高出天井好几米。平时是开大会的场所，一到"六一"儿童节，这里就是戏台了。我们都盼望着每年的"六一"儿童节，盼望着那一天的运动会，盼望着晚上在这个戏台上上演的节目。节目是由五、六年级的学生表演的，各初小也有选送的节目。

在这个戏台上上演的节目中，我永远都会记得五、六年级表演的《采茶舞》，当时的音乐老师可真是动了一番心思。舞台上摆放着从山上挖来的一排油茶树，茶树不高，满树的叶碧绿碧绿的，将舞台装成了绿色，当扎着小辫儿头上插着小花的小小演员们提着小花篮依次出场的时候，下面的小朋友们高兴得跳了起来。

"百花开放好春光，采茶姑娘满山冈。手提着篮儿将茶采，片片采来片片香。"

她们娴熟的舞蹈动作叫人赏心悦目。突然一只大蝴蝶飞到了舞台的上空，姑娘们手摇花纸扇齐齐扑蝶，蝴蝶低飞，眼看姑娘们快要扑住蝴蝶时，谁知蝴蝶又高飞了，观众随着剧情望而兴叹。突然有人喊了一声："蝴蝶是纸做的！"这时我们才发现舞台上方的横梁上蹲着一个人，手中的竹竿上用一根长长的线连着蝴蝶，原来蝴蝶在舞台上飞来飞去，飞高飞低都是由人工操作的。晚上没有电灯，也没有煤气灯，只有两把杉木火把分别由两人高举在舞台两边，他们自始至终一直站在那里，偶尔也添上几根杉木条，待火把快要熄灭时，十几个节目也就结束了。

我第一次上舞台是在九岁那年，还是在自家附近的小学读三年级的时候，那年我被选上参加了庆祝"六一"的演出。我表演的节目叫作《三棒鼓》。三棒鼓是我们家乡人最喜爱的民间曲目，曲调土生土长，每段只有四句，当唱到最后一句时，帮腔的人就要跟着和唱起来。三棒鼓容易学唱，当地男女老少都会哼这个曲儿。平时民间艺人表演三棒鼓的时候，一人边唱边敲鼓，并且变着花样将三根小棒有序地抛向空中，而且小棒在落下的时候还根根落在演唱者的手上。旁边一人敲锣，锣和鼓总是和着唱腔的节拍发出有节奏的声音。三棒鼓很受百姓欢迎，逢年过节，敲三棒鼓的人来到你家门口，当锣儿鼓儿响起时，房主人就会笑脸迎出，忙招呼家人送上几个糍粑粑打发艺人去另一家。

我那次登台，帮我敲鼓的是我的四舅爷爷赖国芷，我的老师陈光国（小学一年级到四年级时全校只有一个老师）负责敲锣，他二人在台的旁边边唱边敲。歌词是老师写的，约有十二段，整个节目始终由我一人在台上表演。他们给我着上一件长袍，头上插上几朵小花，花里面藏着几颗小小的手电筒灯泡，连接灯泡的铜线分别穿过我的两只衣袖牵到我的手中。我从台的右边出场，当他们唱第一句和第二句时，我迈着莲花步，摆着两只小手，扭着细细的腰，从台右走到台左，当我在台左停下，双手叉腰微微下蹲时，两手就轻轻捏一下手中的电源开关，这时，插在我头上的几朵花全亮了，一闪一闪的，台下掌声一片，欢呼声一片。当他们唱到第三、第四句时，我又重复先前的动作走到台右，又在趁我叉腰的当儿双手捏一下开关，头上的花儿又亮了，台下的掌声更加热烈，他们不是夸奖我，而是好奇这头上的亮光从何而来，这在当时的确是一个让人倍感稀奇且又让人捉摸不透的现象。鼓儿一直敲着，锣儿一直响着，舅爷爷和我的老师也一直唱着，我也机械性地重复第一段的动作，待我从台上走下来时，老师和舅爷爷笑得合不拢嘴，舅爷爷当场把我抱了起来。

高小毕业后，我考上了初中，告别了我的老师，告别了我的母校，告别了木楼前面的那棵柳树，告别了那个小小的戏台。

槐

我与"槐"字的情缘,就得从我的取名说起。

我出生在湘西,那是一个偏远的山区,我的长辈几乎没有几个人能识几个字,除了有钱人进过私塾外,其余的人几乎是文盲,斗大的字不识几个,乡下的秀才也是百里难寻。转初级社时,政府开始了扫盲运动,我的长辈们进了夜校,他们初识柴米油盐几个字,女人们也能分清元角分,但她们很少为自己的孩子取名。

那时,孩子们出生后所取的名字大致相同,就拿女孩子们来说吧,第一个字是根据四季来取得的,如春、夏、秋、冬。有的以金、银、玉取名,有的以桃、李、杏、枣等果木树取名。如果五行缺木,就用树木来取名,像槐、桂、椿、梓等。同时,梅、姣、娥、花、凤、英、菊、莲、芝等用作名字的第二个字。长期以来,就形成了一个取名字的公式,不识几个字的人也会取名了,不过,方圆十几里路就有同名同姓的人。

那时的取名还有一个不成文的习俗,一般来说要由爷爷取名。我爷爷在年轻时就被抓壮丁遇难在外,因此,母亲生下我后,父亲就请我的叔伯爷爷帮我取了现在的这个名字。算命先生说我缺木,叔伯爷爷就取了"槐"字。

我们乡下野菊多,每逢九月,野菊满山遍野,黄黄的、白白的,一簇簇、一团团地点缀在山中,给人们送来清香,带来喜悦,况且菊花茶能使人明目,所以人们常用菊花沏茶。我家附近有一位老郎中,由于一生享用菊花茶,古稀之年给人把脉开处方时从来不戴老花镜。叔伯爷爷说菊字好，于是，我名字的第二个字就定了。

小时候我对我的名字很陌生，因为大家不叫我正式名，而是叫我的乳名"妹陀"，记得我上初中以后，外公还在叫我的乳名。

从我懂事起，就谈不上我很喜欢这个名字，因地方音的影响，他们把菊念成"zhu"（猪），听起来蛮蛮的、怪怪的。

上初中了，我的数学老师是长沙宁乡人，因地方口音的影响，他每一次提问总是将槐念成"zai"，我也只好听从命令，硬着头皮回答。淘气的男孩子们也常常把我的名字作为笑料。一次，我和几位女同学从教室外面进来准备做作业时，有几个男孩子站在一旁偷偷发笑，我当时不以为然，但当我拉出椅子时，我惊呆了，不知是谁竟然在我的新本子的封面上写下了别名，还填在姓名一栏里，我哭笑不得。这下可好，虽然只是开个玩笑，可是我没有本子做作业了，那时一学期只交五元的学费，五元对我们一家来说可不是一个小小的数目，我哪有钱买新本子啊，当时我真的很无奈。

小时候我很喜欢听人讲"古"（故事），说书先生也常给我们讲有关薛仁贵、程咬金的故事，但更多的是讲祖辈传下来的神鬼故事，尤其是发生在老槐树下或者柳树下的鬼故事。听鬼故事的人就怕鬼，特别是在晚上，我一个人不敢走夜路，一个人不敢摸黑去睡觉，因为我常常想起槐荫树下的妖魔鬼怪。

记得有一年我和同事们去北京参观故宫、天坛、颐和园，最后一天我们也去了景山公园，那天下着毛毛细雨，虽是金秋十月，但寒冷来得早，由于天气太冷，我们只好沿着山道缓缓前行，寻找明崇祯皇帝当年自缢在一棵老槐树上的地方。我们绕来绕去，未能找到那个地方，只有那个故事一直缠绕在我的心中，因为我想到了那棵老槐树，由此也想到了我的名字。

其实，中国古代传说中也常提到槐树。电影戏剧《天仙配》中的老槐荫下，牛郎织女结为连理。《南柯一梦》中的大槐安国，树下的一个蚂蚁洞，那也不是鬼故事啊。至于"槐荫树下神出鬼没"的说法，是说书先生根据槐是木与鬼二字之合的字面意思而自圆其说？还是因为槐树枝叶繁茂，树干粗壮，地下阴凉感到阴森惧怕而推理的呢？是讲古的老人自己编的吗？这一切的一切，当时在我的心中一直是一个谜团，它使我不得其解。

我的名字在现实生活中也常常爆出一些笑料，有时也使得我无可奈何。

学校新进一位干事，填写名字造册时，他常将槐字写成怀，我向他解释是槐树的槐，结果他又写成愧字。有好几次教室外面小黑板的公告栏里，我的名字最醒目，常引起人们的指指点点，每当这时，我只好找来粉笔自己将错字更正。

我常常向人们解释：槐是木、鬼结构。可有些人又将鬼字中的"厶"部分去掉了，结果我的名字是人不像人鬼不像鬼了。

有人常常问我："你是九月出生的吗？"我说不是。

"那你是七月还是八月出生的？"我说也不是。

于是他们疑问：九月才有菊花开，槐花也要到七八月才开，那你的名字？

这下我明白了，原来他们也是在异议我的名字，难怪我刚建立我自己的空间时，网友接二连三地问我："三月没有菊花呢，为什么叫作'三月菊'呢？"问的人多了，我只好用打油的句式来回答我的朋友们，向他们解释我的无根无据的带有泥土味儿的名字：

"三月桃花九月菊，三月无菊何为菊？我生三月名为菊，三月为何没有菊。"

曾一度有人认为我们乡里孩子的名字太俗气，有泥土味，不雅，因为那时取名要时尚。许多和我同龄的城里人出身书香门第，她们的名字新颖，而且带有诗情画意，如"但愿人长久，千里共婵娟"中的娟字，"窈窕淑女，君子好逑"中的淑字，"独于静处惬幽娴"中的娴字等，闻其名如见其人，闻其名如见其景，很美。我们乡里的孩子当然羡慕。

退休后来到东莞，在中心广场上我认识了晚我一辈的美女阿媛，当时为了联系方便，我们互留姓名和手机号码，我亲自在她的手机上写下了我的名字，当我一写完，她马上高兴起来。

"我好喜欢这个名字啊！"

"真的吗？"我笑着问。

"真的，方方正正的两个字，笔画不多也不少，书写时很美，听起来新颖。"她也笑着回答。

她是第一个喜欢我的名字的人，我也是第一次听到别人赞美我的名字，于是我对我的名字有了新的认识，并重新给它赋予新意。

那天回家，清风一路，我似乎腾云驾雾了，深春的阳光照在草地上，洒在树林里，我看到了红红的木棉花，我听到了树上春鸟的鸣声，呵呵，我的心"春光明媚"了。

我仿佛看到了一片槐林，槐花绽放，飘出浓郁的香气，那村庄，那田埂，那沟沟壑壑，都弥漫着槐花的阵阵馨香。

奶奶常说，出生在农历三月的人爱吃"峰子菜"，"峰"为奉承的谐音，含义是爱听恭维话，爱听赞扬话，看来我是印证了奶奶的这句话，是一个爱吃"峰子菜"的人。

我很喜欢槐树。

槐树是落叶乔木，冠球形可观，枝多叶密，花期较长，绿荫如盖。人们喜欢在槐荫下品茗聊天，他们都知道"槐荫之下好乘凉"的现实观念。同时，槐为怀的谐音，有"望怀"之意，站在槐荫下，望怀远方人。

古人也常常赞扬槐树，神、科第、官职等都用槐字作为代名词以表示吉兆吉祥和祥瑞的象征，门前栽槐树象征着有吉兆。

《孔林瑞槐歌》赞美了槐树："阙里阴阴槐树古，百尺长柯挟风雨。密叶蟠空拥翠云，深根贯石流琼乳。"

　　白居易也有诗云："黄昏独立佛堂前，满地槐花满树蝉。""槐花雨润新秋地，桐叶风翻欲夜天。尽日后厅无一事，白头老监枕书眠。"

　　如今一看到槐字，我就想起了槐树，一棵硕大的老槐树，树干粗壮，枝繁叶茂，槐花一朵朵、一簇簇地挂在枝条上，开在枝丛中，那花如银，白白的，如雪，轻轻的、软软的。

明天有雪

每年的冬天家乡的天气很冷，在我的记忆中，最寒冷的时候和北方没有两样。

记得有一天我一起床就习惯性地来到火坑边，奶奶早已在火坑里生好了火，她将大块的木柴堆在火坑里，木柴上面堆上一些干渣滓，渣滓上面再添上一层厚厚的湿稻草，这些湿稻草是冬天人们打扫牛栏时，将被牛糟踢过的稻草扫到粪坑里，需要时再用钉耙耙出来的。火坑里堆上牛粪湿稻草，既节省柴，又能烧出很多草木灰。草木灰是用来交队上按斤数算工分的，为了多挣工分，从年头到年尾，我们家的屋顶上一直有青烟缭绕。

我将吊在火坑上面的水壶盖揭开，用手摸了摸里面的洗脸水，不知是气温低还是火力太小的缘故，壶里的水还是冰冷冰冷的。

我开了门，外面像下了一层薄薄的雪，门前的瓜棚架露出的那些赤裸裸的木条变成白色，屋上的青瓦变成白色，路边的小草、刚出土的油菜苗、园中的白菜及萝卜叶子上，像顶着纯白的小花朵。

"今天又打霜了。"我心里嘀咕着。

打霜意味着两种天气，奶奶说，如果霜打转了（打成功了），早饭后就会有太阳出来，大地经过暖暖的太阳照射，霜就会慢慢地融化，田埂、地块和小路就会解冻，解冻后的路很滑，一开步人就会溜来溜去。接近中午时，太阳升温了，路面干了，做农活的人就方便多了。

如果不出太阳，就叫阴霜。

"阴霜冻死狗。"这是奶奶常说的一句话。

"看来今天是要阴霜了。"我从天色判断。

阴霜意味着有冰冻来临,不准备充足的木柴,人就会冻坏的,因为我们南方不像北方,北方人有炕。

平时忙里偷闲的时候,农家人将山上的杂木树砍倒,用锯子锯断,再用斧子劈开,然后在山上将大块大块的木柴码成垛子形,日子一长,木柴就失去了大量的水分,减轻了重量,挑柴的人就会省力多了。

"我要背柴去,说不定明天有雪呢。"我对奶奶说,因为父母一大清早就去队上做工去了。

我用棕片把脚包好,然后套上草鞋,背着背篓出发了。

外面冷风飕飕,那些点缀在小草上的霜花此刻也像刺骨的寒针,一碰上就像衣针扎入体内,我双手抱紧身子,想让身上暖和一点。

天阴沉得像魔鬼张牙舞爪,露出一副狰狞面目,原本翠绿的群山也一改往日的颜色。我独行山中,一夜的冷霜把路面冻得硬硬的,像狗骨头一样硬,脚踩在坚硬的路面上发出"嘎吱嘎吱"的响声,手脚冻得发麻。寒风从单薄的裤腿下钻进来,我直打哆嗦,牙齿也不由自主地碰得咯咯地响,一切似乎都在冻着,就连平日里喜欢唱歌的小溪也结冰了,没了潺潺的流水声。

我家的柴多半堆积在朱三峪和杨泗湾两座山上,打霜的天,木柴上落满了霜,远远望去,像一堆堆的雪。我将木柴上的霜抖掉,然后将木柴一块一块地装在背篓里,没有晒干水汽的木柴很沉很重,我直不起腰来。于是,我把背篓放在土墩上,人站在土墩下面,这样我就不会因负荷太重而直不起腰来。大人背的背篓比我的还要大,我背在背上,几块木柴在背篓里晃来荡去,背上的重量把我的腰压弯成了半圆形,瘦弱的我又冷又饿,心中恨起了老天爷:"干吗要阴霜呢?"

回家的路上,天色越来越阴沉得可怕,山林阴森森的,除了冷眼的白霜，一切都没了往日的生气。山鸟不叫了，偶尔一只老鸦从头顶上飞过，叫了几声又飞入林中。路边的无名小花顶着薄薄的霜，垂头丧气地耷拉着脑袋。

我回到家，放下柴，在门口跺了跺脚上的霜后就急急忙忙地奔到火坑边，火坑里有一堆正在燃烧的木柴火，我蹲在火坑边，迫不及待地将冻红了的双手伸过去取暖，谁知我的那双冻僵了的手像针扎一样疼痛，我脱下草鞋，解开包着的棕片，双脚也冻红了。我顾不了那么多，从火坑里的土灰中扒开一个奶奶为我煨的熟红薯，捧在手里，那一阵，多暖和。

下午，草房上，泥瓦上，田埂的小草上，还有一层薄薄的霜，路面没有解冻，外面不时地在刮风，炊烟从瓦上刚冒出来又夭折了，拴在栏中的黄牛"哞哞"地叫着，等待放牛娃的到来，可是它哪里知道，外面霜如雪啊。

"变天了哟！"老人们望望天色都说。

生产队收工后，天色渐渐黑下来，人们走在山路上，担着柴，准备过雪关。

夜幕降临，由于天冷，家家户户都关紧了门窗。我们一家围火坑而坐，火苗子透过糊在窗户上的薄薄的纸，给漆黑的夜带来若明若暗的微光。家里的狗蜷缩在火坑的一角一动也不动，平时爱叫的小花猫也睡在火坑的灯台下面取暖，忽然油灯闪闪，窗纸沙沙作响。

"外面起风了。"

奶奶正说着，油灯突然灭了，窗纸破了，风从窗外扑进来，火苗子忽左忽右地闪着，闩着的门也被风击得"咣当咣当"地响。木房子上面的前壁眼又四面透风，很快，火苗呼呼地叫，风呼呼地吹，被风吹下来的渣物落在瓦片上，发出"哗啦啦"的声音。忽然又听得"咣当"一声，好像什么东西被吹倒了，接着又是"咔嚓"一声，好像是屋后的竹子被吹断了。

狗大声地叫着，灯灭了，火苗熄灭了，我们摸着黑上了床，在被窝里听着风声。

半夜里我被冻醒，本来铺在床板上的稻草平时可以暖身，但在那天夜晚也无情于我们了。

松林吼了起来，风更大了，那天夜里，我感到从未有过的冷。

天亮了，无风，我立刻披上那件旧棉袄，来不及穿那双破了洞的袜子，拖一双快没有边儿的布鞋直奔火坑房，我开了门，双眼好像难以睁开，我揉了几下眼睛。

"奶奶，下大雪了。"我兴奋地大喊起来。

鞋

周末，我常常在夜晚来到中心广场的喷泉湖边漫步，有时静静地坐在湖边，望着远近的灯火，看着湖水中时而溅出的喷泉水花，听着优美的音乐，感觉自己似乎来到了另一个神秘的境地。临水的湖边是人工用水泥铺成的沙砾路，沙砾有粗有细，除此以外，也有圆而滑的鹅卵石铺在上面，这些都是便于人们赤脚行走，为了锻炼而铺就的。那次，我也脱下脚上的鞋试走了几步，但脚踩在石子上有锥子钻心的感觉，走不了几步便要停下来歇息。

"以前不是也没有穿鞋吗？"我想起了我的赤脚童年。

童年，我很少穿鞋。

母亲曾经为我们六个孩子做过布鞋，我的那双鞋是有鞋襻子的，叫作"篮篮鞋"，因为提着鞋襻子，就像用手提着篮子一样。母亲给我们做的鞋只能在过新年的时候或者天晴走亲戚的时候才能穿上一次，我们平时是不能穿的。如果年月已久，鞋被磨破了，母亲则为我们把破口子补上，补丁破了，再补。布鞋容易"穿洞"，尤其是脚掌和脚后底，这两个地方受力大，最容易破烂，这时，母亲用米糊将旧布片一层一层地糊上，待晒干后再按照脚形剪成圆圆的一块片子后再一针一线地缝上，尽管是补丁加补丁，可我们白天都舍不得穿，只有在晚上洗脚之后，我们才有机会穿着补丁鞋去睡觉，白天，我们就只能穿草鞋或者赤脚了。

草鞋是用稻草编织而成的。那时如能穿上草鞋算你有一定的福分，因为草鞋需要人工编织，而且又只能在收工以后的晚上，大人们才有时间编织草鞋。我父亲当时是大队和生产队的领头羊，全队一百多号人要吃饭的重担落在他的肩上，他成天考虑的是今天全队的生产任务完成得怎样，明天又如何派工才合理，除此之外，还有春耕夏种秋收冬藏的问题，他哪还有时间和心思为我们编织草鞋呢？为这事母亲没少抱怨，幸好外公每年都会给我们每人送上一双草鞋。

新草鞋容易使你的脚磨起血疱，一旦脚上起了血疱，就要用缝衣针在油灯的火苗上烧一烧，再用针头将血疱扎破，待血流出后再抹上桐油以便护脚。草鞋毕竟是稻草编织成的，根本不耐穿。天晴倒好一点，如果碰上雨天，草鞋被雨淋湿后沉沉的，如果连续几天小雨，草鞋不仅不能及时被烘干，而且还要继续伴随着主人在雨里行走，隔不多久草鞋的耳子断了，稻草烂掉了，草鞋穿洞了，穿洞的草鞋是无法补的，到那时，我们又只好赤脚了。

冬天我们也穿草鞋。我们高寒山区的冬天和北方的天气相似，气温很低，天寒地冻的，虽然白天有点阳光，但早上降霜以后，树林田野村庄白茫茫的，像下了一场小雪。小路上的泥土冻得硬硬的，如果光脚行走，可怜的那双脚就会被冻伤，这时我们套上草鞋，虽然露在外面的脚趾脚背被冻得通红，但总比光着脚丫要好得多。如果下雪，我们会从山中拾来宽宽的、厚厚的老竹笋叶，或者棕片包在脚上，然后再套上草鞋，这样，雪就不会直接灌在脚上，当然，这样也维持不了多久。

春来，我们就开始赤脚出行了，赤脚干农活。春天花开，天气暖和，被春雨洗涤过的路面干干净净，春雨不乱路，很适合我们光着脚干活儿。

我们光着脚放牛。

田埂上长满了茂盛的小草，清晨，小草上还顶着几颗露珠，我来到田埂上，手里紧紧地拽着牛绳，脚踩在沾满露水的小草上，有一种软绵绵的感觉。我牵着牛，一步一步地慢慢地移动，小牛也随着我的移动从田埂的这头吃到那头。牛吃饱了，但我的脚就像久久地在水中泡过的一样，整个脚掌发白了，脚底起皱了，每当这时，只要我离开沾水的小草，过一会儿之后，脚又恢复了正常的颜色。我们也喜欢扯猪草，挖野蒜，因为这都是地头的活儿，杂草总不会轻易伤到我们的小脚。

我们光着脚挖地。

春耕播种时，山中挖出来的黑土松松的，即使有杂草树根，也被我们用锄头挖掉或者用镰刀砍掉了，脚不会轻易受伤。但有时也令人难料，正当你一鼓作气用力挖地时，不料一锄挖出一窝毒蚂蚁，那些蜇人的毒蚂蚁迅速散开，满地都是，在你还没来得及跑开之前，早已蜇到你的脚了。我最怕一种虫，毛茸茸的，看似毛茸茸的东西其实是细细的似针的小刺，它能将毒液刺进你的皮肤，使你感到痒痒的痛。它的颜色几乎和绿叶相近，常常藏在树叶的背面不易被人发现，有时从树叶上掉下来落到地面上，落到你的身上、头上或者爬到你的脚上，那时的你难受极了，我们管这种虫叫作"霍马鬼"。

当我们光着脚上山砍柴时，山中的荆棘常常划破我们的衣服，脚底下也经常被带刺的荆棘扎破，如果刺长一点倒好，我们可以用手把它拔出来，如果刺很短且扎得很深，则要等到回家后用缝衣针把它从脚掌心里剔出来。有时大雨过后，山路上的泥土被雨水冲走了，那些尖尖的、圆圆的、方方的以及不成形的碎石全裸露出来，稍不留神，负重的脚就会被尖尖的小石子划破。

对于我们乡下的孩子们来说，一年四季光着脚丫干活早已习以为常。

赤脚给我带来了童年的欢乐。

我喜欢连续几天下大雨，这样，房前的小溪就涨满了水。有时，水位接近溪上搭的南瓜架。雨一停，涨起来的水就开始消退，我们一群小伙伴便来到小溪中打水仗，快乐随着溅起的浪花洋溢在我们的心田，烦恼随着浪花而消失。有时我们几个寻到流水较急的地方，让哗哗的流水急急地从脚上漫过，我们目不转睛地看着小小浪花的变幻，我们听着潺潺的流水声，心中美滋滋的。我们也常常提着小篾篓光着脚跑到泥田里，捉泥鳅呀，抓小鱼呀，常常弄得满身是泥全身是水。尽管抓不到多少泥鳅和小鱼，但我们把笑声洒在了水田里，把欢乐带回了家。

赤脚给我带来童年的磨砺。

夏天酷热，白天，烈日像燃烧的火，似乎要把整个人都要烤熟，地面直冒热气。

学校放假了，我每天都参加生产队的劳动，为家里挣工分。每天一清早，我就扛起锄头跟随大人们去山坡地头给庄稼除草。早上还不见太阳的时候，清风送爽，地面凉凉的，我走在山路上，健步如飞，全然不顾脚底下的绊脚石，因为我们已经习惯了赤脚。山坡上的玉米已经有一人高了，锄玉米草时，长长的叶子从身上脸上扫来扫去，上午太阳刚刚出来，玉米叶能稍稍挡住阳光，地面不会被太阳晒得滚烫，这时的我还能光着脚行走，可到了中午就不一样了。记得一次去较远的山上锄草，中午回家时，当顶的太阳火辣辣的，从山上回家要经过很长的一段石级路，被太阳晒了一上午的石板像烧红的铁锅，如果滴上一滴水，石板就会发出"嘶嘶"的声音。我背着锄头，光着脚丫，来到了长长的石级路上，我的脚似乎成了石板上的"烧烤物"，被滚烫的石板灼得疼痛难忍，我好像运动员练习弹跳一样顺着石级快速地蹦跳着，然后一口气跑下山。头上无草帽，也没有包头巾，毒辣的太阳将我晒得全身湿透，回到家来，脚受伤了，头晒疼了，流在身上的有汗水也有泪水，那时的我，多么希望有一双草鞋套在脚上啊。

我怕初夏的雨天，一阵雨水过后，泥土路成了泥浆路，赤脚在上面行走，人常常滑倒在地。我还记得那一天，生产队安排妇女们上山背烧瓦的柴，我和大家背上背篓一同上山，又是小雨过后，路上的泥成了泥浆，脚底就像抹了一层油，伸进泥里滑来滑去，我们要从又陡又滑的山坡上把一捆一捆的柴拖下山来，然后再背到瓦窑边。坡又陡又滑，赤脚难以站稳，我在坡上摔倒了好几次。最后好不容易才和母亲拖下两捆柴，待我刚刚背上柴就脚底一滑，人倒了，柴也滚到一边去了。母亲又重新帮我装好，可是没走多远，我又摔倒了，爬起来又重装，结果又重新摔倒。那天，我记不清摔倒过多少次，只记得在母亲的照料下，我一路跌跌撞撞艰难地把柴背到了瓦窑边，我丢下柴，什么也不顾了，一口气跑回家中大声地哭起来，当时，我真恨自己无用。奶奶在一边安慰我："家里条件差……你受苦了……"母亲不说话，心里难过极了。我心疼我的家人，我不埋怨他们，我在埋怨自己无能，但我不知道当时为何那样大哭，是痛恨自己无能还是随着那一阵哭声来释放我童年的艰辛呢？

童年，"鞋"的概念对我来说是模糊不清的，唯有赤脚的故事深深地印在我的脑海里，永远挥之不去，几十年来时时重温。

感谢伟大的母亲孕育了我，送我一双"永久"牌的"鞋"，它伴我出生，伴我成长，伴我走过童年，伴我在逆境中磨砺，一路风雨兼程。

生活随记

石蛙

来到东莞，竟然发现在我住居的小区里还有石蛙存在。每次我出小区门口之前，总是情不自禁地朝水池望一望，有时干脆停下脚步或者坐在水池边，想看看石蛙，但每次都不能如愿。尽管有时我循着声音去寻找，但还是没有看到藏在石头下面的石蛙。

白天人来人往，声音嘈杂，偶尔才能听到几声石蛙的叫声。晚上就不同了，特别是夜间，叫声此起彼伏。我住在十六楼，居高临下，石蛙的声音听起来最响亮，我开始不习惯，但时间一长也就习以为常了。蛙声成了我入睡的催眠曲，有时三更半夜一觉醒来，寂静的夜晚便只有石蛙的声音与我为伴了。在乡下，雄鸡报晓，在城里，在我现在居住的地方，人们则听着石蛙的声音迎来东方的第一道曙光。

有时闲着的时候，我便在水池边的小亭子里坐下来，看着周围的绿树花草，看着水中成群游走的小金鱼，听着石蛙的叫声，闻着风儿送来的阵阵花香，我的思绪开始活跃了，儿时生活的画面又浮现在我的眼前。

在那遥远的小山村，在那山清水秀的好地方，层层水田中有很多小蝌蚪，田埂上满是稀稀的泥，我们一群小伙伴，卷起裤脚，光着小小的脚丫，踩着稀稀的软泥下到田里抓小蝌蚪。小蝌蚪不容易被抓住，每当我们用一双小手去抓的时候，机灵的小蝌蚪很快随着水从我们的小手中溜走。于是我们摘来油桐树叶，油桐树叶又大又宽，我们将油桐树叶折成漏斗形，舀到小蝌蚪后，一阵高兴，然后立刻带回家。我们常常比赛，看谁捞得多。我们也常常在水田里打水仗，一仗下来，满身的泥水，回到家，大人们看到满身泥水的自家孩子，也免不了大声呵斥几句。

如今，我一听到石蛙的叫声时，我的眼前就会出现一幅美图：水波荡漾的层层梯田，全身沾满泥水的小伙伴和成群结队的小蝌蚪，我会情不自禁地感叹：

"多么美好的童年。"

敬礼

一天，我送孙子上学，发现校门口有一队佩戴红领巾的少先队员站在校门两侧，当家长和孩子们进校时，少先队员们向家长致敬问好。队伍中，也有值日的行政领导和老师，从开学到现在，这样的文明行为和礼貌用语就在这所学校被传播开来。

"早上好""老师好"的问候语亲切感人，也增添了校园的和谐气氛。

昨天，当我和孙子再次走进校门时，发现他急急地往前走，我诧异了，后来发现孙子的英语老师也站在那里。只见孙子走到英语老师面前，两手贴紧裤缝立正站着，然后弯下腰呈九十度毕恭毕敬地给英语老师鞠了一个躬。英语老师回了礼，"呵呵"地笑了，笑得很开心。

我不禁感叹："榜样的力量是无穷的。"

记得我很小的时候，很喜欢上学，也很喜欢老师。可是乡里的娃没见过世面，更何况我那时胆量又小，嘴又笨，见人只笑不语，所以就更加害怕在校外碰见老师了。因为我懂得，在校外见到老师要敬礼，还要说一声："老师您好！"这都不是我的擅长之处。有时老远见到老师来了，还没开口说话，心就慌了，脸也红了，等见到了老师，嘴里就结巴着说不出话来。

　　一次，我赶着牛正经过一块玉米地时，发现老师来了，我慌忙藏进了玉米地，不管老师当时是否看见了我，先躲开老师后再说吧！于是，一直等到老师走远了我才从玉米地里走出来，可是当我牵牛时，发现牛也跑远了。

　　儿时的事已经过去半个多世纪了，老师也走了几十年，如果老师在天有灵，我想对他说："老师您好，我从心里尊敬您，只是我不善于言表。请您原谅我。"

银幕内外

一

平时我很少有时间去电影院看电影,这次恰逢国庆假日,我观看了《我和我的祖国》。在这部影片中,由徐峥导演,范伟主演的《最后一课》的故事感人至深。在观看的过程中,有好几次,我情不自禁潸然泪下。如今,我想再一次回忆它,讲述这部电影内外的故事。

在瑞士某个大学任教的范老师因工作劳累突然昏倒,从医院里被抢救过来后,他的记忆全部消失,什么也想不起来了,连站在自己面前的儿子也形同路人。范老师又莫名其妙地戴上红领巾,嘴里常常念着"下课""颜料""打伞"等词语,他的语言停留在许多年前他在乡下支教的情境之中。

许多年前,望溪村还是一个穷乡僻壤的小山村,村里没有学校,没有一个孩子能够上学读书,孩子们从小就只知道每天要放牛,喂猪。范老师是当年唯一一个主动申请来望溪村支教的老师,支教期满,他坚持留下来,一教就是二十八年。

范老师刚到望溪村的时候,村里没有校舍,村民只好将一个养猪场改成一间简易的教室。墙壁是用土垒起来的,东倒西歪,墙洞就是窗户,屋顶有很多窟窿,一碰上雨天,外面哗哗地下起了大雨,教室里也开始滴滴答答。雨水落在孩子们的课桌上,湿了孩子们的衣服,湿了课桌,湿了课本，在这样艰苦的条件下，范老师坚持下来了。老师告诫孩子们，山里的娃娃要读书，要认得字，不能只知道喂猪，只知道放牛，有了文化，就能走出大山，就有白面吃。老师语重心长的话语感动了孩子们，在望溪村小学，一面五星红旗升起来了，红旗高高飘扬在校园的上空。

为了让孩子们学好文化，范老师每天徒步在山间，步行在田埂上，跋山涉水，无论刮风下雨，天寒地冻，他都一如既往地去学校上课，从不间断。在这间破旧的教室里，范老师用他的善良启迪孩子们的思维，让他们的理想在这里升华，让他们的梦想在这里放飞。学生姜小峰希望村里将来有一个美丽的校园，他画了一张黑白画，一直珍藏在课桌里，不料在一次和同桌争执的过程中，画被撕破了，小峰哭了起来。范老师拼好画，小峰告诉老师，未来的校园是白色的墙，红色的滑梯，蓝色的玻璃，绿色的草坪。范老师惊讶，为什么不涂上颜色呢？小峰说他没有颜料。

"如果涂上颜色该多好看啊！"范老师心里想。

为了圆孩子的一个美梦，他准备回家取颜料。天下雨了，他淋着雨，穿过小巷，走过田野，他跑着。他的衣服被雨水淋湿了，为了不让雨水浸湿颜料，他跑啊跑啊，他跑得精疲力竭，终于支撑不住，倒在水沟里。

后来，村小要合并，范老师要离开望溪村，他是多么不舍。上课的铃声响了，这是他的最后一堂课，范老师走进教室，他真想把每一分钟变成几十分钟，变成几十个小时，他亲切地对孩子们说："孩子们，这是我给大家上的最后一堂课。"天真活泼的孩子们一个个都安静下来，他们默不作声，望着即将要离开他们的老师，千言万语无从表达。范老师对孩子们回忆着说，他刚到学校的时候，只有一个孩子、一条狗，后来呀，他就一家一家地寻找孩子，动员孩子们上学。慢慢地，教室里添了课桌，添了孩子，后来呀，教室里坐满了孩子。范老师说："这么多年来，值了。"

老师惦记着孩子们的生活，挂念着孩子们的学习。于是，他将许多事情详细地记在一个小本子上。他拿出那个记录本，提醒某个孩子的袜子破了一个洞，某某同学的鞋子也坏了，某某同学有一科还需要补课，他一条一条地念下去，一条一条地提醒孩子们。最后，他要孩子们好好读书，长大后为家乡做贡献。

接送老师的船只到了，范老师不得不离开亲爱的孩子们，不得不离开他致力于做贡献的望溪村。孩子们哭着与老师挥手告别，目送着老师一步一步地走远。就在船只即将离开的时候，姜小峰赶到了，他把那幅画送给了老师。

多年后，孩子们长大了，学成之后回到望溪村为家乡做贡献。如今的望溪村青山绿水，成了养蜂旅游的农家宴。范老师的儿子为了帮助父亲恢复记忆，他与望溪村联系，希望模拟还原范老师当年最后一堂课的教学场景，他的想法得到了望溪村村民的大力支持。

范老师来到了当年支教的望溪村，田野，村庄，校舍，那里的一切对他来说是那么熟悉。他走进教室，在黑板上写下"我和我的家乡"几个大字，然后开始了他当年最后一堂课的教学环节。当年的学生们，躲在教室外面，听着范老师重复当年的那堂课时，他们一个个泪流满面。

模拟还原当年那堂课的学生是由村里的小娃娃们扮演的，最后因为一个小小的差错让范老师产生了怀疑，他走出教室，走在既熟悉又陌生的村庄里。渐渐地，他明白清醒过来，认出了站在他面前的姜小峰，在姜小峰的身后，他看到了一所美丽的学校，那是望溪村新建的学校，有白色的墙，红色的滑梯，蓝色的玻璃，绿色的草坪。

范老师恢复了记忆，学生们高兴极了，他们含着幸福的眼泪唱着：

"轻轻地捧着你的脸，为你把眼泪擦干，这颗心永远属于你，告诉我不再孤单。

"深深地凝望你的眼，不需要更多的语言，紧紧地握住你的手，这温暖依旧未改变。

"我们同欢乐，我们同忍受，我们怀着同样的期待。我们同风雨，我们共追求，我们珍存同一样的爱。

"无论你我可曾相识，无论在眼前在天边，真心地为你祝愿，祝愿你幸福平安！"

歌声久久地回荡在望溪村的田野里，回荡在有白色的墙、红色的滑梯、蓝色的玻璃、绿色的草坪的校园里。

二

人们把教师比作蜡烛，蜡烛燃烧了自己却照亮了别人。

山村教师就像一根蜡烛。

那些年月，我们边远山区年年发生自然灾害，人们为了生存，向山要粮，向地要粮。书本给不了孩子们及时的温饱，他们要去放牛，去放羊，去喂猪，去砍柴，因此，失学儿童比比皆是，如果十里八乡有人读完了高小，那他便是这十里八乡的秀才了。外面的金凤凰咋能飞进大山，只有乐于奉献的乡村教师才会一生扎根在农村，忠诚于教师这个职业。

从我记事起，那时一村一小学，一校一教师。来到乡下，教师自己用几块木板拼在一起，那便是他的床铺了。老师一人身兼校长、教员、伙夫、勤杂等数职，自己砍柴，自己种菜，自己挑水做饭。为了不让孩子们留守家中，为了让山里的孩子长大后能有白米饭吃，老师挨家挨户地去走访，动员每一个孩子去上学念书。白天，乡亲们下地干活，老师就蹲在田间地头苦口婆心好言相劝；晚上，举着杉木树皮火把，或者借着月光，去学生家中耐心地做劝学工作。山路坑坑洼洼，夜晚常有野兽嚎叫，常有毒蛇隐藏在草丛中，可是我们的乡村教师，谁还会顾得了这些？那时劝说一个孩子上学读书多难啊，人们的潜意识存在着一个根深蒂固的理论："种田的人只有挑着箩筐去买谷子，哪有挑着箩筐去买字。"

尤其是女孩子，要上学就更难了，从小定了娃娃亲，十几岁就该嫁人了，父母不愿意"为他人做嫁衣裳"。

我家先生前不久还回忆他第一天上小学的情景。那天，他正光着屁股在小溪中戏水，黄和平老师下山来寻找学生，一眼就看到了他。黄老师把他从水里拉上来，问他想不想上学，那是我家先生当时求之不得的事。于是，他光着身子，翻过木子坡那座山，跟着黄老师来到了学校，开始了人生中崭新的一天，从那天开始，黄老师便有了第一个学生。

教室里有了第一个孩子，有了第一条凳子和第一张书桌。渐渐地，课桌多了起来，有了七八个孩子，有了一年级。第二年，又多了几个孩子，又有了二年级。一年级和二年级的学生是在同一个教室，乡下老师都要同时教两个年级，那时叫作"复式图"。我上小学的时候，我们一年级有六个学生，两条长凳靠窗户摆着。二年级有三个学生，坐在教室的里边，坐在二年级后面的是三年级，如果没有记错的话，最多两个学生，有一个女孩子的年龄最大，可是没有读多久，就回家劳动去了。后来那个三年级也就不存在了，因为当时有政策，小学生到了十五岁就要下放去劳动。

老师给我们这个年级上新课的时候，另一个年级就开始写字，下一节课上课时，写字的那个年级就开始上新课了，不上新课的年级就开始做作业，这样依次轮换。各个村小只有一年级到四年级，上五年级时，各个村小的学生要考试，成绩合格才能继续去外地读五年级。全公社的五年级和六年级，全集中在一个学校，记得我考上五年级的时候，全公社的五年级（现在的一个镇）总共只招收了二十二个学生，这可能还是学生最多的一个年级。

乡下人早上要出集体工，每家每户放牛的任务就落在孩子们的身上了。耕牛是农民的命根子，农家人非养好耕牛不可。每天早上，孩子们放牛回来已是上午九点，有的学生还要赶四五里地，有的还要爬一座高山才能到达学校。到校时,差不多十一点了,老师赶紧摇铃,连上几节课。下午三点后,孩子们要回家了,牛栏里的牛还等着他们呢。老师只好晚上去学生家,给缺课的学生补上新课。

老师也常常进行家访。记得一天黄昏的时候,我正牵着一头大水牛走在回家的路上,一位小伙伴跑来告诉我说老师去我家了,我看到自己一身泥水,手里又牵着牛,真不想让老师看到我那副狼狈不堪的样子,我牵着牛站在田埂上,迟迟不愿回家,可那头牛在黄昏时要"奔栏"了,牛绳从我的手里滑落,我只好追着它跑回了家。后来我和老师同在县城一个学校工作,老师还提起说:"你是家中的老大,那晚我到你家的时候,五六个孩子站在那里,从高到矮就像阶梯一样啊,你们的父母真辛苦。"我对老师说:"要不是您那次家访,说不定我就辍学了呢。"那时我已经不想上学,只想减轻父母的负担,照顾弟弟妹妹,为家里多挣些工分。

老师有自己的家,但是,他要远离自己的家乡,去最艰苦的地方,每年只有在寒暑假的时候才能看望自己的老父老母,自己的亲骨肉。他一直坚守乡村小学这个家。夏天,乡亲们给老师送来黄瓜、辣椒、茄子。冬天送来白菜、萝卜。秋收了,送来红薯、玉米,有时也送来一捆干柴、一升黄豆、两升大米。老师总是十分感激。

老师在乡下一待就是许多年,多数老师在乡下工作直到退休。许多年后,虽然老师被调走了,或者老师退休了,当年的孩子们已经是为人父母。然而,这个村子里的人永远会记得老师的名字,记得他的笑脸,常常回忆他的好。我的四舅爷爷当年只身来到长白村小学(小学设在山上),将自己的青春年华,将自己的毕生精力都贡献给了这所学校,退休的那一天,他才将一床铺盖卷回家中。

为了解决师资短缺的问题,乡下有了民办教师,每月领着大队补给的五元津贴。五元,那是他一个月的全部工资,但是他毫无怨言,遵守"民办教师要住校"的政策,只有到了周末才能回家耕一块地,砍一捆柴，为家人将水缸灌满，碰上周末去公社联校开会，他连回家砍柴的机会都没有。

尽管工资最少，工作最累，但他们从不计较，五年，十年，二十年，几十年，有的直到老去的那一天。他们图的是什么呢？病了，不能教学了，就回家。老了，不能教学了，就回家。即使这样，他们也心甘情愿，为了什么呢？一切为了孩子们。

感谢政府的好政策。在二十世纪九十年代初，我们慈利县将许多工作几十年的民办教师转为了正式教师。

代课的老师没有转正的机会，代课期限不固定，有的是一年，有的是好几年，代课期满，他们便回家耕田种庄稼，老了的时候，唯一能向人们讲述的便是：他和学生们在一起的故事。

三

几十年的教学生涯，给我留下了许许多多值得回忆的事情，那记忆是如此深刻，同时又不因岁月的流逝而被人遗忘。

电影过后，我想起了我的最后一堂课，它好像就发生在昨天。

那年，我该退休了，应该走下讲台，放下教本，与家人共享天伦之乐。我的小孙女也盼望着这一天，因为我每天在她还没有起床的时候就去了学校，上完晚自习以后才能回到家中，每天，我几乎没有时间照顾她。

在我计划着如何享受退休后的生活乐趣的时候，校长与我谈话，要我留在学校继续工作，因为我所教的那个班级，还需要一个学期之后才能参加高中结业会考，中途调换老师，在教学衔接上会让学生有一段时间的不适应。校长还说，这是做贡献，没有额外的分厘补助。那些学生也在挽留我，在三尺讲台上站了三十七年的我，在即将离开我的学生、我的教室、我的校园的时候，心中不免有一种失落感，我发现，我也离不开他们，因此，我答应了校长的要求。

那个班的学生多半来自乡下农村，经济条件很差，学费全是由父母参加繁重的体力劳动而挣来的。有的父母长期在外打工，他们和爷爷奶奶住在一起，有的还住在亲戚家中，是地地道道的"留守儿童"。英语课代表是一位男生，他告诉我，爸妈一年四季在外地打工，只有过年才能回家几天，有时为了多挣点钱，春节期间在厂里加班，即使过年也没有回家。为了减少家里的开支，节省路费，他也很少去看望父母。不过，他性格开朗，在他的眼里，生活总是美好的。

这个班的孩子们不因自己家境贫寒而自暴自弃，他们渴望知识，每天除了学习还是学习。他们愿意和我交谈，总是把我当作亲人一样和我聊天，告诉我家里几口人，家里的经济情况以及他们对未来的憧憬，我们的师生情谊越来越深。他们阳光的那一面感染着我，激励着我站好讲台，恪尽职守，老骥伏枥。

那天，我像往常一样走进教室，按照我的复习计划进行复习课的重点讲授，学生们听得比以往更加专注，似乎要把我说的内容全部装在他们的脑海里。往日的课堂上，孩子们精神抖擞，举手提问，抢着回答问题，一个个是那样活泼可爱，他们在轻松愉快的气氛中学习和掌握知识。可是这堂课，他们脸上的表情让我知道他们有心思了，我不敢多想，因为课堂上的一分一秒的时间对老师和学生来说都是很宝贵的，我真想在那四十五分钟的课堂里，将我掌握的全部知识变成精华，让学生取其用之。

下课铃还是响了，停顿了几分钟后，我才强迫自己说出"下课"二字。平时，学生们就会马上站起来，道一声"谢谢老师"后立刻离开座位休息，可是这一次，他们齐刷刷地、笔直笔直地站在自己的课桌边，不说话，都望着我。

"深深地凝望你的眼，不需要更多的语言。"有几个女孩子唱哭了。他们知道这是我给他们上的最后一堂课。

班长献来一束鲜花，哽咽着说："老师，您辛苦了。"

我什么话也说不出来，大颗大颗的泪珠从脸上滚下来，我再也控制不住自己的感情了，捧着鲜花，给学生们深深地鞠了一个躬，不舍地走出教室，走出我曾经与学生们"同欢乐、同忍受、同风雨、共追求"的校园。

第三辑　窗外飘浮着一朵云

来福

　　来福是我家的一位成员。

　　那年它出生后刚刚满月，就从上海坐飞机到深圳，当天下午，儿子又从深圳把它接回到了东莞。那天是我儿子的生日，来福是儿子的朋友送给他的一份礼物，为了图个吉利，我们给它取名为"来福"。

　　人们将哈士奇、阿拉斯加和萨摩耶三种名宠物视为"三傻"。来福是阿拉斯加，是在冰天雪地里拉橇的那种名犬，所以，它就是憨憨的、傻傻的得宠的类型了。

　　来福很养眼，一身长长的毛，根根又粗又滑，全身的毛只有两种颜色，腿部以下，脸部、尾巴的内侧均为白色，其余部位都是黑色，白的雪白，黑的墨黑，黑白相间分明。来福有一对灵动的眼睛，两只耳朵对称均匀。它的鼻孔是棕色的，鼻梁就像女人着妆时加深的一条黑线，从眉宇间一直画到嘴边。最引人注目的是那条又长又大的尾巴，尾巴上面为黑色，下面全是白色，来福一天到晚总是将它的尾巴向上翘着，几乎翘成了一个圆形，毛茸茸的、白色的圆形尾巴就像一朵浪花，每天在我们的面前"浪"来"浪"去。

　　来福吃的是"皇粮"，它不食人间烟火，它的口粮是从宠物店网购的。来福小的时候，我们总会将它的口粮用温水泡一会儿之后才喂给它。儿子说阿拉斯加的胃类似玻璃，不能碰上又坚又硬的鸡骨头，所以，我们总是买又粗又大的筒子骨让它磨牙。吃水果也有讲究，它一般只吃苹果。

从千里迢迢来到一个新家，来福并不感到陌生，它这里逛逛，那里瞧瞧，到处"方便"，不过没几天，它也就懂规矩了。

来福有很多玩具，在主人没有时间陪同的情况下，那间小小的客厅就成了它的游乐场。它常常把一个布条儿玩具抛向空中，然后又用它的嘴接住，累了，它就趴在地上，两只前腿捧着磨牙棒磨牙，一副悠闲自得的样儿。皮球是他最爱玩的，也是活动量最大的玩具，当它踩着皮球玩耍时，皮球就会发出"嘎嘎"的响声，这时，来福的兴致更浓，它把皮球抛向空中，然后像猫捉老鼠一样追赶正在滚动的皮球。皮球满屋子滚动，来福也就跟着皮球满屋子跑，一阵运动之后，它就躺下来"呼噜呼噜"地睡觉了。

来福就像三岁的小孩子一样顽皮，处处显得淘气，它常常趁我们不备的时候把我们的拖鞋叼到阳台上，把洗脸毛巾当成玩具用脚踩来踩去，茶几的腿也被它当成骨头咬坏了，当我们教训它的时候，它赶忙躲到茶几下面，那副可怜样，弄得我们啼笑皆非，儿子笑着说："你现在还小着呢，等你长大了，我看你躲到什么地方去。"

有一次，当我打开房门一看，房子里乱七八糟，椅子倒了，遥控器躺在地上，沙发上有几只拖鞋，茶几上的纸巾被它全部撕掉，碎纸满地都是。来福躲到靠墙的桌子底下，缩成一团，它知道它做坏事了，一双眼睛惊恐地望着我，瞧它那副可怜样，我又发了善心。

几个月过去了，来福渐渐地长大，它和我们的感情也一天天地加深。孙子每次放学回来，它总是摇着尾巴站在门口迎接他，孙子做作业时，它也乖乖地睡在他的旁边。主人外出，来福就一直守候在门边等待主人。

一次，我看见来福突然跑到门边，那朵浪花尾不停地浪来浪去，我不知道外面发生了什么事，一直望着来福，不一会儿，儿子进来了，原来它是在提前迎接它的主人，我真佩服来福的嗅觉和听觉。一次，儿子在送它洗澡的途中不慎摔倒在地，冲在前面的来福马上跑到儿子跟前，紧紧地挨着他，用嘴扶他起来。

时间过得真快，不知不觉一年过去了，来福长得又高又大，看上去有七十多斤，更惹人喜爱了。带着它在小区溜达的时候，很吸人眼球，有人争着和它合影，有人情不自禁地跑过来用手摸摸它，亲亲它的脸，有人也会招呼一声："哈喽，来福。"

孩子们平时很忙，很少有时间带它去外面溜达，只有趁夜半下班以后才能带它出去逛逛。时间一长，来福就耐不住寂寞了，不知何时，来福在家里学会了开门，一次，它趁我们不在家的时候，偷偷地开门溜出去了。它通过电梯下到一楼，经过小区后门，径直来到大街上，这里闻闻，那里望望，它感到街上的一切对它来说都是新鲜的，把"回家"二字忘得一干二净。后来，我们好不容易才把它带回了家。

来福应该懂点规矩了，于是我们全家合议，交5000元学费，送来福上学，时间为一个月。训练它的教练反馈信息说，来福感情丰富，也刚正不阿。一次下课回来，教练还没来得及把笼门闩好，来福便冲向另一只正在向它挑衅的秋田犬，将它扑倒在地，好像要发泄什么仇恨似的，猛猛地将它抓伤。秋田犬源于日本，后来听说还住了院，缝了几针，当然，来福也受了伤。

一月期满，来福学成回家。

为了让来福有一个较大的活动空间，我们搬家了，从时尚岛来到了石竹新花园。这是我们花钱租下来的一套房子，房子在一楼，客厅外面有一个大阳台，从阳台上下两步台阶就是一个空空的大院子。院子里有一套来福的住房，这是我们从网上给来福订购的房子，有门有窗，里面全是木地板，外面防风、防晒、防雨。院子都是用细细的铁丝网围住，院外是小区里的人行道，人行道两边除了高楼，还有各种花草和很多属于热带的树木，有亭阁，莲花池。这里环境优美，每天的早晚，都有行人在小区里散步。

来福常常眯着眼，躺在阳台上，迎接东方的第一缕阳光，在弥漫着桂花馨香的院子里，等候第一个从院子外过路的行人，这时，它便起身，拉长身子，然后摇着它的浪花尾，来到围栏边，目送着第一个行人远去。如果有几个小孩经过，它就会像小孩子一样在院子里跳来跳去，希望孩子们成为它的小伙伴。小雀儿飞来了，落在阳台上，来福一动也不动，小麻雀胆儿大了，落在食盆里，啄几粒狗粮，飞走了，来福就望着天空。不知谁家的一只大黄猫，和来福演了一场《西厢记》，趁我们不注意的时候，大黄猫从院子外悄悄地溜进来，和来福共进美餐，大黄猫吃饱了，该走了，来福还起身相送。就这样，来福每天等着鹊儿的到来，也等着大黄猫的到来。

我们经常听到邻家的狗见人就嚷嚷，我家的来福却从不乱叫一声，可是当我们锁门准备外出的时候，来福就不高兴了，它马上来到院子里，在院子里跳来跳去，从这头跳到那头，"汪汪"的声音听起来真叫人难受，我们离开了来福的视线，还能听到院子里传来的"汪汪"声。平时在夜深人静的时候，如果哪里有响动，或者是外面有人走动，来福也会大叫一声，提醒主人。

一天天刚亮，我突然发现系在来福脖子上的绳子散落在一边，不见来福，我感到事情不妙，来福肯定是逃到小区里溜达去了，这是来福第二次"逃跑"。我们分头找遍了小区的每一个地方，都没有查到来福的蛛丝马迹，平时，只要叫一声来福，它就会马上跑过来，摇着浪花尾，在我们面前转来转去，可是那天，无论我们怎么呼唤，总是不见来福的影子。

儿子那天没上班，找遍了十里八乡。腿脚不灵便的老公为了寻找来福，走了好几万步，附近的几个小区、街道小巷，都留下了他的足迹。我们一家人都分头寻找，一遍一遍地呼唤"来福"的声音听起来好生凄凉。

后来我们在监控器里了解到，清晨六点左右，来福在小区的花园里溜达，忽然看见一个业主在跑步，来福也模仿着跑起来，然后就一直跟着业主通过大门跑到外面去了。听到这个消息,我们的心凉了半截。

一天过去了,来福杳无音信。平时我一到院子边,来福就立刻从阳台上站立起来迎接我们,可是那天,院子里空空的,来福的小屋还空在那儿,水盆、食盆还空在那儿,我想,恐怕再也见不到来福了,再也见不到来福的那朵浪花尾了,想到这里,我鼻子一酸,眼泪簌簌地落下来。孩子们下班回来都不说话,尤其是孙子,在上课的时候还大哭了一场。要过年了,来福走了,不知流落在何方,我们不敢想象。

漫长的一夜过去了,第二天,我们又踏上了寻找来福的路。后来几经周折,我们通过万能的朋友圈找到了来福。

那天来福出走后,在外面独自游荡,到了下午,也许是饿了,也许是渴了,也许是累了,它紧紧地跟着一位老人,老人走到哪里,它就跟到哪里,老人可怜它,便将它收留下来。当我们要重谢这位阿叔的时候,阿叔婉言谢绝,并叮嘱我们,以后可要好好看住它哟!

来福回家了,就像久别重逢似的,和主人亲热在一起,它的那一朵"浪花"又在我们的面前浪来浪去。小孙子摸着来福的头"咯咯"地笑个不停,儿子将早已备好的食粮送至来福的嘴边,我在旁边久久地看着,笑意在泪水的旋涡中旋转。

要过年了,来福跟着我们一起回到了湖南老家,它是坐儿子的车回来的,由于塞车,在三十几个小时的路途中,来福既讲卫生又非常听话。从大年三十到现在,二十多天过去了,来福和我们一样,整天宅在家里,根本不知道外面到底发生了什么事。它常常跑到门边,从门缝里久久地看着外面,当带有喇叭声的宣传车从巷子里经过的时候,来福就开始哼哼嚷嚷了,我们都知道,它想出去溜达了。来福有时也站在玻璃墙边,看天空中飞来飞去的鸟,当阳光从玻璃墙照射进来的时候,它也许知道,离我们带它出去的日子已经不远了,于是,它又安静下来,乖乖地躺在我们的身边。

致敬，环卫工人

人们还做着甜甜的美梦，您便从小屋子里悄悄地走出，穿上橘黄色的衣服，竹扫把随身带着，您拖着那辆朝夕相处的旧车，像往日一样来到寂静的巷口。

当空的月、眨眼的星，陪伴着孤独的您，昏暗的路灯，在您消瘦的身上，投下一圈一圈的光影。

一阵大风无情，满街沉渣泛起，风撩起您单薄的黄衣，风吹打着您干瘦的弱体。您望着被吹落的层层树叶，您望着满街乱飞的片片垃圾，您认真地打扫，从巷子的这头到那头，又从街头到巷尾。

街道上没有行人，只有扫把"唰唰唰"地划过地面的声音，它打破了夜的沉寂，这声音像一只夜鹰在低吟，这声音也犹如一支夜曲，在夜空中荡出了回声。它诉说着，您在寒来暑往，一年三百六十五个日日夜夜中，所付出的劳苦与艰辛。

春来百花盛开您无暇顾及，您踏着绵绵的春雨路，拖着湿漉漉的一车垃圾，一路又一路，一程又一程。天上落下的雨水淋湿了您的衣襟，您额头上的汗水流进您的嘴里，您咽下汗水、雨水和苦水，那种滋味谁又能知悉？

夏来酷暑烈日，您就着干粮挥洒汗水。在那被太阳晒得黝黑的脸上，您露出灿烂笑容，如早上的太阳，透露出朝气。哪里最脏，哪里就有您劳作的身影；哪里最干净，哪里就有您呵呵的笑声。

不忘秋风阵阵落叶纷飞，您一路风雨一路兼程，您将落叶沉渣收起，为了城市的美丽，您的心如一泓碧水，又似秋月明镜。

难忘冬天的朔风吹，您顶着漫天飞舞的雪花，一步一步地滑在冰冻的路上，积雪在您的铁锹下被掀起，冰块，被您火热的心融化殆尽。您用您的双手，为人们清扫出了一条心灵交会的路径。

您第一个迎来晨曦，晨光中，有您不倒的身影。您望着城市的美丽，心中有无限的欣慰。您最后一个送走黄昏，黄昏的路上，有您辛劳的汗水。您踏在清洁的路上，心中感到无限的欣慰。

您心怀坦荡，如海纳百川。

从月起到星沉，从日出到日坠，朝朝夕夕，年年岁岁，您与垃圾相伴。您无视冷漠的目光，您与世俗抗争。您说环卫工作是您的光荣。您心地善良，如皓月明净。

环卫是光荣的使命，环卫工人是光荣的士兵，我想，在无名英雄的立功簿上，应该有您永恒的一笔。

向您致敬，黄色的玫瑰，环卫工人！

鱼为人食

鱼，被人食之，这与人的食欲有关；被人钓之，这与人的乐趣有关。无论食它也好还是钓它也好，这都与人类的生存有着密切的联系。

我喜欢鱼，但那仅仅是为了观赏而已。儿时看电影的时候，在放电影故事片之前播放的"新闻简报"中，我看到岛上渔民的船上堆放着大条大条的鱼，我大开眼界，总是一边跳，一边拍手，一边哈哈大笑，因为我们山里的孩子从未看到过大海、渔民，以及从海里捞上来的鱼。

我们那时也常常和鱼打交道，但那只是一些小鱼。当大人们犁田翻耕的时候，一条条的小泥鳅和一条条的小鱼就随着犁耙掀起的泥浪翻滚出来，我们常常背着小篓子在泥田里捡，当然，我们不能跟在犁耙后面，必须在离犁耙较远一点的地方。那些滚着泥的小鱼被捞上来之后在篓里活蹦乱跳着求生，因为它们离开了水。有时候我真不忍心，又只好把它们放回水中。

水稻田里的小鱼真多，因为稻田里的水一直是满满的，水下又有一些绿绿的小草和一些小虫子，这最适合小鱼的生长。从稻田边路过的人只要在田埂上蹲下来，就会看到众多的鱼在自由嬉戏，我们常用手把它们捧起来，然后又放回田里，让它们回归自己的"家"。我们不敢下田捞鱼，大人们也不让我们下田，怕我们弄坏稻苗。有些孩子摘来一些桐梓树叶，装上水，捉几条小鱼带回家放在水缸里养着，胆儿大的孩子也免不了下田捉一些鱼在木柴火堆上烤着吃，或者带回家做一碗鱼汤。

小溪流中的鱼最多。我家房前有一条小溪，这是我们取水和浣洗的地方，为了方便，父亲在通往小溪的路上砌了一级一级的石板。除了取水和洗衣服之外，我也常常在小溪中玩耍。溪的两边长满了野花绿草，还有一丛丛的菖蒲，溪的上游有父亲栽的枣树、桃树，溪的下游横着一排南瓜架，大片大片的南瓜叶挡住了阳光，使得小溪阴凉清静。那时的水很清，清澈见底，人可以辨清水下小石子的颜色。水里面还有很多虾，总是在苍草中游来游去。最使我感兴趣的还是溪中的鱼，有时我静静地看着它们从上方到下方清闲地畅游着，我不敢咳嗽，更不敢朝水中掷一块小石子，我除了透透气之外，只是好奇地看着，偶尔天真地想：溪中的鱼多幸福啊，它们不像我要上学，要放牛，要扯猪草，还要上山砍柴，它们享受着安闲和清静的生活，它们没有惊慌，也没有人类的打扰，昼夜自由地生活在水中。

　　溪中的鱼好景不长。一天天刚亮，奶奶就叫醒了我，我睡眼蒙眬地跳下床，看到一只篾篓里装满了小鱼，那些小鱼相互挤压着，有的嘴里吐着白色的小水泡，有的则是一动不动了。奶奶告诉我这是一家亲戚夜里用虾耙捞起来的鱼，虾耙是用来捞虾子的，看来也可以捞鱼啊。那次不知我吃了捞的鱼没有，到现在我也记不清了，只知道村子里的人白天出集体工，偶尔晚上趁着有月光的时候在小溪中泡上一晚，天亮时回来就有一篓子鱼。小溪中的鱼捞完了，他们又去较远的地方。桃园县汤家溪村和我们只有一山之隔，那里的水域较宽一点，于是，大部分人又去了汤家溪。人们捞鱼的兴趣越来越浓，看谁捞得多的欲望越来越强烈，后来他们又在小溪的上下方筑堤，又从榨油坊弄来一些被榨过油的茶枯饼，捻成粉末后撒在水里，不一会儿，水潭里的鱼开始翻腾了，捕鱼者也就得心应手了。

　　鱼越来越少，到后来市场上有了化肥农药后，溪中就再也没有鱼了。据说有些地方临水居住的村民开始用船只撒网捕鱼，可是后来由于经济利益的驱使，他们也开始悄悄地用电打鱼了，从此，鱼面临着更大的威胁。

现在的小溪中没有鱼了，小溪也不再清澈见底。稻田中更见不到鱼的影子，人们犁田的时候，只有咬人的蚂蟥叮在人的腿上，吸着人的血液，小鱼已无影无踪。

人的乐趣也常常与鱼有着密切的联系，节假日，人们为了消遣，要么三个一群、五个一伙，要么单独出行，带上钓竿，来到小溪，来到河边，或者去了池塘，他们开始用蚯蚓做鱼饵，这样既经济又方便，在水边一坐就是几个小时，或者半天，甚至一天，只要有鱼上钩，就是他们最大的快乐。随着人类的进步，鱼饵也先进了，现在有专人承包的鱼塘，老板提供用粮食制成的鱼饵，更有甚者，有的干脆用一条条的小鱼做鱼饵，只见钓者将活鱼挂在钓钩上，然后将钓竿抛入水中，那些成为饵的小鱼进入水中又活跃了，殊不知它们的嘴被挂在铁钩上，随时都有被同类者吞噬的危险，可怜又弱小的生命！

"物竞天择，适者生存"，弱肉强食便是大自然的法则，如今笔者道来，只是看见钓钩上的活鱼饵之后便想起了给我童年带来欢乐的一尾尾的小鱼，于是，对弱小的生命起了怜悯之心。

推开那扇窗

　　那窗紧闭着，平时无人打开。我试着打开其中的一扇，尽管我使出吃奶的力气，它还是岿然不动。试着打开另一扇，虽然加了防护栏杆，但还是能打开，我心中暗暗庆幸。这里是某个医院的病房，可能是为了病人的安全起见，才有如此牢固的设施。

　　这个病房不大，房间里散发着一股难闻的药味，你初进病房时，弥漫在空气中的药味就会扑鼻而来，刺激着你的各种感官，你会感到胃中残留的东西几乎要从你的嘴里流出来。房间里安放了好几张病床，每一张床都用帘子围着，供晚上病人休息时使用。床边都放有一个垃圾篓，装满了没有随时倒掉的垃圾。冰冷的地面砖是白色的，从地上冒出来的寒气阵阵袭人。房间里那条很窄的留作过道的空间画上了一条三米长的蓝色箭头，新进的帕金森病人可以在医生的指导下沿着蓝色的箭头来回走动，以便医生掌握病人的生病情况。室内还有简陋的洗手间，一部较小的电视机挂在灰白色的墙上，墙上的污迹依稀可见，电视机上面也落下了一层厚厚的灰尘。

　　来到医院，你看不到笑容，听不到笑声，每日面对的只有一张张痛苦的脸和人们呆滞无助的目光。病床上的痛苦呻吟声听起来叫人担惊受怕，此外还有夜间从其他病室里传来的声声哀哭。

　　在那些日子里，我白天黑夜守护在亲人的病床边，不敢擅自离开病人半步。我看见那些穿着白大褂，用口罩蒙着脸的护士进进出出，她们从早到晚一直忙碌着，没有片刻的休息时间。

每天早上，只见主治医师领着一队身着白衣的"战士"（实习医生）进入病房，他们自觉地排成一队或两队，主治医师拿出病历资料将病人逐个地理论一番后又领着"白衣战士"一个一个地离开了。接着进来的就是"白衣天使"（护士），她们推着咕噜咕噜作响的药车，进门招呼："打点滴了。"然后在病人手上到处找血管，有的病人血管细，护士便从手臂上翻来覆去地仔细寻找，一针，两针……直到针头和细细的塑管回血为止。

我望着那根高高的药架杆上面挂着的几大袋药水，目不转睛地注视着一点一点往下滴入人体的药液；我坚持支撑着身子，不让眼皮打架，绷紧神经的每一根弦；我不敢分神，我怕高危病人会有突发情况，我怕因我的疏忽而造成终身的遗憾。对我来说，时间就像吊瓶里的药水一样，慢慢地流动，一个六十分钟后又一个六十分钟，我无法计算，偶尔望望墙上的那部电视机，谁又有心情看电视呢？我更不敢奢望。

在那些日子里，我的肉体和心灵，被禁锢在只有十几平方米的病房中。我多想拉着他的手奔出医院大门去感受外面的阳光雨露，去眺望大海沙滩，去游览青山绿水，去听百鸟鸣翠，可是现实拒绝了我。因此，在万籁俱寂的夜晚，我会情不自禁地来到窗前推开那扇小窗，让微微的风徐徐吹来，让它轻轻地吹拂着我的脸，吹拂着头上新增的几缕银发，我多想让我无以言状的忧伤随风而逝，让风儿把它带到天涯海角永远不要盘踞在我的心灵阵地。

外面是墨黑的夜，看不清园中的花花草草，几处路灯亮着，昏黄的灯光像瞌睡人的眼，没精打采。光散落在地面上，留下几处斑驳的圈影。风吹动着树叶，树枝就像摇摇摆摆的人影在晃动。忽然远处一辆救护车鸣笛急速而来，在楼下停住，一个重症病人被抬进了急诊室，我的毛发全都竖立起来，我祈祷着暗黄的路灯，祈祷着光的炽热为他带去一丝温暖，抚平他心灵的忧伤，我也祈祷着所有人的平安。我数着一盏一盏的黄灯，不知不觉两眼模糊，我赶忙抬袖拭去两行泪水，默默地注视着前方，想在茫茫的黑夜里寻找更多的路灯和路灯下的光明。

我把身子靠近墙壁，脸贴近窗，想一览静谧的夜色。我看到了那条马路旁的一个小小的公交站，白天，公交站人来人往，到了晚上，就只有几辆公交车孤零零地停在那里，我熟悉那个地方，因为那是我们回家的路线。我看到了那座横跨运河的大桥在夜光下像一位铮铮铁骨的巨人矗立在那里，承载着数以千万吨的重量。如果在白天，你就能看到橘黄色的索拉铁杆悬空而起，桥上南来北往的车辆川流不息。桥的两头是一条绿树成荫的人行道。晴天，阳光照在碧水上，波光粼粼，如果一场大雨，豆大的雨点打在水里，泛起层层涟漪，小船缓缓地从桥下穿过，消失在我的视线中。这一切的一切都是白天的光明赐给我的眼福，但我不敢奢望，我只能用我的双目透过窗户快闪外面的镜头。

此时夜阑人静，我伏在窗边，静静地遐想，静静地去揣摩人生的格调。桥上过往的车辆如草丛中的萤火虫散落在桥上，我看不到蔚蓝的天、白色的云，看不到那条河上蓝莹莹的水，更看不到停泊在桥边的小船，因为，夜，就是如此。

我感觉我的双腿在颤抖，可能是在窗边站得太久的缘故，于是我关紧了那扇窗。

不一会儿，月光透过窗泻进来，淡淡的。

捕蛇新说

"永州之野产异蛇:黑质而白章,触草木尽死;以啮人,无御之者。"

公元805年,唐宋八大家之一柳宗元被贬永州,在永州,他时刻关心着百姓们的疾苦,常常到民间去考察百姓生活,当他听到一位以捕蛇为生的蒋姓农民的诉说之后,他感叹:"余闻而愈悲,孔子曰:'苛政猛于虎也!'吾尝疑乎是,今以蒋氏观之,犹信。呜呼!孰知赋敛之毒,有甚是蛇者乎!"

几年前我第一次去永州,在步行街处看到了柳河东的塑像,我便一下子想到了脍炙人口的名篇《捕蛇者说》,想到了昔日永州之野的异蛇,想到了胜于毒蛇的苛捐杂税给永州农民造成的苦难和不幸。

永州地处湖南边远地区,由于地理位置与气候有异,所以永州之野产异蛇。

我的家乡属于湘西门户,地处五陵山脉,在崇山峻岭、奇峰阴沟的地方,也是蛇类繁衍生息之地。

我很小的时候看到过很多种类的蛇,看到蛇的次数就像一日三餐的家常便饭,尽管寻常,但平时一听到蛇就毛骨悚然,不过我对水蛇倒有一定的亲近度。

水蛇,顾名思义,在水中生存。

一条小溪从我家房前蜿蜒而过,我常提着小木桶去那里取水。水蛇不惧怕人,尽管听到有人下溪取水的响动,可它还是在水中游来游去。我常常用小木桶在水中故意晃荡几下,以示我的到来,提示它我要取水了，这时，水蛇才慢悠悠地游了去，有时，它藏在菖蒲下或水草中好像要与我捉迷藏似的。平时我放牛回到家，免不了下到溪中冲洗满身的灰尘，这时，水蛇倒像是小伙伴，早已恭候在水中，似乎等待我的到来。遇到大雨一天一夜连续地下个不停的时候，小溪的水位升了，我们立在房前，看到混浊的水面上漂浮着一条条的水蛇，它们像是乘水路离家远去，要看外面的大世界似的，那时，它们是八仙过海，各显神通。

奶奶说，水蛇虽咬人但无毒，话虽这么说，但我们总不敢用手捉拿。

我在山中长大，熟知蛇的种类和它们的习性。

有一种蛇叫作"瞎子蛇"。瞎子蛇的感官非常灵敏，在捕食上是一把好手。大人们说瞎子蛇常常吐出一根根的细丝，它们将吐出来的细丝网在草丛中或田间地头的小路上，只要那根细丝稍一摆动，瞎子蛇便凶猛攻击。因此，我们平时上山或夜间走小路时，都要手持一根木棍在前面点路，以防被瞎子蛇咬伤。

竹叶青很毒，一旦被它咬伤，久治难愈。

有一年的夏天，月明的一个晚上，我姑姑从屋后开门去搬柴，冷不防一条竹叶青将姑姑的腿部咬伤，姑姑疼痛难忍，那条腿肿得非常厉害，裤子都被咬破了。后来请乡村草药郎中挖来草药，将草药捣碎后敷在伤口上，外面用一块布缠着，隔一天换一次药，好几个月之后，姑姑才能勉强拄着木棒下地移步。

"青竹蛇最毒"，这是一句老话。

菜花蛇是无毒的蛇，长着一身如菜花的花纹，那时的菜花蛇真多，但无人捕捉，也无人将它推上餐桌，后来，菜花蛇也就随处可见了。

全身带环的蛇叫"银环蛇"，那是一环扣一环、环环相扣的图案。银环蛇也是一种毒蛇，村里人也叫它美女蛇，美女蛇好看，但伤人。蚂蟥蛇（不是栽秧时出现在水田里的蚂蟥）有一尺多长，它的尾部有吸盘，一旦咬人，两头夹攻，使人防不胜防。五步蛇，也叫猪儿蛇，几乎不出山，就藏在深山老林，躲在人迹罕至的地方，不易被人发现，但又常常伤人，使人致命。

五步蛇是山里最毒的一种蛇，人们说，人一旦被它咬，不过五步便呜呼哀哉；最大的五步蛇重可达八斤以上，人称为"小龙"；凡是被五步蛇袭击过的人，无一幸存。一次，两位农夫上山砍柴，两人一前一后跟着，突然一条五步蛇窜出咬伤了走在前面的那位年轻人，接着又是一口咬伤了走在后面的那位老年人，二人生命垂危，被送往我校附近的公社卫生院。当时县医院也赶忙派了蛇医，不到夜半时分，只有那位老年人还剩一口气，年轻人早已命归西天。这是真人真事，因为那位年轻人的孩子当时在我班上就读。

"三月三，蛇出山。九月九，蛇钻土。"我们都盼望九月初九那一日，因为九月九一过，我们就无蛇的后顾之忧了。我们也喜欢"三月三"，因为三月初三那天我们都吃蒿子粑粑，寓意是"扎蛇眼"（堵蛇洞），老人们传说吃了蒿子粑粑，一年四季就不会被蛇咬了，其实，那是过"三月三"节气的一种说法。

虽然每年的三月初三扎了蛇眼，但蛇的影子随处可见。每次放牛或砍柴时，你就会发现一条蛇从你旁边溜过，当你再仔细瞧它时，它已无影无踪。有时你会听到旁边或前方有"沙沙"的响声，定睛一看，前方的草顺溜倒下，留下一条蛇路过的痕迹。

蛇除了在地上水中活动以外，还常常上树偷闲。有次我去舅舅家，看见一棵油茶树上缠着几条大虫，我连大气都不敢出，慌忙跑开。后来听大人们传言，那是蛇在交会，看到蛇交会的人要大声喊"天在看，地在看"等词语，否则，人就会行厄运，其实，那只是人们的一种说法而已。

蛇也聚会。我家先生告诉我，有一天他上山割牛草，因为他起得早，后山的月亮还没有沉下去，他顺着山沟寻找茂盛的草，当他来到一户村民的后山时，看到长潭里汇集了上千条蛇，众蛇溜来溜去，有的相互裹缠，有的翻滚着花花的、白白的肚皮，口里吐着白色的唾沫，有的昂着头伸出长长的芯子，它们来回乱窜，上下激烈翻滚，那情那景叫人看了心惊肉跳。我家先生当时吓坏了，顺手砍了一根黄金树枝丢到蛇潭里撒腿就跑，一口气跑回了家。等到村民们成群结队赶到那里时，蛇已经"散会了"。大人们说，蛇开会的现象有之，经常有人见到，如果你发现此类情况，无论如何要把一根黄金树枝丢在蛇潭中，并且说一声"我也要参加一个"，然后立刻悄悄离开，不要弄出响声，以免引火烧身。那次我家先生只丢下一根黄金树枝，没有说那句话，长辈们都惋惜地说："你要是说那一句话就好了，如果你说了那句话，你的一生就会飞黄腾达，享尽荣华富贵。"

我们村里有一个洞叫蓑衣洞，入口在山的顶上，出口在半山腰，凡是砍柴的人都不敢上那座山。偶尔有个别胆大的人上得山来，也只在半山腰望一望罢了，无人去山顶上的入口处，因村里的狗常去那个地方，一天到晚对着洞口"汪汪"地叫。村民说，洞里不知有什么，他们怀疑有蟒蛇？有五步蛇？还是有人们至今还没见到过的怪物？这个谜，至今无人解开。

蛇常常入居农家的土屋、灶房、后院、阳沟、房梁，牛栏猪圈或鸡笼，我们有时还能在房前屋后拾到蛇蛋。炎炎的夏日，土屋阴凉，这是一个诱因。

小时候我常常听人们绘声绘色地讲述：张家村某某人晚上点着油灯入寝时，发现蚊帐顶上盘着一条蛇，他立刻将蛇处死。不过几月，当他点着油灯再次入寝时，发现那条被处死的蛇又蜷缩在他的床上……人们当时传言，说是那条蛇来泄恨报仇的。后来村民们得出结论，打蛇要打七寸，免得有朝一日蛇来复仇。此事是真是假，我只是道听途说。我想，蛇入住床上，有之，至于报仇，值得考究。

后来有人收蛇，因蛇可入药，可以治疗多种疾病，蛇有利于人类。

过了许多年后，蛇上了餐桌，有人说蛇肉比鸡肉还香，于是有了蛇的收购站，到乡下收蛇的人也越来越多，乡下会捉蛇的人也越来越多，最后，就连有些小孩子也跃跃欲试，因为一条蛇可以卖个好价钱，对于农民来说，这是一个解决手头拮据的捷径。

那时，人们都希望有更多的蛇出现，好让他们能无休止地捕杀。可怜的蛇，牺牲在餐桌上，成了满足人类生活需求的一种奢侈品。

以后的每年暑假，当我回到乡下坐在房前乘凉时，再也没有听到草丛中青蛙被蛇咬时发出的哀鸣声了，在老家看不到蛇了，我不禁想问：

"永州之野还产异蛇吗？"

我们的笑容不泛黄

菊花台

"花已向晚，飘落了灿烂，凋谢的世道上命运不堪。"虽然大合唱《菊花台》的歌声随着帘幕的徐徐落下而结束了它的舞台使命，但它所凝结的千丝万缕之情早已缔结在我们的心中，我们的低吟浅唱如今还在我们的脑海中回旋萦绕，带给我们无尽的回忆。

那是一个清风送爽、阳光灿烂的日子，东莞市老年干部大学全校的音乐班举办了一次毕业汇报演出的活动，我们提高班上演了大合唱《菊花台》，我们不会忘记，这个节目的背后有我们无尽的欢乐和辛勤的汗水，是这个节目，让我们的心永远凝聚在一起。

2017年9月，我们一起来到了同一个班级，那时我们素不相识，每周星期一上课以后就回家了，彼此之间很少有时间进行交流，除了认识同桌以外，都不知道其他人的姓名，是节目的排练使我们由陌生到相识。如今，我们已成为无话不谈的同窗，已成为不舍的好朋友。

回首排练的一幕幕情景，我们感慨万千，正如歌词所说，"你的影子剪不断"。为了将我们的节目成功地搬上舞台，大家齐心协力，克服重重困难，尽可能地挤出一切时间进行排练。我们主动放弃了走出去游览祖国大好河山的机会，我们不顾家家都有的那一本难念的经。

我们经常利用中午或者休息日进行加排，教室里有我们的歌声，校园的篮球场、树荫下都留下了我们排练的足迹。有的学员年老体弱多病，可大家从不无故缺席，有人说，"和大家在一起就有幸福和快乐感"。

我们心里都知道，集体的荣誉是我们的精神支柱，乐于奉献是我们"人之初，性本善"的体现，团结一心是我们成功的保证，回眸过往，那些苦中有乐的日子至今还记忆犹新。

我们都是离退休干部和职工，早已不是"恰同学少年，风华正茂，书生意气"的青春少男少女，我们已处于动作缓慢，思维迟钝，记忆力急剧下降的年龄阶段。《菊花台》唱功难度很大，需用四部和声演绎，同时，记歌词也成为我们面临的一大难题，可我们并不气馁，为了排好这个节目，将它成功地搬上舞台，老师一字一句地教，费尽了心血，我们一字一句地学，流尽了汗水。那时，《菊花台》在我们的心中，我们的心中都有《菊花台》。

"有心人，天不负"，我们终于如愿以偿登上了表演的大舞台。舞台背景黄花盛开，我们一个个精神抖擞，容光焕发，当钢琴的伴奏音乐响起，舞台上便传来了我们婉转悠扬的歌声，这歌声像一根根的琴弦拨动着人们的情丝。老师亲自为我们指挥，她一身淡雅素装，脸上的笑容似乎在告诉我们："你们是最棒的。"

"梦在远方化成一缕香""我一身的戎装呼啸沧桑"，男声低沉浑厚，女声圆润清亮，我们似乎用音乐传颂着人间至爱的故事。老师的指挥刚柔并济，有时如翠鸟点水，有时似雄鹰展翅，仿佛把我们带到了一个真真切切的世界，让我们懂得一切的过往与音乐相比都显得那样苍白无力。一切如梦似幻，一切似水如歌，从老师的笑容里，我们看到了无限好的夕阳。

演出结束了，我们在掌声中走下了表演的舞台，可我们的人生舞台生活依然在继续，永远没有落幕的时候。

菊花残，满地伤，我们的笑容不泛黄。我们虽已黄花晚节，可我们的心依然青春飞扬。

文化惠民

  大朗镇离东莞市中心较远，小型毛纺织厂较多，当地民众渴望丰富的文化生活，更渴望有正能量的宣传。因此，五月二十六日下午，老干音乐班文化志愿者"爱之声"艺术团在团长李淑芹老师的带领下，前往大朗镇志愿演出。

  那天下午我们正准备出发时，台风来了，顿时大雨倾盆，我们一行三十多人风雨无阻，毅然前行，奔赴大朗镇，下午五点，我们准时到达演出地点。

  大朗镇文化站站长叶福照及镇领导热情地接待了我们，大朗镇政府对我们以文艺形式宣传党的政策，歌颂党的正确领导，提高人民的文化素质和素养的这一举措也表示了大力的支持和赞扬。

  在我们还未到达之前，舞台、音响、灯光等一切准备工作就绪，八百多张观众座椅，早已整整齐齐地排列在演出场地，大朗镇巷头区的大妈们也在排练扇子舞，准备晚上和我们一起联欢。

  晚上八点演出正式开始，演出场地座无虚席，空地上也站满了观众，有八十多岁的老太太和老爷爷，也有吮吸奶头依偎在妈妈怀中的婴儿，有坐轮椅的残疾人，也有骑着单车从老远赶来的打工者，他们说："我们早就等着这一天了。"

  看到这一切的一切，演员们为之感动。

  在这场演出中，我们唱了红歌《我爱你中国》《美丽中国》《绣红旗》《红梅赞》等。我们表演了红舞《我和我的祖国》《祝福祖国》。舞蹈《我们的生活充满阳光》《张灯结彩》歌颂了和谐社会中的美好生活。小品《无牌医生》贴近生活，因此，更受大家喜爱。表演唱《陪你一起看草原》，舞蹈《谁是我的新郎》《青花瓷》《我爱你塞北的雪》，萨克斯独奏《采蘑菇的小姑娘》也一次又一次地赢得了观众的热烈掌声。最后，团长李淑芹老师亲自登台以一首《我爱你中国》将晚会推向了新高潮，也将晚会画上了一个圆满的句号。演员谢幕的时候，台下掌声经久不息，许久，他们还站在原地不想离开，我们卸妆走下舞台后，还看到一位奶奶带着两个孙子依依不舍地站在那儿。

这次下乡演出使我们贴近了群众，为大朗镇人送去了赤诚的爱心，也送去了精神上的财富。

大朗之行，文化惠民。

寻医散记

平安就好

小学生未放假之前,我们就一直在网上预约挂号,可是,一直没有预约成功。后来学生放了假,我想,正是我们去医院复查的好时机,所以每天都抽出时间在网上挂号。每当我打开手机时,屏幕上显示的是"××医生,×月×日,满诊",无论你挂哪个医生,出现的还是"满,满,满",我不知如何是好,于是与家人计议,还是要到医院去,要"入虎穴",实地考察,方能得"虎子"。

今年因疫情原因没去过大医院,但往年挂号的经验倒还有一些。往年,在这个省级医院,凌晨五点前要在医院大门外等候,还要排在队伍的前面,等大门打开时,你才会比别人抢先几步奔到窗口。我清楚地记得当时大门打开时的情景,人们潮水般地向挂号窗口涌去,都在争先恐后地抢着排队,虽然恐怖危险,但为了少在大城市待几天,为了那张挂号单,挂号人就全然不顾这些了。除此以外,还可以走"马路边好友"这条捷径,前两年我弟弟和几位乡亲来医院时,在毫无办法的情况下,额外花了一笔钱,拿到了黑市的挂号单。我想,如果我也处在无路可走时,也可以走这条路子。

孙子放假后,我将家务事安排妥当,趁一大早,我带着孙子从东莞坐地铁到虎门,然后转乘去省级医院的高铁。东莞这段时间天气真热,有人说，这是许多年来最热的一年，可再热我们也要启程，时间不等人。

上午我们拖着行李在虎门站上了车，沿途风景如画，但因坐在车中间，不便在窗前拍照，又加上心中装着事，也无心去欣赏那美丽的风景，心中只有一个愿望，顺利地到达目的地，顺利地挂上号。

如今交通方便，火车只需三个小时，就可以行驶一千多公里的路程。从家乡来的爷爷早已在儿童医院附近的烨煌酒店订了房间，在那里静候孙子的到来。

下了火车，出了站口，我和孙子坐着的士一路顺风，不过下车时，我惊讶，怎么比平时多了20元车费？孙子劝我："奶奶，都到了，平安就好。"

"是，平安就好。"我心里舒坦了。

晚上一宿不安，惦记着第二天挂号的事情，希望一切顺利。

没办好

打开手机，还不到五点，从窗户可以看到外面的路灯泛着黄黄的光，街道上偶尔有几辆车子通过，整个城市还处在似醒非醒的状态。

"我该起床了。"我提醒自己，因今天要去医院实地考察，说不定还能挤进队伍挂上个号呢。我匆匆洗漱完毕，乘电梯下了楼。酒店大厅收银台的美女似乎还在瞌睡，我怕惊醒前台美女，轻轻地开了门。近几日，此城市的气温比东莞要低得多，尤其是天亮之前，还要盖薄薄的被子。为了早点到达医院，我叫住了一辆的士。这位的士司机是开夜班车的。这个时间段，开往医院的车辆极少，所以，的士一路畅通无阻。

在车上，我心里一直盘算着怎样在医院大门口等候，怎样才能排到前面，怎样等大门打开之时随着人流涌进大厅在窗台前排队，我正做着美梦时，车子就停到了医院对面的马路边。

下了车，我目瞪口呆，这哪里还有医院大门？原来的门诊大楼现在变成了一大块平地，后面的一栋旧房子上面显示着几个红色的大字："××大学××医院"，看来医院在改建。

忽见前面有几个人正沿着医院侧面的那条巷子急急地往前走，我知道他们和我一样都是寻医人，于是，我跟上前去。医院在搞修建，路旁堆满了钢筋、水泥和沙，有一处的楼梯正在浇混凝土，水还在往下滴。我们只好通过地下车库，去临时的门诊大楼。

在门诊大楼前面的大厅里，我看到了一大片黑压压的人群，"莫道君行早，更有早行人"。他们比我来得更早。这里取消了人工挂号的窗口，只有网上预约才有效。在进入门诊大楼前必须经过几道关口，如测体温等，才能通过，到了另一端，还要出示预约医生的信息单才能有资格进入门诊大厅。眼前的情景完全出乎我的意料，我茫然不知所措。忽见有咨询台，忙去打听，可那两位小美女被围得水泄不通，哪有我挤进去的份儿。我只好又走开，站在旁边，望着那一片黑压压的人群，一筹莫展。

"要住宿吗？"好像是有人在问我。

我回头一看，原来是一位戴着口罩、披着长发的女郎早已走近了我，她似乎看出了我的心事，问我是否要挂号，从交谈中我感觉她还比较善良，况且我又求医心切，于是和她达成了协议，我看完医生后再给她付款。我想，这既方便了我，也让她有了几天的生活费用。于是，我们互相加了微信。她告诉我，因为我人生地不熟，看医生的过程，有人会一直陪伴我。

一会儿，一位男士走过来，他说在门诊大厅等我，并告诉我在哪里测体温，如何进入门诊大厅，说完，他就立刻走掉了。我挤进黑压压的人群，排在队伍中，看看手机，还不到七点，这意味着我还要排上一个多小时的队才能进入门诊大楼。

队伍里人声鼎沸，前后通道都有保安人员在维持秩序，有人在拍照，告诉他的网友排队的场面，也可能是想报道他的头号新闻吧。我站累了，双腿都快要弯下去了，但我只能坚持，因为，门诊大楼开放的时间还早着呢。

女郎联系的一位男士在大厅里等着我，领我交费办卡，领我到了四楼要看医生的科室，他想趁医生刚上班时就带我插队进去，可是没有成功，第一个进去的人是事先和医生有约的病号，连分诊护士都没有拦住。男士又告诉我，今天看医生的时间可能要晚一点，不过，今日上午看病是不成问题的，他说他有事要去办理，待我看病时给他电话，那时他再过来，他叫我就在候诊室静候。

我在离分诊台最近的一个地方坐下来，仔细地听着小护士按照顺序叫着病号的姓名，被叫到的人在医生的诊室前排着队，从诊室里面出来一个病人后，外面再进去一个病人，如此反复地替换着。一拨一拨的人走了，一拨一拨的人又重新排好队伍，然后又是一拨一拨的人走了，无论我怎样竖着耳朵细听，都没有听到叫我的名字，我坐在那里，忐忑不安。

我坐的位子上方是空调放冷风的位置，一般弱者是顶不住这种冷风的侵袭的，有的女人披上了风衣，有的搭着披肩，我一无所有，只觉有一股冷气一直灌着全身，我感到很冷很冷，又不敢离开座位，我怕错过被叫号的时间，我怕错过这次难得的机会。我坐在那里，如坐针毡，心中很不是滋味。我羡慕别人正大光明地拿着挂号单，正大光明地排队看医生，而我，则是通过暗道，行走在一条斜道上，这条道的前面终归是没有阳光的。我看看四周，似乎人们都在用一种不一样的眼神望着我，似乎人们都在背后议论着我，我越想越觉得害怕，一种耻辱在吞噬着我，使我渐渐地悔悟：如果有下次，我再也不会走这路了。

一个钟头过去了，两个钟头过去了，又是一个钟头过去了，我再也受不了这种无聊的等待，医生快下班了，我一个电话过去，对方却回话：

"没办好。"

我在医院里坐了四个多小时，得到的回答是"没办好"三个字。

系统关了

今天，我通过正规渠道终于有了一个号，候诊时间是下午四点半到五点。

我照样在昨天的那一排位子上坐下来，与昨日不同的是，我心中无任何阴影存在，我可以任意和人交谈，不怕别人问起我看医生的顺序号码，我也可以随时去问分诊台护士，查询我前面还有多少个等待的病患。这时的我，脸上是阳光的，心里是坦荡的。

坐在我左右两边的病友在聊天，她俩恰好同是永州人，她们熟悉之后，就开始用永州的家乡话交谈起来。永州也是湖南的一个城市，所以她们的家乡话听起来很容易理解。

病人在一起总是交流病情的治疗方法和医疗效果。易姐说，从前她从不爱文体活动，自从生病之后，情绪一直不稳定，一天到晚总是闷闷不乐，担心病情加重，总是神经兮兮地认为头也疼，腰也疼，心脏不好，肺部有感染……按她的话说，似乎全身都有病，那时，她情绪低落，甚至到了不能自拔的地步。一次偶然的机会，她走出家门，爱上了广场舞。她说跳广场舞让她结识了很多的新朋友，每天听听音乐，放松自己，人也开始活跃起来。最后她还深有体会地说：

"病不可怕，可怕的是人的心里犯病，用微笑对待疾病，一切就会慢慢好起来。"易姐说着，脸上带着微笑。

坐在我旁边的陈妹是一位癌症患者，她说第一次手术时是良性，时隔三月检查仍是良性，但再过三月复查，已变成恶性，接踵而来的是无数次的化疗，曾经有过三次的光头经历。她说她有时生不如死，但她想到她的女儿尚在闺中，为了她的女儿，她必须坚持活下去，说到这里，陈妹流下了眼泪，那眼泪不是担心她自己，而是担心她的女儿。

永州的两位病人去看医生了，一位来自江西的病人笑着向我打招呼，她做过手术，是来复查的，因挂号和检查要预约，她来了半个多月，现在住在她的女儿家里。她很健谈，每说一句话都要笑一下，她说她想快点回乡下，因家里还有很多农活要做，农民不生产，就要饿肚子，她还说她必须长期吃药，要定期来医院复查。听她女儿的口气，不是一般的病，可是这位江西妹倒像是没事儿一般，和她交谈，有一种快乐的感染力。

终于轮到我看医生了。医生是一位专家，配有一位助手，诊室里还有几位病人。

"你们几位怎么都没有挂号？"专家的助手说。

"你还不明白，她们是我的熟人啊。"医生边写病历边打趣地说。

"如果我有熟人，那该多好。"我真羡慕她们，那些病人是不是医生的熟人，没有证据，或许是医生的一句玩笑话。

从医生办公室出来，我拿着CT检查单马上去交钱预约。我快步奔到预约室，使我高兴的是，门还开着，还有一个医生，我说我要交预约检查费，她说下班了，我说只我一个人，很快的，否则，明天我又要跑来排队，就帮帮我的忙吧，她告诉我：

"系统关了。"说完，她带上门，走了。

"系统关了。"我站在那里，嘴里反复地说着那句话。

穿白大褂的美女

昨天因"系统关了"，医生要下班，我预约排号没有成功。今日我想在预约窗口排上前几位，如果排在后面，不知要等到哪日才能轮上我做CT检查，因为去年有过类似的教训。

每天四点多醒来，这已是我的老习惯，所以，不愁我会赖床。

像前几天一样，我下了电梯，前台服务小姐仍然在瞌睡，我照样轻轻地走出酒店。一阵凉风吹来，路边的树叶发出了轻微的窸窣声，我一路轻快，坐进的士，忙了通宵的的士哥仍无睡意，车内还播放着音乐，我们互问早上好，然后又是一路畅通无阻。

我测了血压，出示信息，顺利地来到预约排队的窗口。我到得很早，除了窗口边站着一位穿白大褂的年轻医生外，我是到来的第二位。我暗自庆幸，这位美女一定是来这个窗口上班的医生，看来我是排在第一位了。

我来到美女面前，向她问了好，正待我准备向她打听窗口何时开放时，忽然我发现她的手里也拿着一张预约单，我一下子明白过来了，她也是和我一样来窗口排队的。于是我排在她的后面，并和她简单地聊起来。

她也是这个医院的医生，今天也是来窗口排队预约的，她到得比我还要早。听了她的话，我不由得对她肃然起敬。作为院内的医生，她完全可以通过内部关系轻而易举地从后台预约，哪还能亲自早早地站在窗口前排队等待医生上班？以前我在其他医院排队挂号或候诊时，常看到内部工作人员领着熟人直接进入医生办公室，也看到过医院内部人员拿着预约检查单直接交给上班的医生，那些人是不会走这种程序的。端详着眼前这位白衣女士，长长的睫毛，一对明眸清澈如水，扎一束黑发，她耐心地站在那里，不急不躁，心如止水。

"最美的白衣天使。"我心中暗暗称赞。

她还告诉我，这个医院正在改建，现在的门诊大楼是临时的，因院里场地不太宽，为了不误患者就医，只好一栋一栋地改建，不像别的医院，面积大，可以全部重新修建，旧楼只保留了两栋红楼。

在我们说话的时候，排队预约的人渐渐地多了起来。

"医生，看我这个单子，我是在这里排队吗？"有位阿姨问她。

她仔细地看了一下，告诉对方不用排队了，已经预约好了，并告诉她在哪层楼哪间房做检查。因为她穿着白大褂，咨询她的人越来越多，一下子就把她围住了，只见她耐心地、一个一个地回答他们的问题，人群中不知是谁说了这样一句话：

"这个医生的态度真好，不像个别医生，动不动就烦起来了。"

旁边有人补充道："今天还不是她当班呢，她是义务服务啊。"许多人都对她投去赞赏的目光。

七点半左右，窗口打开了。

"你也在排队？给谁预约？"窗内的医生惊讶地问，看来她们是熟人。

"给我母亲。"她笑着回答。

"我母亲病了。"她又重复了一句。

她走了，我望着她的背影，送上我的祝福。

生活是多彩的

每年来长沙市求医，我们都住在梓园路东头的烨煌酒店，酒店一边靠近贺龙体育馆，一边靠近长沙出名的雅礼中学，这家酒店虽不豪华，但它离儿童医院较近，走出酒店，再步行一百多米便可到达。在这里乘坐 101 路和 11 路公交车，便可在梓园路口下车，下车后，过了马路就到了我们要就医的医院，因此，住在这里最方便我们就医。

今日我与医生有约，按照惯例，定要早起。我从酒店出发，清晨的空气真好，街道两旁的梧桐树早已苏醒过来，树枝上的小鸟叽叽喳喳，今日心情颇佳，我一路快走，当我快要走近儿童医院的时候，就看见前面的一家熟食店前围蹲着五六个人。这次出来之前，孩子们曾告诉过我，出门在外不要加入围观，可那是我乘车的必经之路啊，由于我的好奇，我停了下来。

一位打扮得像农民模样的男子蹲在地上，手里拿着与铜币大小差不多的塑料牌，牌的一面为黑色，一面为红色，只见那人将牌在地上翻来翻去，手里还拿着一大把百元一张的大钞票，旁边围着好几个人。一会儿，这位男子又将牌丢出去了，塑料牌还在转动的时候，那人用碗盖住，让众人猜颜色。忽然从我背后走过来一个人，这人满脸堆着横肉，小眼睛，脖子上戴着很粗的白金项链，平头，穿着黑色的 T 恤衫，看上去年龄为五十开外。

"红色。"他大呼起来，很快从地上翻开那张牌。

"我说的是红色，猜对了，给钱。"他伸出手，对农民模样的人说。

然后他将赌来的钱分给旁边围观的两个人，每人两百元，他发现人群中还站着一位嬷嬷（老奶奶），赶忙给她四百元，这位嬷嬷对他看了看，正在犹豫中。那位堆着满脸肥肉操着长沙口音的人力争劝说："嬷嬷，你年龄最大，尊重老人，这是我赢的钱，送给你，拿着，放心，不要白不要。"那位嬷嬷还是拿不定主意。人群中一位年轻女人劝她收下，又一位青年男子也劝她收下，我明白，这对男女都是托儿。我站在老人的对面，向她摆头，示意她不要收下，可这位嬷嬷没有看到我的暗示。钱又被送到老人的手里，老人还是拿不定主意，她的目光开始扫向人群，似乎在寻求答案。她看到了我，我忙向她连连摆手，示意她不要上当，不料我的动作被旁边假装围观的同伙看到了，他说了我，对我瞪着眼，我怕惹事，便走开了。在我离开之后，似乎听到旁边有人议论："报警。"

我边走心里边祈祷："嬷嬷啊，你可千万别上当！"

远远地走来一位卖莲蓬的人，担着两只筐，筐上面是一个大簸箕，簸箕上也是莲蓬，卖莲蓬的人两手一前一后地攥紧筐的绳子，以免两只筐来回荡悠，扁担在卖莲蓬人的肩上忽悠忽悠地晃，两只装满莲蓬的筐也一前一后来回地摆，我走至跟前，才看清她是一位年老的嬷嬷，嬷嬷精神矍铄，布满皱纹的脸上洋溢着慈祥的笑容。嬷嬷摘下草帽，用手理了理她头上的银发，面带笑容对我说：

"买一点莲蓬吧，刚刚从湖里采来的，鲜嫩鲜嫩的。"

莲蓬的确像是刚从湖中采摘上来的，因为莲蓬上面还沾着湿湿的露水呢，看到慈祥的老人，情难却，我挑选了几个莲蓬，付了款。嬷嬷告诉我，今年莲蓬丰收，许多乡下人都来城里卖莲蓬。边说着，后面又来了几个卖莲蓬的人，扁担照样在他们的肩上忽悠忽悠地晃，两只装满莲蓬的筐也一前一后来回地摆。

"江南可采莲，莲叶何田田，鱼戏莲叶间。鱼戏莲叶东，鱼戏莲叶西，鱼戏莲叶南，鱼戏莲叶北。"我想到了采莲人，不禁感叹：

"生活是多彩的。"

上午我看了心血管门诊，听我的自述后，医生给我开了两张检查单，并叮嘱我今日待检查完毕后再将检查结果拿给他看。

通过手机扫描二维码，我付了检查费，想找到做心电图的预约处，不料我稀里糊涂地走过了预约窗口，后来通过别人的引领，我才办好预约手续。办预约的护士见我不是年轻人，反复叮嘱我要把诊疗卡收拾好，不要急，一样一样地慢慢地收拾，并告诉我在哪里做心电图，30分钟后取结果，下午可以去医生那儿看结果。一切明了，我从心里感激她。中午，B超室有医生加班，我又做了B超。

下午就诊的时间到了，我来到上午就诊的科室，使我惊奇的是，门牌上医生的姓名变了，忙问分诊护士，护士告诉我，上午给我看病的医生在内科二楼，并叮嘱我要向保安说明我是看结果的，否则保安就不会让我进去。

我怕记不住地址，嘴里一直叨念着"内科二楼，内科二楼"，我在二楼上上下下找了个遍，又咨询工作人员，本楼哪有内科？我无心再找下去，走出门诊大楼准备回家，忽然我看到对面有一个内科大楼，走过去，通过了保安，寻到了电梯，待我走到二楼，楼道里冷冷清清，这里哪有门诊，只有几个病人在电梯门边准备上楼，还有一道门是通往心血管病人住院的病室，我家先生也住过这个病室，但不是这个地方。我又折回去走到另一头，那里只有一个"介入中心"，而且门关得严严实实，我明白，这是心脏病人安放支架的地方，找不到门诊，我泄气了，准备回酒店不看结果了。这时我家先生来电说，来一次不容易，做了检查就一定要看医生。他建议我再详细问一下上午分诊的护士，我又回到上午看病的地方，护士说：

"你找对了，就在介入中心，沈医生在那里做手术，手术完后就会给你们看结果，不过，你要按门铃。"

我又来到介入中心，按了门铃，守门护士叫我等一会儿。

下班前，门开了，我见到了上午给我看病的沈医生，看样子他好像刚从手术室出来，他很忙。

沈医生看了看我的病历单，安慰我说，目前没有大问题。他告诉我两种方法：第一，今后如果感到呼吸有困难时，就要深呼吸。沈医生耐心地做示范动作，我也认真地学着。第二，每天要留一顿不吃盐，平时淡盐，如果坚持这两项，比吃药的效果更佳，又不花钱，说到"不花钱"时，他笑了，我也笑了。他又说，我们与时间赛跑几十年了，日落星沉，生老病死，这是自然规律，笑对人生是最好的精神良药，又不花钱。

在后来的交谈中我得知，我们同年同月，可是我不敢问他出生的具体日子，毕竟，他是医生，我是患者。

第四辑　这里有一片绿

樱花润岳麓

岳麓山是一座文化底蕴深厚的名山，被称为文化名山，其中麓山寺、岳麓书院和黄兴、蔡锷烈士墓早就闻名遐迩，备受后人仰慕。

阳春三月，我和家人一起游览了岳麓山。那天我们原本打算步行上山，但当我们刚到岳麓山脚下的时候，天空下起了毛毛细雨，我们只好改为坐缆车上山，因是周末，游客又多，每次的缆车皆是满满当当，我们好不容易才搭上一辆缆车，随着盘山路绕到了山顶。

说来也巧，我们到了山顶，天空晴朗起来，整个山林像被刚刚洗刷过的一样，古树青翠欲滴，雨水像晶莹的露珠滚满了山花野草，立在山顶，纵观岳麓山下大小群山，远眺鳞次栉比的高楼大厦，真乃"极目楚天舒"。

早就想瞻仰革命先驱黄兴和蔡锷将军两位烈士的陵墓，于是我们沿着路标从山顶走下来，按照所在的位置及路线顺序，决定先去蔡锷将军之墓，然后再去瞻仰黄兴的陵墓。当我们步行一段路程之后，发现前面有了岔道，因为有一条路是从左侧下山，路很窄，坡很陡，而右边的那一条路较宽，可以通车。正当我们停在那里不知所措的时候，前方立着一位妙龄少女，她满面春风，像是看出了我们的心思，于是向我们翩翩走来，主动给我们指路，并邀请我们去蔡锷将军墓回来的路上去她茶吧坐坐，我们满口应允，因我们的手机快没电了，想趁喝茶的间隙给手机充电。

在返回的路途中，我们来到了少女的茶吧，茶吧就在路边，门牌上的"问麓茶吧"四个字非常醒目，路过的人第一眼就能看到。茶吧的正面有三间房，房子里面的货架上陈列着各种茗茶，茶吧左右两侧各有一条长廊，长廊顺着山势往下延伸，一直通到茶吧最下一层的走廊，因为这座茶吧依山坡形状而修建，走势向下，共有三层，第二层是生活间，每层之间坡度较高，因此，除了两侧的走廊之外，每层建筑之间各有一条斜坡形的石级，便于上下层的互动和联系。

我们从右侧的走廊下到了底层，这一层房子的前面是宽宽的一个水泥平台，平台全用栅栏围着，有几张茶桌，茶桌是方形的，每张桌子旁边撑着一把遮阳伞，那天没有太阳，我们一到，那遮阳伞就被收了起来。我们在靠边的那张茶桌边坐下，因为坐在那张茶桌边，我们可以近距离地观赏绿林草木在微风拂过时的低吟浅唱。

刚落座，招呼我们进茶吧的那位美女身着白色衣裙，翩翩而来，她盈盈地笑着，衣裙随风而飘动，就像空中飘来的一朵云，降落在我们的身边。她拿来一份茶单，身子稍稍前倾，像是给我们一个微微的鞠躬。

"请问您需要什么茶？"她彬彬有礼，笑容可掬。这奉茶之礼使我不禁想起了日本女人在茶道中跪地的礼节，虽然她不是跪地敬奉客人，但她秀外慧中，在她面前，那跪地的礼节就逊色多了。

她给我们沏了一壶金俊眉，轻轻地对我们说了一句，"请慢用，有事叫我"，说完飘然而去。问麓茶吧坐落在麓山之中，山中古木参天，有松树、柏树和其他适宜在南方生长的树木，其中夹杂着盛开的桃花。山林中鸟鸣声清脆悦耳，山涧中泉水叮咚，使得这沉寂的岳麓山更显秀色灵气。浓浓的茶香味从壶中溢出来，我们品着清茶，听着悠扬的音乐，闻着清风送来的阵阵花香，吸着大自然送来的养身仙气，感觉到自己已经置身于仙境之中了。我们鸟瞰山下，碧碧的湘江，过往的船只，以及橘子洲头的建筑物，尽收眼底，真可谓"岳色到樽前，江声来足底"。

禁不住秀色的诱惑，我离开茶座，想浏览这山林景色，待我刚迈出几步，美女含笑走来，她告诉我那边还有几棵樱花树，樱花美极了。顺着她的指引，我看到了盛开的樱花，远远望去，像片片雪花点缀在枝头。我来到樱花树下，欣赏花仙子，只见樱花花瓣由五片组成，向里带着粉红色，花瓣衬托着金色的花蕊，如天上的云锦。动风了，樱花的花瓣儿飞飞扬扬，飘落在我的肩头，轻轻地滑过我的指尖，我的心底不由得泛起阵阵涟漪。我想起了那首诗："昨日雪如花，今日花如雪。山樱如美人，红颜易消歇。"

"茶壶里又添了新茶。"侍茶美女不知何时立于我背后，我慢慢扭过头，她笑靥如花。

回到茶座，杯中似乎落满了片片樱花，我想起那些英烈，他们不就像樱花一样纯洁、高尚和伟大吗！离开的时候，一首外国民歌从问麓茶吧舒缓响起："樱花，生命中最美丽的海，一簇簇的歌声，一朵朵的期待，花开时要来，花落时也要来，因为开始动人，结局更可爱。"

乌衣巷口夕阳斜

深秋九月，秋风送爽，在一个明媚的日子里，我们踏着晨曦，走进了东莞市茶山镇南社明清古村落，从青苔小巷中寻觅古村落源远流长的历史足迹。

南社民清古村落距今已有八百多年的历史，由西坊村、南坊村、北坊村和东坊村组成，位于马头岭和樟岗岭之间，背靠罗浮山，是一块得天独厚的风水宝地，现剩有祠堂二十二间，民居二百间。

我们从西门缓缓踏入古村大门，映入眼帘的是一条长形的水塘，依次而进为西门塘、百岁塘、祠堂塘和甘蔗塘。池塘绿水如茵，鱼翔浅底，群鸭戏水，曾经在夏天盛开的荷花虽已凋零，但在秋日里，依然昂首挺立，点缀在残叶中的那点绿更加吸人眼球。

荷塘上有两座如苍龙矫健而不失古雅的七孔拱形古石桥，桥面由青石砌成，石栏光滑。庆丰桥上那棵古老的榕树百年来守护着这座历史悠久的小桥。古榕树东西横斜，叶茂枝粗，像一把天然的巨型绿伞将庆丰桥揽入怀中。丰收桥头杨柳依依，倒影婆娑，当清晨的阳光荡漾在碧波上的时候，轻烟缭绕，一幅仙境般的美图让你如醉如痴。

"南社在宋代成立，明末形成以围墙为界、以水塘为中心，祠堂临水岸纵列，民居向南北两侧依自然山势错落布列，主干道与主巷道相交呈梳状的村落格局。"这是珠江三角洲保存最为完整规模最大的明清古村落之一。

从北面围路到南面围路有一条环绕水塘而铺成的石板路，行人的步履已将它打磨得珠圆玉润了。南北围面的建筑错落有致,有米栈、中药铺、书院、家庙、宗祠。其中的百岁祠、谢遇奇家庙、资政第、谢氏大宗祠、百岁坊,红砖青瓦,木门铜锁,古色古韵,是南社古建筑群中的精品。当你看到至今仍尚存完好的木雕、石雕、砖雕、泥塑、陶塑和琉璃装饰时,你将会从那些工艺细腻的花草虫鸟的图案中想到当年风花雪月的故事。从屋脊上的仙人走兽,檐下的华丽彩绘装饰中赞叹先人的聪慧才智。

我们来到资政第。资政第是清光绪二年(1876),丙子恩科会试中式第九十九名武进士、礼部主事谢元俊书院。青砖麻石三开间二进院落布局,初为园林式的建筑,是南社古村落里保存最大的一间书院,房梁架上布满了木雕,工艺精湛,木雕上的动物栩栩如生,尤其是花架上的桃林仙鹤凤凰及植物上枝叶的木雕更为精致华丽。

我们走进家庙,倍感家庙的建筑更有艺术价值。家庙是在清光绪二十七年(1901),为纪念武进士、官至总兵谢遇奇而建。门前的"家庙"二字是当时全国有名的书画家淘渲先生所写。家庙的建筑布局为两进院落四合院式,硬山式屋顶,脊上的人和动物的灰塑和陶塑、抬梁与穿斗混合式的梁架结构上的金木雕和石雕,其工艺十分精美。

我们找不见始建于明崇祯十七年的古围墙,只看到残墙断瓦,一堆废墟,只有那民居建筑中的小巷如今依稀可见。小巷曲曲直直,纵横交错,巷子长长短短,长满青苔的青石板上散发出一种野草的香味,斑驳的古墙上,墙粉早已被历史的风雨冲洗殆尽,爬山虎藤蔓早已占领墙头。我们穿梭在幽幽的青石巷里,听着缓慢的脚步声,顿感流光易逝。

南社古村落是谢氏的后裔,其历史源远流长,在谢氏大宗祠中,我们翻开了这个历史故事的一页。

谢氏大宗祠始建于明朝,位于村中心,在祠堂塘的北岸,前有樟岗岭隔塘相望,远可遇见梧桐宝脉围绕,枕靠马头岭,背负罗浮山。环境幽美，是一块风水宝地。

谢氏大宗祠为三开间三进院落布局，还有两进天井。前厅正脊为琉璃瓦，左右两端为夔龙纹饰，五彩琉璃鳌鱼倒悬脊上，居中有宫殿亭阁，有形态各异的人物塑像。后天井有祀厅，墙上还有神龛，上面刻有"百子千孙"字样。

在大宗祠里，你可以纵观南社谢氏族脉的历史，你也会感到"明朝万历四十一年岁次癸丑十二月吉旦"的红石碑以及刻有"崇恩堂"三字的汉白玉香炉，为祠堂增添了庄严的气氛，使祠堂显得更为神圣。

"谢氏源于炎帝，因周朝开国功臣姜太公为炎帝后裔，周宣王封姜太公裔孙申伯于陈留郡谢邑，建立谢国，子孙以国为谢，成为谢氏。"

"乌衣世胄，玉树家风。"谢氏宗族人才辈出，谢氏家风代代相传，古今流芳。

西晋末年，谢氏宗族随晋帝南渡，居住在乌衣巷（今南京），成为江左望族。谢安家族与王导家族主持朝政，显赫一时。谢玄是谢安的侄子，东晋名将，淝水之战击败苻军。晋太原九年率兵开拓中原，收复今河南、山东、陕西南部等地区，战功赫赫，扬名朝野，封康乐公。

谢灵运为谢玄之孙（袭封康乐），开创了山水诗派，如今佳作传世受人敬仰。"邺水朱华，光照临川之笔。"这临川之笔意指临川内史谢灵运。

后辈谢遇奇又被清廷封为"建威将军"，荣膺一品。

"芝兰玉树"为谢氏的代名词，即玉树芝兰、谢庭宝树。王勃曾在《滕王阁》中称自己："非谢家之宝树，接孟氏之芳邻。"其含义是我虽然称不上谢家宝树，但是能和贤德之士交往，可见荣追两晋的谢氏家风代代相传。

谢氏乐居南社，是在南宋末年，始祖谢尚仁从南雄避战乱来到芦荻墩，初时一介布衣、草舍茅寮，以补鞋为生。昔日的芦荻墩空寂荒芜，人迹罕至，后得悉南畲山清水秀田地肥沃，于是举家随迁南畲（南社）。

从此以后，谢氏在南社安居乐业，人丁兴旺。他们筑墙凿井，大修寺庙家祠，在众多祠堂中，谢氏大宗祠更为引人注目。

　　秋阳西下，在返程的路上，我们回望南社古村落，那座历经数百年风雨的谢氏大宗祠掩映在绿树之中，脊饰闪闪发光，流彩四溢。它像一位饱经沧桑的老人兀立在阳光下，蹲在水塘边，显得那般的安详，这时我便想起了唐代诗人刘禹锡的《乌衣巷》：

　　"朱雀桥边野草花，乌衣巷口夕阳斜。旧时王谢堂前燕，飞入寻常百姓家。"

内蒙古之旅

一

小时候，每当我读到"风吹草低见牛羊"的诗句时，脑海里就会出现牛羊在草原上撒欢的情景，从那时起，我就想去内蒙古，想看一看无边无际的大草原，看草原一马平川，看草原牛羊成群。夜晚，空中悬着一轮圆月，我想，月光下的草原，月光下的蒙古包，月光下的牧民，那又该是一幅多么美丽的画卷。因此，我要去草原，我要看草原的夜色美，已经是我多年的愿望。

2018年暑假，我有机会外出旅游，我便选择了内蒙古。那是一次家庭旅游，为了方便起见，我们准备从长沙的黄花机场飞往呼和浩特。

一大清早，我们就乘坐一辆商务车从慈利县城出发，途经常德、益阳和宁乡，最后从长沙湘江二桥到达黄花机场。

下午一点左右，我们顺利地过了安检，来到了候机大厅。小儿子带我们去了咖啡饮料厅，让我们在那里品茶小憩，在那里，我们有了第一张家人合影。

飞机场停有许多架飞机，我们透过玻璃墙，看到了飞机起飞和着陆的场景。记得十年前，五岁的孙女在候机厅以飞机为背景留下了一张儿童照，这次，我们来到了同一个地方，她又以同样的背景、同样的姿势，留下一张青葱岁月的美照，十年的时光如弹指一挥间，孙女已长大成为一个青春靓丽的少女。

下午三点半，我们终于登机了。

我的座位刚好靠窗，飞机起飞以后，开始我还能看到地下的村庄、田野、小路和云雾缭绕的群山，随着飞机的上升，渐渐地，机场上的建筑物变得越来越模糊了。窗外，棉团似的白云在空中游动，飞机在云中穿行，我感觉宇宙无穷大。在飞机快要降落之前，我透过舷窗，看到了绵延的大山，江河湖海，真想用手机把这美丽的风景一一地拍下来。

我们的飞机在呼和浩特机场着陆，机场上的旗帜高高飘扬，其中五星红旗醒目耀眼，当我看到机场上的"呼和浩特"四个大字时，我异常兴奋，心里情不自禁地自语："内蒙古，我来了。"儿子的朋友在机场出口处迎接我们，并为我们提供了一辆商务车，这辆车刚好七个座位。

在车里，老公介绍说，十一年前他来呼和浩特市的时候房子不高，基本上都是矮房，最高不过三到四层，估计北方寒冷，矮房有御寒的作用。可是，当我们乘车经过呼和浩特市里时，眼前的景色焕然一新，几十层崭新的高楼排列在市区，一栋栋，一排排，整齐有序，远看像铜墙铁壁矗立在蓝天白云之下。高楼的颜色基本相同，多是卡其色，还有米色、淡黄、浅灰等，淡雅的色调、绿色的草地、绿色的树木，几乎融为一体。

我最喜欢看生长在呼和浩特市区马路两旁的白杨，白杨有挺拔向上的枝干，向上的绿叶，当风儿吹来时，树叶翻转向上，白色的叶背面，一簇簇，像白色的花朵缀满枝头，这是我在南方从来没有看到过的景象。看到高高的白杨，我想起了上小学时课本上的一篇文章《白杨礼赞》，我家老公记忆力较好，他轻轻地朗诵起来：

"那是力争上游的一种树，笔直的干，笔直的枝……它的宽大的叶子也是片片向上，几乎没有斜生的，更不用说倒垂了。它的皮，光滑而有银色的晕圈，微微泛出淡青色。这是虽在北方风雪的压迫下却保持着倔强挺立的一种树……参天耸立,不折不挠,对抗着西北风。"

晚上,我们入住荣氏酒店,"荣氏酒店"四个字用蒙文和汉文标示着,前面是蒙文,后面是汉文。酒店前面的马路两旁,全是较粗的白杨,高耸挺拔,枝干枝叶向上,参天矗立,年年对抗着西北风。

二

我们的行程安排是先观光包头市达茂旗希拉穆仁草原古列延景点。

清晨,阳光初照,经过夜晚一场雨的洗涤,呼和浩特市面貌一新。我们的车行驶在崭新的马路上,车窗边晃过的是一排排高耸的建筑和被风拂过的白杨,那向上的枝叶显露出白色的背面,呼啦啦地像正在绽放的花朵,高高的白杨丰富了我们的双眼,增添了我们旅游的兴致。

北方的气温较南方低,即便是三伏的天气也不是很热。车行驶了一段路程之后,我们看到了连绵起伏的群山,巍峨的青山在阳光下显得非常雄伟壮观,叫人无比留恋大山的魅力以及青山脚下春暖花开时桃李杏花村的人家。当时,我们都想驻足停下,想近距离地观赏大山的秀丽风光,但由于时间的原因,我们只好留下遗憾。

随着计程器的转动,我们离绵延的青山渐行渐远,快要接近草原牧区时,路边的车辆多了起来,有来自湘粤津的小车,也有来自上海的由数十人组成的一支轻骑摩托队,这些车辆都朝着牧区的方向行驶,毫无疑问,他们和我们一样,也是为了观赏美丽的大草原而来。

我们离达茂旗越来越近,窗外是一片绿色的草地,成群的羊像珍珠一样撒在绿毯上,新建的牧民定居点的红砖平房一排排地在阳光下生辉,远方,偶尔也能见到旧式的蒙古包。

终于到达包头市达茂旗希拉穆仁古列延牧区了。达茂旗是"达尔罕茂明安联合旗"的简称,古列延的蒙语意思是成吉思汗打仗时在前沿阵地设置的行军大营。希拉穆仁草原拥有七百多平方公里的天然草原，景色壮丽，让人心驰神往。如今希拉穆仁有很多风景秀丽的景区，古列延便是其中的一个。这里有观景台、战车包、篝火台、射箭场、餐包等，各种服务游客的设施一应俱全。来到这里，你可以骑马，参加篝火晚会，欣赏民族歌舞，品尝有草原风味的餐饮，感受蒙古人豪迈奔放的文化风情。

  下了车，一望无垠的绿色草原展现在我们面前，像一条绿色的地毯铺在蓝天之下，经过一场大雨，蓝天更蓝，青草更青。清风送来悠悠的馨香，开在绿色中的白色小花，<u>一丛丛，一簇簇，点缀在无际的草原上</u>。白色的羊群、白色的蒙古包，星星点点镶在天边，构成了美丽草原的又一道亮丽风景线。成群的马队迎面而来，"嘚嘚嘚"的响声由远而近，又由近及远，马厩里的几百匹马正待游客依次排队去轻骑。牧民们饮酒高歌，捧出一条条蓝色的哈达，虔诚地献给游览观光的客人。我们站在美丽的草原上，看风吹草低，看绿浪翻滚，看洁白的羊群，享受惬意的时光。

  来到草原，孩子们都想骑上骏马在广袤的大草原策马扬鞭，体验牧民们在马背上的生活，可我和老伴都是老人，况且老伴身体欠佳，因此，我们只好花八百元尝试一下坐马车的滋味。

  我们乘坐的马车有一个遮阳顶，车的两边有钢筋防护栏，以防乘车人在马车颠簸时从车上跌落下来。马车的两边各有一排坐凳，坐凳用简易的人造革的皮子包着，就像家乡旧式的拖拉机的坐凳一样，马车的前后无任何遮挡，说实话，这辆马车的装饰是再简易不过的了，本来有两位年轻人被安排和我们坐同一趟车，可他们看到马车后立刻借故走掉了。

  坐在车前的赶马人一扬鞭，马便拉着我们在草原上"嘚嘚"起来，随着马儿的奔跑，赶马人的身子上下晃动着，我们的身子也免不了随着马车的节奏忽地从凳子上腾起又急促地重重地落在凳子上。

"我们是花钱买一次坐拖拉机的机会啊！"我朝老伴笑了起来。

"坐拖拉机还没有这么颠簸呢！"他也笑了。

我们都不知道这种笑意味着什么，是风趣诙谐，还是欢乐中的遗憾？当时无法品味。

赶马车的老人很纯朴，和我们好像一见如故，一路上和我们攀谈起来。

"你贵庚？"老人问。

我们如实地向他介绍了我们的年龄和这次行程的目的，老人见我们随和，他的话匣子也打开了。

老人今年六十九岁，有三个儿子和一个女儿，大儿子是这个马队的队长，二儿子在外打工，三儿子不在牧区而是随着媳妇去娘家种田，女儿女婿在呼和浩特的铁路上工作，家中就只有他们夫妇了。老人每天为游客赶马车，一个月可以挣两千多元，他的老伴每天牵着一只小羔羊在草原上等待游客，谁想抱着小羊照照相就给她留下十元的小费，一个月下来，两位老人的生活倒还过得去。

"你们的草地分到户了吗？"我们好奇地问。

老人说，草原上的牧民每户可分得一百多亩的草地，多的几百亩，最多的可拥有上千亩。今年干旱，我们到来的前二十天才下了一场雨，那时，青草才慢慢地长出来，我想，草原的牧民也得靠天吃饭啊！

我们马不停蹄一路向前，忽见前方出现了一个较大的敖包，周边有几个小敖包，旁边立着一位老妇人，手里牵着一只小羔羊，她不时地朝我们的马车张望，衣裙随风飘荡，赶车老人的情绪高涨起来，他指着远方的她自豪地说：

"那位就是我的老伴。"

我们的马车一停下来，老妇人便立即走向我们。

"抱抱小羊羔吧，照照相，让它给您带来好运，不贵哦，十元就

131

够了。"

我们毫不犹豫,让老妇人如愿以偿。

我第一次见到了美丽的草原,也是第一次见到了草原上的敖包。这个敖包是用石块垒起来的形似烽火的大石堆,大石堆旁还围着许多小石堆,蒙古人称为"敖包",我们汉人则叫它"石堆"。敖包是蒙古人祭神的地方,也是行军或放牧的路途标志,凡是经过敖包的人都要在敖包边停下祭拜,添上一把土或添上几块石头以求幸福保平安。

有几位游人绕着敖包走了几圈,她们边走边念叨着什么,估计也是祈求平安与幸福吧,当马车在敖包前停下的时候,我们在敖包前留了影。

本来事先已安排好我们去牧民家聊聊天,喝喝奶茶,品尝马奶酒,体验蒙古人的生活,这也是我们早就定好了的行程安排,但由于时候不早了,我们只得放弃。

我坐进回程的马车,老人又扬起了马鞭,马车又在草原上滚动起来。我情不自禁地回头张望那几堆石堆,回头张望那位老妇人,老妇人还是牵着那只羔羊静静地站在敖包旁边,等待下一批游客,等待赶马车老人的到来。

她的衣裙仍然随风飘荡。

三

来到草原,除了骑马,最让人期待的就是诈马宴了。

当地牧民告诉我们,诈马宴是蒙古族人的满汉全席,也是蒙古族的第一道宴席,诈马宴集歌舞娱乐、游戏竞技于一体,是宫廷中最隆重的膳食,也是古代王公贵族集庆典和娱乐为一体的盛大集会。"诈马宴"的蒙语是整牛整羊除毛发,去掉内脏,然后烤制或者煮制上席,是伴有歌舞的盛宴,也是蒙古族特有的飨整牛席整羊席的庆典宴,它始于七百年前的元朝初期，曾经是大蒙古国和元朝时期内廷中盛大的宴会。

到达希拉穆仁古列延的那天下午，孩子们骑马，我们也坐了马车，但我们放弃了去牧民家体验生活的机会，原因是怕误了诈马宴的时间，我们早早地候在餐包的外面，等待宴会的开始。

有很多陆陆续续来住的游客从我们旁边经过，走在前面的导游举着一面蓝色的小旗边走边招呼着他的团队，他们不停地朝我们这边望望，有的干脆离开队伍跑过来把"诈马宴"三字摄进他的相机，看来他们也想品味别有一番风味的蒙古族式的盛宴。

就在我们焦急期盼的时候，一位工作人员把我们领进了更衣室，更衣室是一间较大的房子，内面挂着各式各样的蒙古服装，有男式和女式的长袍高帽，也有适合小孩和老人的配套服装，衣服颜色各异，衣袍上的图案花色耀眼醒目，女人穿上蒙古衣裙，戴上蒙古帽，更显贵妃的荣耀，男人则更有君主的威严霸气。小孙子戴着一顶配有两条长辫的大圆帽，穿着一套过去只有小王子才能享用的华丽衣袍，他的那双明眸，显示着他的聪慧睿智，坐在那里，就像一个即将登基的、人见人爱的小王子。孙女美丽大方，穿上蒙古公主服装，就像穿越千年前的公主，我们一家人倒像是王公贵族的世袭之家。其他的游客也和我们一样，站在衣镜前，活脱脱一副蒙古贵族的模样。

"妈妈，如果平时要爸爸这等打扮，他愿意吗？呵呵呵！"儿媳大笑着问我。我知道老头子的兴致是在旅游上，于是我也用一阵笑声回答。

着上蒙古服装的游客依次排列在门外，几位蒙古族姑娘手捧哈达站在大门前的台阶上恭迎我们，两边鼓乐齐鸣，一位长者点燃火炬，高歌颂词，大意是让苍天赐福于黎民百姓，总之，他们以当地最隆重的仪式将我们迎进蒙古包。

诈马宴的会场很大，这是古列延中最大的蒙古包，可容纳好几百人，会场金碧辉煌，空中的大吊灯、墙上的壁灯五彩斑斓，墙壁上挂着传统的帷幔，会场的正中央铺着厚厚的带有民族特色图案的地毯，这是演员们即将演出的地方。宾客们俩人一套桌椅，桌椅围绕整个会场一层一层的呈梯级形地并排放着，便于贵宾们居高临下一览节目无遗。整个蒙古包宴会场的装饰，既传承了古代宫廷的华丽也显示了现代美学价值的特色。

诈马宴开始了，客人们依次落座，在悠扬的马头琴声中，司仪开始用蒙古语高声唱起诈马宴的赞词，在饮用之前他们虔诚地敬拜天地祖先以表感恩。我们不懂蒙语，之后请教别人才知道赞词的大致内容：

"至高苍天之上，统领万物众生，光辉普照瞻洲，恩赐十方百官千职。圣哉！可汗创造的诺颜们之宴，崇福二岁不毛全羊诈马宴。"

随着节目的开始，全场鼓乐齐鸣，人们的脸上挂满了笑意。只见蒙古歌手一个接一个地上台演唱，他们的歌声犹如天籁，一曲曲耳熟能详的草原歌曲使人们仿佛又置身于辽阔的草原，在一望无垠的草原上看白云悠悠，看骏马飞驰，看十五的月亮升上天空后的敖包相会，听着悠扬奔放的歌声，宾客们对青青的草原更加心驰神往。

节目形式多样，摔跤手将多种技巧和全身力气灵活地运用在表演中，使得观众不时地爆发出雷鸣般的掌声。优雅的古典音乐，曼妙的舞姿，渗透着蒙古元素的节目使人们更加痴醉神迷。一曲经典的《敖包相会》引起了观众的共鸣，客人也一个一个地上前深情地演唱，其他人也在下面轻轻地和着，一遍又一遍，歌声经久不息。

在欣赏节目的同时，宾客们享用了不是王公贵族却胜似王公贵族的膳食，有奶条、奶酪黄油、油酥和各类坚果，精致的果盘里盛满了四季鲜果，有冷食拼盘，有烤全羊，还有苁蓉滋补汤、人参鹿茸汤、枸杞红枣及草原烩菜等。来到这里，你还可尽情地畅饮马奶酒、葡萄酒，冰盘冷饮，因为蒙古人以好客出名。当然，为了满足各方游客，还有可汗一品饭、羊肉汤面条、肥羊烧麦，也有小米粥和小馒头及各种糕点。

身着蒙古族服装的年轻姑娘对客人们彬彬有礼，端着食盘穿梭在客人之间，她们端走刚上桌不久的食盘后又及时换上新的拼盘，我们的面前随时都有满满的一桌珍味佳肴。刚出炉的烤全羊香气四溢，然而我只能看着它成为我桌上的欣赏食物，哪敢品尝，因为我早已不饮心醉。

"用天籁传递哎，中国爱拉索，幸福随着哎，梦想来临哟。

用天籁传递哎，中国爱拉索，希望不遥远，层层歌声飞。"

唱着天籁之歌，宾主客人频频举着金杯互敬，整个蒙古包里洋溢着爱与幸福、团结与和平的热烈气氛，人们的心中都在用天籁之爱传递中国爱拉索。

伴随着蒙语的音乐，我们结束了诈马宴，穿越了一次七百年前的王公贵族宴会。我们走出餐包，望望天空，天刚下过雨，天上几朵浮云悠悠。我们望望大草原，草原上还有奔驰的骏马，在绿茵茵的青草上，雨露晶莹剔透。

四

黄昏，像一面薄薄的轻纱渐渐地覆盖在希拉穆仁古列延的草原上，小草顶着白天降临下来的珍珠般的水珠，在暮色中低吟浅唱。远处一排排的蒙古包像一条白色的飘带镶在天边，天上浮云悠悠，举目远眺，蒙古包隐隐约约，似隐似现。宽敞的马棚里圈养着几百匹骏马，时而传来马嘶的声音。远方的游客陆续归来，马背上的故事还在他们的头脑中萦绕，尽管他们静静地坐在篝火场地的舞台下。

篝火台位于战车包和餐包之间，前面是广袤的草原，旁边有一个很大的射箭场。篝火台的舞台很大，可供一大班子人在台上蹁跹共舞，台下有观众围坐的石桌石凳，由于白天雨水的洗涤，这些桌凳一尘不染，光滑如玉。

夜幕下的天空还很明朗，习习的凉风送来草原上的野花香味，人们的心啊像烟花绽放。篝火台下坐满了观众，他们都是来自远方的游客，今晚，他们要在这里疯狂，在这里陶醉，在这里度过一个欢庆之夜。

在星月还未交织的时候，篝火台上的音乐便徐徐响起，灯光照在舞台上，流彩四溢，人们早早期待的篝火晚会开始了，着蒙古盛装的主持人致辞欢迎远方的客人，篝火台上歌舞升平，古曲音乐婉转悠扬，像天籁之音久久回荡在草原的夜空。

节目扣人心弦，展现了草原牧民优良的传统习俗和改革开放以来的新生活，表达了他们对祖国的深情厚谊。一曲《美丽的草原我的家》引起了台下观众的共鸣，人们也情不自禁地跟着哼起来。一首节奏明快的乐曲使人豪情奔放，观众纷纷上台，踩着鼓点，踏着轻快的节奏，在台上尽情地歌舞。灯光、人们脸上的容光，汇成一股欢乐奔放的洪流，它，滚滚向前，奔腾不息。

伴随着一阵鞭炮声，一堆篝火熊熊地燃烧起来了，此时烟花腾空而起，那星星般的花朵向四周绽放，形态各异，色彩缤纷，有的像高山流水，流光溢彩，飞流直下，有的也像淅淅沥沥的流星雨降落到地面上，天空中流溢着五颜六色的花朵，把草原的夜空装扮得婀娜多姿，人们仰望天空，心中燃起了希望之火。

篝火越烧越旺，熊熊的火苗映红了人们的脸颊，映红了半个夜空，台下的欢乐人群手挽着手，里三层外三层地把篝火团团围住，他们跳起了欢乐的舞蹈，他们把笑声和歌声撒在美丽的草原上。

星辰渐落，草原一片宁静，只有那堆篝火像闪烁的星星点缀在草原上，明亮、生辉。

五

　　清晨，我们告别了希拉穆仁大草原，前往鄂尔多斯的响沙湾，准备在那里一睹沙漠的空旷，感受沙漠给人带来的无穷遐想。

　　一路上，天气渐渐地炎热起来，让我们开始留恋草原的美好时光，想起那草原之夜，天气凉爽，微风过来，撩起我们的衣裙，吹拂着我们的头发，好不惬意，偶尔一场细雨，让人感到微凉，一到夜晚，便要添衣。不过，沙漠也是我们从未见过的风景，我们期待着。

　　我们的汽车在绿色的草原上奔驰，渐渐地，窗外的绿色越来越少，最后连牛羊也无影无踪了。窗外是我们从未见过的戈壁。戈壁，草木不长，再也没有"风吹草低见牛羊"的美景了，尽管我们不忘在草原度过的那一天一夜，但我们还是迫不及待地想早点赶到目的地。

　　天气真热啊！在响沙湾一下车，整个人就像蹲在蒸笼里一样，汗水一下子冒了出来。购票的窗口前排了长长的队伍，少有人戴着太阳帽，多半是和我们一样暴晒在火辣辣的太阳之下。我们犯了经验主义，以为这儿的气温和草原一样，谁知是天壤之别，我想，那些没有遮阳工具的游客也可能是刚从草原而来。

　　我们到处找临时代卖店，想购买太阳伞和太阳帽，可这里除了售票窗口和一个洗手间外，哪有购物店的影子？

　　一条长长的索道从高空慢慢滑向对面的响沙湾，一批批的游客被送走。那天的游客真多，因为是暑期，学生放假，每年这个时间段，各个旅游点的游客增多，更何况人们向往的草原和沙漠呢！

　　索道站台的外面是一大片空地，因为人多，空地用不锈钢管隔成了人行道，用"九十九道弯"来形容也不为过，凡是要进索道站台的游客，必须要过这九十九道弯以后方能进入室内，在室内再过弯弯曲曲、迂回曲折的人行道后方能进入索道站台。

排在外面的人虽然头顶蓝天白云，但烈日炎炎，全身感到火烧火燎的，我们都无心欣赏美景，都在埋怨自己："怎么就没想到要带太阳帽和太阳伞呢！要不，带一条丝巾也好啊！"怨恨自己也罢，后悔也罢，反正已造成了事实，幸好弯道上插有两把遮阳伞，队伍经过那里时，你可以有几分钟的停歇，经过了遮阳伞，你又会随着队伍在太阳底下受着煎熬。外面有人送水，但水的价格比平时的高，再高的价格也要买啊，不然，中暑了咋办？人们都将手长长地伸过去。

在我旁边的队列中，有一对青年夫妇，两人便装打扮，看上去像是从乡下而来，又像是刚从打工场地急急赶过来的，他们各自怀抱着一个孩子，大的三岁左右，小的不到一岁，他们既没有带太阳伞，也没有戴太阳帽，那两个孩子晒得哇哇地叫，女人为了哄住孩子，手不停地抚摸着孩子的头，嘴里还"嗯嗯"地安抚着孩子。

"真苦了两个孩子。"有人同情地说。

凡是看到这一幕的人都投去同情的目光，旁边队伍中有人将自己手中的水送过去，有人将自己的伞撑过去，让孩子有一片阴凉，可队伍移来移去，也阴凉不了几分钟。

队伍挪动得很慢很慢，我们在太阳底下几乎站了近一个小时了，忽然在一个弯道处，我又看见了那一对夫妇，那孩子的妈妈两手空空，孩子呢？我正犯疑，忽然看见排在女人后面的一位上了年纪的妇人正抱着她的孩子呢，妇人用自己的太阳帽为孩子遮住太阳，自己暴晒在太阳底下，正流着汗呢，再看看孩子的妈妈，她如释重负，原来忧愁的脸上漾开了笑的旋涡。

看上去这位妇人精明能干，一身飘逸的绸裙，满脸红光，她一边随着队伍移动，一边逗得孩子咯咯大笑。

那对年轻的夫妇站在旁边，他俩望着他们自己的孩子，望着那位抱着他们孩子的妇人，心中充满了无限的感激。

"她是谁？是外婆还是奶奶？"我心中纳闷。

"她是谁，抱小孩的那位妇女？"有人在问。

"是一位游客。"人群中有人回答。

"不认识，但她是一位好人。"那对年轻夫妇笑着回答。

我明白了，她们素不相识。

队伍继续在蠕动，那妇人的笑脸，在太阳底下像一朵绽开的太阳花。

六

在鄂尔多斯的响沙湾，我第一次见到了大沙漠，第一次骑上了在沙漠中行走的骆驼。

当我坐上索道途经大峡谷时，兴奋得几乎快要从索道窗口蹦出来，因为透过玻璃窗，就能远远地望见一望无垠的大沙漠，金黄色的沙，在炎炎的太阳下，黄得闪亮，黄得刺眼，把我这个刚从草原的绿海中浮起来的游客一下子就定格在异样的景色之中，叫人甚是欣喜。

下了索道，我们在过道中换上了鞋，这条过道是每个游客的必经之道，换鞋也是每个游客必须经过的一道程序。那里的鞋真多，男式、女式和儿童穿的鞋都已分门别类，便于游客寻找。我们穿的是深套鞋，鞋底轻便，如果将鞋带系紧，沙子就不会进入鞋底了。

我曾经在浙江的岱山岛上生活了几个月，每逢周末常去海边散步，海滩上的沙子细细的，当海潮刚退了的时候，人走在沙滩上，就像走在铁板上一样，没个脚印儿，那时，我才知道"铁板沙"是怎么回事。

换鞋后，我们就迫不及待地尝试在沙漠中行走的滋味，响沙湾的沙可就不是海滩的铁板沙了，当你的脚踩进松软的沙地时，沙就会把你的脚满满地盖住，你可得用力才能把脚拔出来。当你走了一段路程之后再回头遥望，你就会看到你在沙漠中留下的一行深深的脚印，这时，你会

139

停下脚步，久久地凝望着脚印，发出无尽的感慨，似乎人生走过的路就在你的脚下，路坑坑洼洼，非平坦大道。

我们坐上大型的游览车在沙漠中兜风，尽管太阳火辣辣的，但飞速而过的呼啦啦的凉风将我们的衣襟撩起，又呼啦啦地将我们的长发甩在脑后，如此兜风，好不惬意。游览车有好几排座位，无遮阳避雨的顶，外景一览无遗。在沙漠里坐车可不像在市里坐公共汽车那样既平稳又舒服，游览车可是快多了，司机总是加足马力，使车像一匹烈马在沙漠中奔驰，好像要为我们寻求刺激似的，车子一会儿"嘟嘟嘟"地爬上沙丘，忽地又从沙丘上俯冲下来，与坐飞机从空中俯冲而下的感觉一模一样，我们几个吓得惊叫起来，可是其中的几位年轻人却唱起了《倍儿爽》。

从游览车下来，我们尽情地在沙漠中享受一日的好时光，有时我们干脆脱掉鞋子，光着脚丫行走在沙漠中，直接感受在沙漠中的情趣。我们迎着吹来的风，站在阳光下，举目远眺，沙漠与天相接，万点金光在闪烁，沙丘也像连绵起伏的群山一样，从整体上看，更像一个巨人一样横卧在蓝天下。远处有星星点点的人影正向沙丘高处步步攀登，有人手挽着手一路前行，有人倒下去又爬起来继续向前，他们知道，人嘛，要有不断求索不断进取的精神，要努力攀登，站在最高处，登高望远，人的胸怀才会海阔天空。

太阳偏西的时候，我们来到了骆驼景区，下午的太阳仍然光顾着沙漠，成群的骆驼载着游客缓缓而来，远远望去，那星星点点，在阳光下熠熠生辉。看到一队队行走在沙漠中归来的骆驼队伍，我似乎听到沙漠古道的驼铃声，想起了丝绸之路的遥远，想起了古时商贾的艰辛。

在骆驼景区，游客们可以亲自体验骆驼在沙漠中行走的旅途生活。只见骆驼排成长长的队伍，领头的骆驼由一位队长带着，后面的接踵而行，骆驼之间都有绳子连接着，目的是防止他们出列。长长的骆驼队伍不断地由远而近，有的队伍又由近及远，当一队骆驼刚刚启程，另一队就刚好返程了，这种往返的穿梭被安排得井然有序，驼铃声响彻蓝天，在茫茫大漠中久久地回荡。

那天的游客真多，但他们也依次排队耐心地等候，尽管太阳烤得他们舌干口燥。

我们终于列在前排的围栏边了，望着归来的骆驼队伍，我开始激动起来。不知领队用了什么能让骆驼理解的手势还是平时训练的语言，只见归来的骆驼听到一声令下就立刻整齐地依次跪下，静默无声，等待着我们轻骑，场上一片掌声。骆驼有两个硕大的驼峰，就像两座对峙的金山，我走近骆驼，轻轻地抚摸着驼峰，一丝怜悯之心油然而生。骆驼号称"沙漠之舟"，它们见证了沙尘风暴的无情和残酷，见证了人间钱权交易的浑浑噩噩，它们也见证了被掩埋在浩浩渺渺的大漠中的辉煌。我喜欢骆驼的驯服和善良，喜欢它们任劳任怨和默默奉献的孺子牛精神。

我小心翼翼地跨上骆驼，双手攥紧绳子，等待它起立，只听见领队一声吆喝，全体跪着的骆驼慢慢站立起来，它们知道，它们的背上承载着重要的使命，为了这种使命，它们准备忍辱负重。

骆驼比马要高大得多，第一次骑上庞然大物，我有点惶恐不安，尤其是当它开始迈出几步的时候，我感觉身子有点不稳，但我告诫自己要坚持下去。老公骑着骆驼走在我的后面，他突然感到身体不适，便让骑在前面的儿子请求领队暂停，队伍停下来了，老公便顺利地离开了队伍，可怜那只善良的骆驼，仍然乖乖地跪着不肯站立起来，骆驼觉得它的使命就是要担负起运输的重任从此岸走到彼岸，如今背上没有驮任何东西，它不愿意碌碌无为地生活，它要完成人类赋予它的历史使命，这样它才会感到心安。

队长见那只跪着的骆驼久久不肯站立起来，只好一鞭抽下，无效，又一鞭抽下，还是无效，又是无数次的鞭子重重地落下直到它站立起来为止。队长的眼睛湿润了，我的眼睛也湿润了，善良无私的骆驼啊，你就是这样默默无闻地奉献、忠心耿耿地效忠人类。

骆驼的队伍走远了，落日的余晖洒在广袤无垠的大漠上，天边的一抹红霞映衬着那一队队的骆驼，那霞，似火，如血。

一路风景

连日来,东莞一直是晴空万里,相比全国四大火炉之一的长沙城,东莞就是一块凉席之地。如果你要去长沙,尤其是自家人开车去,那就要选一个黄道吉日,我们心中所指的这个黄道吉日是指天气,除此以外,还要权衡孩子们的忙与闲,这个时间段不能与他们的事业相冲突。

那天天气真好,由儿子开车,我们一家四口,踏上了去长沙的路程。

车外的景色迷人,路边的梧桐树在我的视野中一扫而过,透过玻璃窗,村庄田野,一望无际的绿色,尽收眼底。

儿子在聚精会神地开车,为了安全,我们很少与他交谈,我也不敢打开手机,因为人体随着车子的颠簸,看手机会使大脑一时供血不足而导致头晕,我只有在欣赏外景的同时,让音乐陶冶自己,高兴之余也随着音韵凑合几句歌词。老公倒是安闲自得,他坐副驾,半闭着眼专注听音乐养神,他不看窗外,也不搭讪,因为他太喜欢草原之歌了,尤其是悠扬的马头琴声。

"云对雨,雪对风。晚照对晴空。来鸿对去燕,宿鸟对鸣虫。"一首声律启蒙引起了小孙子的兴趣,只见他一边摇头晃脑一边拍手,嘴里也哼哼唧唧的,有点像古人读书的样子,引得我们捧腹大笑。

音乐伴随着我们一路前行,快要到韶关(广东)了,老公这时突然发话,他问还只有六岁的小孙子:"是谁过昭关一夜急白了头发?"孙子笑着,一时没有回答,于是,我们开始听爷爷讲故事。

公子建被杀后,伍子胥匆忙出逃,经过陈国后再继续东逃,他要越过昭关（今安徽省含山县北），因为过了昭关就可通过水路到达吴国，昭关山高林密，只有一条狭窄的小路可通过，朝廷为了捉拿他，派重兵严加把守各个重要关口，伍子胥来到深山老林，望了望险峻崎岖的小路，想到前方还有六十里的险程，不禁失望起来。一位老人将他秘密藏进山林，准备待数日后想办法让他蒙混过关，待到出发的前一夜，伍子胥左思右想，想尽了所有逃生的办法都觉无效，他彻夜不眠，急得像热锅上的蚂蚁，待老人第二天再见他时，伍子胥的一头白发使他大为惊奇，后来，倒是这一头白发改变了他的模样，使他险险地过了关。

爷爷又对孙子说，伍子胥是过"昭关"，而不是"韶关"哦。

小孙子听了连忙说："爷爷，知道了，昭关在现在的安徽省，韶关在广东。"

"爷爷，我也考你一个问题，你知道南字的来历吗？"小孙子接着又来一句。

"你知道吗？"爷爷笑着反问一句。

于是，小孙子一板一眼地说起来。

"以前南字的象形字是编钟，编钟是楚国人最喜欢的乐器，有兵权重器之荣耀……"

我们问他咋知道的，他说是在电视里学到的，不知正确与否，小孩子说的话，我们不去考证。

韶关位于广东省北部，古称韶州，因丹霞的名山韶石山而得名，明清之际，韶州更名为韶关，韶关是一个游人必去的旅游之地，一提起韶关，谁人不晓，而且过了韶关，就进入了我的家乡湖南（古时的楚国），所以，每次坐车必问，"过了韶关没有？"我们这次又在过韶关的时候拉开了话题。

车行韶关，爷爷谈历史，孙子说文解字，而我倒是想起我的一位朋友，她是韶关人，现在住东莞，我们是在老年音乐班认识的，不知怎么，每次车过韶关，我就会想起她，想起他们夫妇与病魔抗争的顽强毅力，想起她处处对我的好，处处对我们大家的好。

大峡谷玻璃桥

农历腊月二十四,按照家乡的风俗,是过小年的日子,恰好儿子从广东回来了,他带着他属下的十几个职员准备游览张家界大峡谷,更想一睹玻璃桥的雄姿,这样的好机会我们怎能错过?于是,儿子带我们同行。

虽已立春,但天气还是寒冷,小年之前曾经有多日的冰冻大雪,好在近日已解除,天气不冻不雨,真是天时地利人和,可谓天助我也。

清早,我们一行五辆车,有外地人和本地人,也有老人和小孩,共二十六人,由一名本地导游带领,直奔大峡谷。

大峡谷玻璃桥在慈利县境内,从慈利县城出发到大峡谷玻璃桥,沿途要经过高峰和三官寺等乡,这是慈利县最偏远的地方,公路盘山而绕,开车的人稍有不慎,就会"人仰马翻",因此,开车的人必须全神贯注,不能有丝毫的分心。小车上山下山,一路摇晃,坐车的人也随着车子晃来晃去,尤其是市场河一带,一边是陡峭的岩壁,一边是深深的河水,途经这条路段,当地人都提心吊胆,更何况我们呢?不过,我们旅游心切,那些年轻人还在说说笑笑呢!

我们的车行驶了一个多小时,终于接近了目的地,车子在较平的地方停了下来,那里还停了许多旅游的车,导游告诉我们,张家界大峡谷玻璃桥是世界上首座斜拉式玻璃桥,主跨四百三十米,宽六米,桥面与谷底的相对高度约三百米,桥面全部采用透明玻璃铺设,玻璃桥的长度、高度位居世界第一。导游还玩笑式地告诉我们,许多胆儿小的人一踏上玻璃桥就不敢挪步，尤其是常年生活在城市和平原上的游人，还有那些恐高的游客，一到桥上就会大喊尖叫，接着半途而回。不过，导游鼓励我们要勇敢一点，同时还提醒我们要注意安全，照看好老人和小孩。我们跟着导游绕过一山，走过长长的木廊，爬上山顶，一座惊险而又美丽的玻璃桥出现在我们的眼前，激动不已的我们迅速走下石级，奔向玻璃桥。

玻璃桥连接巍巍两山，远远望去，像一座独木桥从山的这边横跨到山的那边，桥面由钢化玻璃铺就，为了桥面的整洁，上桥之前，我们每人都套上了干净的套鞋。开始我不敢从桥上俯瞰，于是站在桥头环顾四周连绵起伏的群山，我的视野顿时开阔起来，只见连绵起伏的群山，郁郁苍苍，山林间云雾缭绕。抬头望一望那一碧蓝天，天蓝蓝，蓝得似海。我远远望见对面的山崖上有一条蛇形的小道，从山顶弯弯曲曲延伸到峡谷，就像一条纽带环绕在崖壁上，仔细观望，山崖纽带上的行人似蚂蚁在蠕动，我不解地问导游，那些人是探险家还是游客，导游告诉我，游人都要经过那条险道进入大峡谷，我听后不寒而栗。

凡是上桥的人都想试一试自己的胆量，开始总想大步前行，可是一踏上透明的玻璃就原地不动了，只好大喊："哎哟，我不行了。"把旁边的人也逗得大笑起来。我开始战战兢兢地伸出一只脚在玻璃上试了试，生怕一脚把玻璃踏碎，整个人就像跳降落伞一样腾空，继而落进茫茫深谷，可桥下的一切吸引着我们，我只好全身趴在桥面上。透过明镜似的玻璃俯瞰桥下，那时，大有"会当凌绝顶，一览众山小"的快感。桥下是峭壁悬崖，远山近壑，层峦叠翠。有小桥流水，良田美池，阡陌交通，一览无遗。桥下的景，就像一幅秀丽的山水画卷，美不胜收。

也可能是景色的诱惑吧，慢慢地，我们的胆量大了起来，来回于玻璃桥上，总想把这里的一切映在脑海里，永远地留存在记忆中。要进大峡谷了，导游再三催促我们，说时间有限，可我们一行还在拍照留影，对"江山如此多娇"十分不舍。

凤岗

很早就想去东莞市的凤岗镇观光,因听说凤岗是一块风水宝地,它依山傍水,有着"山林水上人家"之称,是人们向往的住家之地。同时,该镇有着较厚的文化底蕴,清朝时期文人学士辈出,如今,杰出人才层出不穷。

有朋友告诉我,"北望东莞,南接深圳",这是人们对凤岗的地理位置恰到好处的评价,因为凤岗三面紧靠深圳,与龙岗、平湖、观澜毗邻,与深圳最近处至多不过几公里。古名九江水,如今称为石马河,也流经凤岗,给凤岗镇带来了"水上乐园"之称。

"凤岗是深圳的后花园。"人们都这样称赞。

"凤岗正在与深圳共享一个都市平台。"也有资深记者如此评说。

据本地人讲,最早移居此地的是粤语系人,至今已有六百多年的历史,客家人相继落脚此地,至今也有三百多年的历史了。

凤岗得天独厚的地理位置和悠久的文化传统吸引着游客,也吸引着我,因此,我很想目睹此地的山水人家并感受当地的风土人情。

一个周末,我决定和家人一起去凤岗。

听说要去凤岗,大孙女和小孙宝那天也不赖床了,原定大孙女和小孙宝请一天假不去游泳馆培训,但碍于教练的想法,我们又只好去一趟游泳池以后再坐专车去凤岗,到达凤岗时,已是午时过后。

我们来到了一家餐馆,里面窗明几净,布置典雅,餐桌上的台布一律浅绿色,大餐厅的窗帘已全部拉下,因我们错过了用餐时间,店里已开始清理场地,但见到我们,店长赶忙笑脸相迎,然后彬彬有礼地将我们领进一间雅室。那里很静,无人大声喧哗,无宾客打扰,只有服务员轻轻的敲门声，因此，我们在那里尽情地享用了本地的大头虾、大鱼头，首次尝到了既环保又有营养价值的绿色佳品枸杞子叶，当然，还有其他不胜枚举的美味佳肴。

出了餐馆，忽见马路对面的一座售楼处热闹非凡，我们也被吸引过去，原来这是人们正在抢购的"世纪时尚豪园"。我们来到售楼大厅，只见人流涌动，工作人员应接不暇，不一会儿，金蛋敲破，铜锣响起，一户成交，仅一杯茶的工夫，铜锣响了好几次。我想，这大概是顾客们欣赏凤岗这座美丽的深圳后花园的缘故吧。

眼看日渐西斜，不容我尽情尽兴地游览凤岗的名胜古迹，因而错过了美丽的"凤晖园"和位于雁田村西部凤凰山下的"雁湖公园"。原来也曾打算去一趟建于民国初期，建筑设计集中国古典画、书画、浮雕及花草虫鸟画于一体的"江屋村建筑群"，顺便看一下建于乾隆后期的宝贵历史文化遗产"香书室""碉堡式炮楼"和"洪全福故居"等，然而这一切也都因时间的限制而成为泡影，让我留下遗憾。

回程路上，车内的音乐缓缓响起，我因疲倦而渐渐地眯上了双眼，突然小孙宝感叹一句：

"漫漫旅程路，音乐伴我行。"车内人笑起来，我也被这笑声惊醒，猛一抬头，前方已是一轮红日西下，天边只有红红的晚霞，那晚霞下面，是村庄和田野。

呵呵，不知不觉把它写成了广告，恕我才疏学浅。朋友，如果您觉得它是一段广告词，那就顺其自然吧。

踏青，在水濂山

听朋友说水濂山森林公园的景色很美，山水青青，绿草茵茵，人行走在山水之间，心旷神怡，就像置身于世外桃源一样。周末的那一天，我和老公及孙子带上茶水和干粮直奔水濂山踏青。

去水濂山的车程需要一个小时，我们挤上了车，幸好还有两个座位，车厢里开着空调，我有颈椎病，只好围上丝巾，我怕孙子着凉感冒，于是也给他套上了双层的布背心。

公共汽车一直开到水濂山公园，这对我们老弱三人来说就很方便了，那天天气很好，太阳将地面蒸得热热的，有人打着伞，有人戴着太阳帽，我们没想到会有这样炎热的天气，所以既没有带太阳伞也没有戴太阳帽，只好沐浴灿烂的阳光了。

公园里进进出出的游客很多，有搀扶着老人的儿孙们，也有双双推着婴儿车的年轻爸妈，还有成双成对的小哥小妹，他们也趁着明媚的三月走出家庭走出办公室，来到绿色的大自然中陶冶性情。

前几年我们来水濂山的时候，公园外面的小摊很少，但今年就不一样了，这些小摊基本上是小吃，有各种煎饼，有各种特色的米粉，有不同口味的面食，还有烧烤红薯、水煮玉米、水煮花生等，就像小吃一条街一样，除此以外，乡下村民也担来一些水果在这里赚点小钱，其中有椰子枕果，还有菠萝和苹果。我们发现树林边有一堆椰子，因为我们老家不产这种水果，所以我们对它很感兴趣，忙问价格，得知十元一个，不管价格贵与否，给孙子买一个吧，况且爷爷也喜欢喝椰汁，小孙子好高兴啊，抱着一个大椰子笑得合不拢嘴，这位村民告诉我们，椰子是他从海南岛托运过来的，他一直在这里摆地摊，碰上天气好时还能赚几个钱。

公园前面有一个高大的牌楼，上面写着"水濂山森林公园"几个大字，小道两边的石凳上坐满了游客，他们刚刚下山，游园辛苦，所以他们在这里歇凉、喝水、吃小吃。我看到一家三口在这里午餐，那是他们特意从自己家中带来的饭食，饭盒加方便碗筷一应俱全。"想得真周到。"我暗暗赞叹。

进园后，我们顺着右边的人行道一直往前走，行至不远，景色美不胜收，你在那里能看到白色的桥、白色的栏杆、过往的人流，如果你站在桥上，湖中的水、湖中的小船、湖中的划船人，美景定能尽收眼底。桥的另一面是一座绿色的山，高山顶上的清泉水顺着石壁哗哗流下，水击岩石就会溅出细细的水花，只可惜游人不可近观，只能站在桥上远远观望，看泉水像一条白色的绸带从山顶上飘逸下来落到湖中，如果细听，那哗哗的流水声就像有节奏的音乐在你的耳边回响，使你陶醉在自然界的神奇美景之中。

我们过了桥，顺山道而行，山道不算陡峭，石级是人工用水泥加碎石砌成的，不光滑，很粗糙，有明显的凹凸现象，可能是修路人考虑到路滑的原因而故意为之。我们行在山道中，只因树高林密，看不到山下的风景，见不到太阳。林中的树竞相生长，都想迎接那一缕阳光，因而行在林中，没有太阳的光热，丝丝凉意灌满全身，叫人无不感到清爽。山中时而传来阵阵的杜鹃声，孙子高兴极了，顺着山路跑了起来，好容易才被我们叫住。

这条石板路不远，走不了多久，前方便出现了古香古色的木栈道，木栈道的两边是粗粗的木栏杆，整个木栈道全是上好的真材实料，厚厚的木板，一层一层的，就像阶梯一样，但比阶梯平缓得多，木栈道一直延伸到山顶，人站在下方仰望，木栈道由宽变窄，目之所及的制高点，就更窄了，其实这是视角的原因。我们一步一级木板，"噔噔噔"的响声引起了我们的兴趣，于是我们的步子迈得更有劲了，眼看前方就是山顶，我们便急急地赶路，但到了我们开始看到的地方以后，发现很远的前方才是山顶，于是我们又急急地前行，待我们再次登上去的时候，还是看不到山顶；山顶的路似乎永无止境。我突然感悟到，人生之路漫漫兮，知识的顶峰就像永无止境的天梯，一个人要想攀登知识的顶峰，必须一步一步地拾级而上，万万不可半途而废。

　　我们和其他游人一样，累了就随地而坐，靠着木栏杆，坐在被雨水洗得干干净净的木板上，喝着水，吃着干粮，说着话，当互不熟悉的人在这里擦肩而过的时候，双方仅用一笑作为礼貌言语。坐在这里，我们可以看到蓝天上飘浮的朵朵白云，可以从山的侧面看到飞流直下的溪水以及因水急而形成的瀑布。紫荆花的馨香随风飘来。有的紫荆花由于风吹雨打，树下一层落英。望望蓝天，听听鸟语，闻一闻花香，叫人无不感慨："此乃仙境也。"

　　走完了木栈道，我们没有直接登上山顶，而是向左横过一片竹林，顺着路标示意图再往山上行走，寻找"水濂洞天"景点，功夫不负有心人，水濂洞天景观终于出现在我们的眼前，我们如释重负，眼睛突然明亮起来，两座飞檐翘角的亭子依水而立，水与山一色，水濂洞天的一面是峭壁，峭壁的下面是水，倒影涟涟。石壁上的"水濂洞天"四个字，全都漆成了红色，因而非常醒目，虽然看不清落款的姓名，但从这几个艺术大字来判断，此人的书法功力非同一般。湖不大，没有小船，也没有畅游的小鱼，但湖水边有绿茵茵的草，绿茵茵的草丛中有白白的花，还有那青青的水杉树一棵一棵挺拔地立在湖边，水杉树枝条呈伞形舒展开来，层层叠叠向蓝天延伸，是啊，这就是水杉树向上的风格。我们坐在亭中，任凉风习习；我们坐在亭中，赞扬水杉树的风格。

　　我们意犹未尽，又去参观了西山古寺博物馆、天池、梦溪探胜、古庙广场、园中园以及小蓬莱阁等景点，归家时已经是万家灯火。

远古足音

大理是一个历史悠久、素有"文献名邦"的名胜之地，随着电影《五朵金花》的热播，随着《大理三月好风光》一曲的唱响，大理，这个古老民族的发源地，更是闻名遐迩，我对大理的向往也是与日俱增。感谢《东方散文》在大理举行"全国散文作家大理笔会"，使我有幸飞到了七彩云南，见证了钟灵毓秀、人杰地灵的大理。

七月的大理送来下关徐徐的清风，我和提前到达的几位文友开启了我们畅游大理的第一站——参观大理白族自治州博物馆。

大理白族自治州博物馆坐落在下关镇洱河南路，四周苍松翠柏、绿叶繁花掩映，当我看到有着"三坊一照壁、四合五天井"的白族民居建筑风格的展馆在阳光下熠熠生辉的时候，当我走进博物馆的那一刻，我不禁对先祖、对大理这块热土肃然起敬。我凝望着"回眸大理"这四个遒劲有力的大字，心潮澎湃，因为在这里，我看到了先民们昔日智慧的灵光。

我们缓缓走进展厅，细读大理历史文明的记载，了解到在一万年以前的旧石器时期，这块土地就存在着人类的活动，剑川象鼻洞的原始居民开启了大理的人类历史。大约五千年前，在新石器时期，先民们开创了稻作文化、青铜器文化。

展览厅带有文字的图片很多，我跟着它们行走，慢慢咀嚼文字，跟着先民生活的脚步跨越时空。一幅先民的海洋生活图片吸引我驻足停下，碧蓝的天空，阳光下的海水波光粼粼，远古人沐浴在阳光下，手里扬着尖尖的石器，获取海生食物，一堆堆的贝壳散落在海滩上，几个远古人穿着草编的衣服围在一起，从那时起，他们就有了和谐群居的生活，有了思想文明。

有一张大理银梭岛图，银梭岛在洱海东南，图片上的故事告诉我们，先秦时期，先民们陆续聚落海边，他们临水而居，过着渔猎采集的生活，他们建造石砌屋，建造木结构和干栏式房屋。看到这张图片，我感叹先民们的原始生活，没有外敌入侵，没有战争，没有尔虞我诈，只有他们静谧的群落生活。天蓝的海水是他们的生命之水，海猎是他们赖以生存的求生渠道，你看，他们日出日落为生活奔波，原生态的海洋风景，原始的生活方式，使他们有了群猎的凝聚力，有了思维的拓展，正是他们，伟大的先民们，创造了海猎文化的开端，也为新石器时期的青铜文化和稻作文化奠定了基础。盯着图片，我感觉自己仿佛成了原始先民。

尽管那天参观的人很多，但我和文友们一个展厅一个展厅地行走，生怕遗漏大理先民们蹒跚走来的每一个历史的脚步。

就在展览的众多图文中，一条红线箭头尤为引人注目，这是一张蜀身毒道图，路线从四川成都开始，穿过西昌、盐源、泸沽湖、丽江、沙溪、大理，一直延伸到诺邓、腾冲，全长一千七百公里，商贾之人必须用十天九晚的时间去艰难跋涉，才能走完这条商道，我看着这张图，眼睛湿润了。

说起丝绸之路，我们总会自然而然地想起那条遥远的西北之道，那是一条举世闻名的北方丝绸之路，我们也会说起张骞出使西域的故事，然而谁又能知道，在这条丝绸之路和海上丝绸之路尚未开通之前，一条从西南通往印度的古道便形成了，它是当时中国与外面世界交易的唯一通道——蜀身毒道。

蜀身毒道是我国古代的一条商道，是中国商人通过掸国、身毒（即印度）商人与大夏（今阿富汗）商人进行货物交换的一条秘密通道，这条古道起始于四川，经由云南大理、保山、取道缅甸进入印度，最后抵达中亚，以至地中海沿岸，是一条郡县相连、驿路相接的西南丝绸之路。他们用丝绸或筇竹杖交换玉石琥珀、金、贝、琉璃制品。

史料记载，蜀身毒道分为南西两道，南道为岷江道和五尺道，西道为牦牛道。早在春秋战国时期，在秦统一之前，蜀守李冰父子开通了岷江道，秦朝时期，五尺道竣工，到了西汉，司马相如沿牦牛羌部南下，牦牛古道修筑而成。

公元前122年，张骞出使西域，在大夏发现了在四川独产的大量蜀布和筇竹杖，那时的统治者才知道有这样一条民间的具有通商价值的秘密通道，具有雄才大略的汉武帝用军队作为先驱，强行开道，公元69年，西夷道、南夷道、永昌道连成一线，古道全线贯通。

"蜀道之难，难于上青天！……地崩山摧壮士死，然后天梯石栈相勾连。"

开劈蜀身毒道是一项浩大且又非常艰巨的工程。由宜宾至下关的五尺道，驿道仅五尺宽，所经路段险峻崎岖，"横阔一步，斜亘三十余里，半壁架空，奇危虚险"。博南古道高山深涧、悬崖峭壁，当筑路者头顶奇险陡峭的高黎贡山，脚踩波涛汹涌的澜沧江时，无不胆战心惊望而生畏，于是，大理文字史上产生了第一首现实主义歌谣："汉德广，开不宾，渡博南，越兰津，渡澜沧，为他人。"歌谣表达了昔日民工凄苦的心声。

蜀身毒道是一条以茶马古市为主要内容、以马帮为主要方式的民间贸易通道。这条道上的贩夫走卒，叮当的马帮铃声，历经数千年经久不衰。云南驿的马店，沙溪古镇商铺，古道上的马蹄印，至今仍然绽放着令世人瞩目的历史文化和经济贸易的璀璨之花。

站在展厅里，读着远古的故事，我不禁对先民们肃然起敬。

回顾大理的历史，南诏、大理国的兴起又叫人心潮澎湃。南诏、大理国在历史上的辉煌就像一首古国之诗，穿越岁月的长空，光耀史册。

唐朝初年，南诏在唐王朝的扶持下征服了其他五诏，统一洱海地区，建立南诏国，结束了西南边疆四分五裂的动荡局面，促进了民族团结，维护了国家统一。937年，段思平灭大义宁国，建国号"大理"，在西南建立了多民族政权，大理国从此崛起。

大理这块红色热土养育了千千万万个党的优秀儿女，他们前仆后继，为党、为革命、为人民事业谱写了一曲可歌可泣的红色篇章。

1936年4月，由贺龙和萧克领导的红二、六军团到达大理，播下的红色革命种子在大理民众中生根开花，两千多名青年踊跃参军。

1937年7月，抗日战争全面爆发，大理的英雄儿女与全国人民一道英勇抗战，慷慨激昂奔赴疆场。无论是台儿庄战役，还是长沙会战、武汉会战、徐州会战、南京保卫战，都有大理官兵冲锋陷阵，浴血奋战的身影。1941年，大理官兵随中国远征军到缅甸与英缅联军协同抗战，四年后，又取得了滇西反攻战胜利。

我们走出博物馆，远古足音回响在古朴典雅的回廊中。"回眸大理"，古国神韵像一首诗，吟唱着人间的沧桑和岁月的流转，我们站在阳光下，遥望苍山洱海，赞叹大理处处春暖花开。

第五辑　拾起一片红叶

雪莲花开

"你是一朵雪莲花，开在冰山上，风中摇曳你给的美。"

每当我听到这首歌的时候，我就想起了我的姑姑，因为她的名字叫作"雪莲"。

奶奶曾经告诉我说，那一年的腊月特别寒冷，北风呼呼地吹，有一天，天上下着鹅毛大雪，山庄、田野，渐渐地被雪覆盖，第二天，风停了，雪，把大地装扮得一片银白，就在那一天，我的姑姑降生了，她来到世上的第一眼就见到了一个幽雅恬静、晶莹剔透的冰洁世界。

姑姑眉清目秀，爷爷和奶奶大喜："好一朵冰山上的雪莲花。"后来，姑姑的名字"雪莲"家喻户晓，人人皆知。

姑姑从小就聪明伶俐，活泼可爱，街坊邻里无不称赞，可是好景不长，那年，我的奶奶重病卧床，时隔两年，我的爷爷又被抓走当壮丁，爷爷走后一直杳无音信，当时姑姑才七岁，我的父亲刚刚十岁，父亲不得不挑起男人的重担，七岁的姑姑除了照顾她的母亲外，还要操持一个家庭的生活。

乡下的土灶又高又大，姑姑人小，站着还没有灶台高，她便站在椅子上烧水煮饭，站在椅子上拿着大锅铲炒菜，有时一瓢水太重，倒泼在姑姑的身上，鞋袜和衣服被淋湿了，姑姑不哭，从椅子上跳下来又重新往锅里添水。

家里因为无人种地而常常断炊，姑姑便提着篮子去野地挖苦菜，从坡上寻找马齿苋，去小溪边寻找野芹菜。一次，姑姑背着篓子去别人挖过的红薯地里寻找漏挖的红薯，她用锄头翻了一垄地后一无所获，姑姑饿了，两眼冒着金花，身上直出冷汗，可是她一想到干着体力活儿的哥哥和病床上的母亲还空着肚子，她顾不了自己，后来终因体力不支而倒在地里，幸好一位砍柴人发现了姑姑。

姑姑从小就很懂事，她学着缝补衣服，学着做鞋，本该属于她的撒娇年龄阶段，她却不曾拥有，每天她要喂猪，她要扯猪草，一次，当她扯满一背篓猪草高高兴兴地回家时，不料路旁窜出一条大黑狗向她汪汪叫起来，姑姑吓得大哭，边哭边跑，猪草撒在回家的路上。姑姑的腿被咬伤了，流着血，她擦干眼泪，自己包扎伤口，她没有告诉她的母亲，母亲本就病了，她又受伤，简直是雪上加霜，晚上哥哥回来后看见妹妹的伤口，兄妹俩躲在一边偷偷地大哭了一场。

傲霜的雪莲越开越艳，姑姑长大了，亭亭玉立，她就像一朵雪莲，冰清玉洁。

奶奶常常在我面前夸奖姑姑："你姑姑年轻时长得很漂亮，白皙的脸蛋，苗条的身材，不像你，又黑又瘦。"长大后听我的舅妈说，我出生后，奶奶看见我瘦不拉几的，当着姥姥的面连说几句"肤色要是有姑姑那样白就好了"，说者无心，听者有意，我的姥姥总觉得脸面过不去，起身便要回家，那天谁也没有挽留住她。其实奶奶说的是实话，她也没有贬低我的意思，我那时的确又黑又瘦。

村里人常常说起我的姑姑，他们说姑姑十几岁时如花似玉，丹凤眼，鹅蛋脸白里透红，一对乌黑的长辫子齐腰以下，在屁股后面荡来荡去，谁见了都想近至跟前用手摸一摸那对长辫。可是突然有一天姑姑的长辫子不见了，头发短到耳根，我的奶奶见状，眼泪大颗大颗地流出来，她很伤心，她知道姑姑卖掉头发是为了解决家里无米下锅的困境。

姑姑勤劳善良，美丽大方，那些有钱的财主，有地的地主，有权有势的保长、甲长，都想采撷这朵美丽的雪莲花，他们托媒人带着彩礼登门求婚，可是姑姑不慕钱财和权势，她退回彩礼，她说她要选一个与自己门当户对的贫寒人家，选一个勤劳的种田人。

姑夫是桃源县人，家里贫苦，兄弟姐妹七八个，父母难以养活他们，便将当时还只有几岁的姑父过继到乡下的另一户人家，小小年纪的姑父来到新家，虽然日夜想念父母，但他知道他只有在新家长久地生活下去，才能减轻父母的负担。

姑姑和姑父结婚后相敬如宾，一共养育了八个儿女，在天灾人祸缺医少药的年代，姑姑的三个孩子相继夭折，这给姑姑带来了沉重的打击。屋漏偏遭连夜雨，姑父又生了一场大病，丧失了劳动能力，每天只能靠喝一点米粥度日。为了生存，姑姑只好担负起男人做的体力活儿，每天她除了下地种庄稼以外，还要照顾姑父的起居和孩子们的生活。姑姑不怨天不怨地，她只希望尽自己的能力把五个孩子抚养成人，她只想全身心地照顾好姑父，让姑父多活几年。

我至今还记得那时候常常有人半夜来敲我家的门，说是姑父病危，我知道姑父病危的时候，我的父母亲必须要到很远很远的地方去借一根长长的，能够从胃里抽水的塑料管子，胃里的水抽出来之后，姑父才能有救。我常常看见我的父亲去很远很远的地方取那根救命的管子。

我还记得有一次，姑父被抬到我家想与亲戚见最后一面，他的肚子肿得像一个大鼓，腿和脚也肿得厉害，很难穿上鞋袜。姑父回家时，大家都以泪相送，姑父失声痛哭，以为那是最后一次见面的机会。为了不让姑父伤心，姑姑在姑父面前总是把眼泪擦得干干净净，只有在夜深人静之后，她才让她的眼泪长流，只有在四野空寂无人的时候，她才放声大哭一场。

后来我和康复后的姑父说起过去的事情，姑父说："感谢你的姑姑，是她延续了我的生命，让我多活了几十年。"

我很喜欢姑姑家的老房子，老房子呈曲尺形，左边是一个吊脚楼，吊脚楼的后面是两间住房和厨房，正面是带火坑的客厅，门边有一个小围栏，一条黄狗常常睡在门口的围栏边。房子的前面有一条行人小路，凡是从姑姑家路过的人都会从吊脚楼下经过。

小时候我就盼望去姑姑家拜年，因为在姑姑家可以吃到用开水泡的、加糖的爆米花，糯米糍粑，姑姑种的葵花子和姑姑熬的苞谷糖。姑姑熬的苞谷糖和米糖又白又甜，远近闻名。我很喜欢吃姑姑做的那一顿大餐，她知道我们爱吃酸萝卜，每年过年，她都提前为我们腌一大坛子酸萝卜，当然，姑姑养的最大的那只鸡也是我们餐桌上的必备菜。

我记得姑姑家的厨房是土地面，一个很大的泥土灶上安放了两口大生锅，用泥糊的烟囱直穿屋顶。厨房后面有一口泉眼，泉水是从后山上渗出来的，冬暖夏凉，我常常看见姑姑提着水桶去取水。从厨房的另一个后门出去可以到达山边的一块菜地，菜园子很大，在山的脚下。

上小学时我喜欢住在姑姑家，有时一连住上好几天都不愿意回家，记得一次过完小年后我又要去姑姑家，奶奶叮嘱我不要住得太久，一定要回家过年，可是那一次我还是在姑姑家过完年才回家，奶奶打趣我："麻雀也有三十夜。"我笑着对奶奶说："我不是麻雀。"

我们上学时交的学费很少，但那时要凑齐一元或者两元钱的学费相当困难，挖一天的半夏最多也只能换来两毛钱，姑姑平时省吃俭用，把她节省下来的那一元钱留给我交学费。

有一年临近过年的时候，母亲生下了四妹，姑姑放弃自己家里的事情主动来我家帮忙洗衣做饭，推磨舂碓，回家两天后，姑姑自己也"坐月子"了。

我的母亲过世早，见到姑姑就像见到了我的母亲一样感到无比亲切，姑姑告诉我说，她小时候的生活很苦很苦，没了父亲，家穷又受人欺负，她和我的父亲、我的奶奶，一家三口不知是怎么熬过来的，想起那些日子，至今她不堪回忆。姑姑还对我说："你要攒劲读书，长大了吃国家粮，那样才能过上好日子，才能找上一个好婆家，才能报答父母的养育之恩。"我那时读书很用功，这与姑姑对我的教诲分不开。

姑姑一生助人为乐，许多人都受到了姑姑的帮助，许多人都念姑姑的好。队上有人病了，姑姑从鸡窝里掏出连自己平时都舍不得吃的鸡蛋，一个都不剩地全部送给病人，谁家的孩子光着脚，姑姑就送鞋，冬天谁家的孩子衣服单薄，姑姑就送衣服。

队里有一位媳妇的丈夫是先天性的身体残疾，婆婆又长年累月瘫痪在床，姑姑非常同情她，农忙时帮他们家里种田种地，平时送米送菜，还常常为她的孩子送去衣服和鞋子，只要她们缺什么，姑姑就送什么，后来那家媳妇回忆说："我们一家多亏了雪莲婶婶，没有她的照顾，我们一家就不会有今天。"

姑姑赠人玫瑰，手留余香。

姑父先姑姑而去，姑父走了以后，姑姑痛苦了很长一段时间，许多年过去了，姑姑还是念念不忘和姑父在一起相亲相爱的岁月，她用辛勤的劳动寄托对姑父的怀念。姑姑七十几岁时还是照样山里来地里去，平时除了种菜以外，她还砍柴，喂猪，栽红薯，种玉米。她像年轻时一样春天挖地种庄稼，夏田栽秧割谷，姑姑八十岁那年，她还收获了一千多斤玉米，她说，她不能成为儿女们的生活负担。

姑姑八十三岁时再也不能下地干活了，医生诊断是"心力衰竭"，虽然几次住进医院，但医生说病到了这个程度就难以治愈。后来姑姑的病越来越严重，双腿水肿，还有流水、溃烂的症状，最后几个月，姑姑不能上床睡觉了，一天二十四小时，她只能斜躺在椅子上。

后来姑姑靠轮椅行走，外面天气暖和的时候，她就把轮椅摇出来坐在房前，房子的对面是绵延的群山，山中有几户人家，还有层层梯田，姑姑望着那山、那田，心中浮现出了她在这块土地上生活劳动的情景，她想把养育过她的山山水水深深地印在她的脑海里。有时，姑姑久久地望着远方，她的娘家在远方，那里有她儿时的欢乐和经历，有刻骨铭心的亲情，所以，她每天都将轮椅摇出来，久久地望着远方，她想回娘家。

姑姑八十五岁生日的那一天，我们去给姑姑祝寿，餐桌上她和我们说着笑话儿，我们一齐祝姑姑寿比南山。

不过一个月，也是一个寒风刺骨的日子，空中飞舞着洁白的雪花，一切沉寂在白雪皑皑的世界里，就在那天夜里，姑姑望着窗外，随雪花飘然而去。

姑姑的灵柩被抬到一座雪山上，我站在雪地里，仿佛看见遥远的冰山上，一朵雪莲花正傲雪凌霜。

饮其流者怀其源

"落其实者思其树，饮其流者怀其源。"

从我小学启蒙开始到我完成学业时，恩师的教诲，在我的心中留下了不可磨灭的印象，我永远怀念他们。我上小学五、六年级时，我的班主任是藤效云老师，他除了当班主任外，还教我们语文，我对藤老师的印象很深刻，因为他更像我的慈父。

记得十岁那年，我从村小四年级毕业，以优异的成绩晋级五年级，九月开学后，我在离家较远的高桥公社中心完小住校读书，这所学校是全公社唯一的一所完全小学。我入学不到三天，思家之情油然而生，常常偷偷地落泪。有一次上算术课，我竟然在课堂上哭开了，站在教室外面的藤老师发现后将我领出教室，牵着我的手，让我坐在他的办公桌一侧，先是为我擦去眼泪，接着把一个大梨子塞在我手中，温和地对我说："别哭了，周六下午就可以回家了，你就可以见到你的家人了。"我止住了哭，把梨子揣在怀里，看到老师慈祥的目光，就像见到了我的父亲一样，感动的泪水止不住地往下流，我走进教室，开始认真地听讲。

我是家中的长孙女，奶奶对我疼爱有加，平时总是把我带在身边，大人们告诉我，我还不会走路的时候，我和父母一起去外婆家，晚上，我哭着要找奶奶，哭得大人们实在没有办法，父亲只好连夜将我送回家。

星期天是返校之日，奶奶将几斤米用一个布袋子装起来，还特意为我炒了两小瓶野藠菜。早饭过后，本村比我高一个年级的小伙伴来到我家邀我一同上学，一看到他们，我想到又要离开我的奶奶，离开我的父亲和母亲，离开我从未离开过的家，鼻子一酸，眼泪一下子涌了出来，我哭着说："我不上学了，我想念奶奶，我想家。"无论家人怎样劝说都无济于事，小伙伴们走了，我才渐渐地停止哭泣。

一天下午，老师突然来到我家，只见他脚穿一双草鞋，手里拄着一根木棍，满头大汗，由于长时间走山路，他累了，走路一拐一拐的，我知道，他一路翻山越岭，走了二十几里路来接我上学，很辛苦啊！我给老师倒上一杯茶，心中顿生感激之情。

老师把我叫到他的跟前，语重心长地对我说："山里的娃要读书，要认得字，你知道吗，记工分要识得字，队里记账要识得字，现在山里找不出几个小学毕业生，文盲多，不识字的长辈们不知吃了多少苦，山里的孩子学好了文化，才能有出息。"

在老师苦口婆心的劝说下，我勉强答应去上学。奶奶高兴极了，赶忙帮我备上米和菜。老师看我年纪小，争着把米袋子背在他身上，我跟着老师走了，走远了，我还望着站在门边的奶奶。

太阳还没有下山，我走在前面，老师左肩挎着我的米布包，右手用拐杖拨开路边横生的荆棘，或者干脆用身体挡住稍不留神就要划破脸的荆棘，老师牵着我的手，一步一步地下山，老师不辞劳苦，一路谈笑风生，他说了很多笑话，编了许多故事，想方设法让我高兴。

林中不时传来鸟叫的声音，路边野花盛开，我无心顾及山景的美好，一路很少说话。

"你听，悦耳的鸟叫声音，听见了吗？"老师想逗乐我。

"听见了。"

"你能听出鸟叫的内容吗？"

"听不出来。"我还是不愿多说话。

老师气喘吁吁地说："鸟儿在唱歌了，它在唱，欢迎欢迎，欢迎王家的大女儿上学了。"

我抿嘴一笑，接着老师又学着鸟叫了起来，我放声大笑了，老师也开怀地笑了，甜甜的笑声、悦耳的鸟鸣声一起荡漾在山谷中。

那天到达学校时，教室里的油灯已经亮了。

如今回忆起来，要不是我的父母坚持送我上学，要不是老师的那次家访，说不定我从此就辍学了。后来我在日记中写道："老师，当我在人生道路上迷茫的时候，您是我的引路人，您启迪了我的思想，放飞了我的希望，慰藉了我的心灵，扭转了我的人生。"

藤老师注重语文的基础知识教学，常常板书许多同音异义的字词，帮助我们区分它们的音形义，每天我们听写后，老师就认真地批改。对于课文中的生字和生词，他利用大黑板、小黑板进行教学，过后让我们反复操练，直到我们掌握为止。他说字词是语言的基础，高楼大厦始于基下，基础牢固高楼大厦才能永固，因此，老师在字词教学上一丝不苟，使我受益匪浅。

老师很和蔼，做事很严谨，我们都尊敬他。老师笑的时候，左边的嘴角不停地往上翘，老师生气的时候，嘴角也是不停地往上翘，因此，每当看到他这个表情时，我们就在私下里猜测，老师是要笑呢，还是要生气呢？

一天晚自习，我们在瓦片上烧着从山上捡来的松树油，借着松油的亮光温习白天的珠算课，几个人共用一把算盘，时间久了，教室里弥漫着黑黑的烟雾。我对面的一位女孩提出来要和我下算盘棋，我欣然同意，同桌的人也开始围观，我们正下得高兴，忘记了被烟雾熏得快要睁不开的眼睛，忘记了自己的学习任务，忘记了周围的一切，突然"砰砰"两声，像是重重的物体砸在我们的课桌上，定睛一看，糟了，老师不知什么时候来到教室，来到我们面前，那碰出的响声是老师把跟随他多年的老式手电筒狠狠地砸在我们的位子上，真是恨铁不成钢，老师生气了，嘴角不停地往上翘，翘得越来越厉害，他一言不发，默默地站了一会儿就走了。教室里死一般的寂静，只有松树油燃烧时发出的吱吱声，想起老师往上翘的嘴角，望着老师的背影，我们都低下了头，深感内疚。后来，我再也没有看见老师使用手电筒了，听说坏了之后没有修好。从那以后，尽管松树油燃烧的烟雾有时熏得我们睁不开双眼，但我们再也不敢在晚自习时为所欲为了。

我们的教室是一栋两层的木楼，楼上两间教室，设五年级和六年级两个班。老师的住房就在二楼两间教室之间，那时，他和算术老师共用一间住房，算术老师住在前面，藤老师住在后面，中间除了留一个进出的门之外，其余全用木板隔开。房间除了一张简易的床，一张用木板支撑起来的办公桌，一个洗脸架，一个脱了瓷的茶杯外，就只有办公桌上的那支老式水笔和一大摞作业本。夜深人静时，我们一觉醒来，常常看见老师房间里的油灯还亮着，我们都知道，老师还在工作。

晚饭后，老师常常坐在走廊上读书看报，这是他的习惯。他鼓励我们要多读书，他说，阅读是提高写作的最好途径。他还将名句"书山有路勤为径，学海无涯苦作舟"写在小黑板上，挂在教室前面的墙上，用来鼓励我们勤奋学习。老师要求我们背诵课文，教室的前面有一张背书登记表格图，谁背完一篇文章，老师就给谁填上一面红旗，我没有辜负老师的期望，课本学完，表格上的红旗也填满了。我们每人有一个摘抄本，阅读课文之后摘录名言警句，摘抄好词好句，摘抄景物描写，人物的肖像描写和人物心理描写，老师经常收上去批阅。他说，知识的积累就像那涓涓细流，日积月累终将汇成海洋。

一次，我们学了《海上日出》，老师要求我模仿这篇文章的写作方法提前作文，在老师的指导下，我的那篇文章成了全班作文课的范文。学校没有图书室，没有阅览室，整个学校只有一份报纸，而且每次邮递员都是先送给校长，老师只能借阅。一次放寒假，老师不知从哪里借了一本《林海雪原》送给我，要我在寒假中读完，接到那本书，我喜出望外，那个寒假，是我最愉快的一个假期。后来，老师经常从外面借书送给我阅读，无论是暑假还是寒假，他都要送给我一本厚厚的书，那两年，我读完了老师单独送给我的《红岩》《林海雪原》《敌后武工队》《苦菜花》《吕梁英雄传》《红日》等多部小说，从那以后，我对阅读产生了浓厚的兴趣，在老师的指导下，我的习作也进步较快，作文经常在全校被展出传观。如果现在我还能写出一两句较通顺的句子，那便是在小学两年期间，老师为我开拓了取之不尽和用之不竭的知识源泉。

老师中等身材，较胖，布满皱纹的脸上常常露出慈祥的目光。夏天，他经常穿一件白粗布上衣，有时加一个小补丁，衣扣也是布的，一条老式的接腰裤子，裤腿青色，接腰的地方是白土布，由于时间较长，白色的土布变成了黄色。

冬天的天气很冷，尤其是下雪结冰的时候，我们冻得直跺脚，许多学生单衣单裤，记得有一对双胞胎还是赤脚，老师将自己的棉袄披在学生的身上，还将自己的封笼（装炭火的小篾篓子）提到教室，让同学们一个一个地暖和手脚。

老师的家在乡下，一年当中很少回家，只有在过年的时候，他才有机会回家吃个团圆饭。暑假除了参加学校主办的全公社教师政治学习班外，其他的时间都是下乡到大队或者生产队参加劳动，与社员同吃同住，也以这样的形式进行家访，了解学生的家庭情况，领导常常赞扬藤老师是"以校为家"的模范。

两年很快就过去了，昔日不愿上学的我，即将小学毕业。参加升学考试之前，在教室的走廊上，老师和我有过一次亲切的谈话。当时他望着天空，目光悠远，意味深长地对我说：

"去了新的学校要加倍努力地读书，不要想家，要全面发展，今后社会上需要这样的人才，生活是美好的。"我答应老师，一定不辜负他对我的期望。

"七月的熏风吹送着花香，祖国的大地闪耀着阳光。迈开大步走向生活，条条道路为我们开放。再见吧，亲爱的母校。再见吧，亲爱的老师。再见吧再见吧，我将要走向祖国最需要的地方，让青春放射光芒。"

在毕业晚会上，全班用毕业歌向老师道别，感恩老师对我们的谆谆教诲。老师面对着我们说不出话来，泪水在他眼眶中滚动，他强忍着，尽力克制着。

多年后，母校已改为中学，我回到了母校，虽然与老师同站一张讲台，同坐一个办公室，和老师成了"同一个战壕里的战友"，但是，老师仍然像父辈一样无微不至地关怀我。我是一位新手，老师常常坐在教室后面听我讲课，课后与我交流总结，他常常查看我的备课本，帮我修改教案，在社会实践中，在老师的帮助下，我渐渐地成熟起来。

因工作需要，我被调到城里，第二次离开了老师。

老师退休后曾经来过县城，我领着老师参观了慈利火车站，看了永安大桥，游了琵琶洲，那天，我领着他逛了整个县城。老师像个小孩一样兴奋不已，然而，老师真的老了，他已进入古稀之年，我的心里掠过一丝阴影，谁知，这是我与老师的最后一次见面。

后来我打听老师的消息时，得知老师早已离开了我们，有人告诉我，老师走得很孤独。此后，我的心中有说不尽的后悔，我痛恨自己，无以报答老师对我的栽培。

"长大后我就成了你，才知道那间教室，放飞的是希望，守巢的总是您。长大后我就成了你，才知道那块黑板，写下的是真理，擦去的是功利。长大后我就成了你，才知道那支粉笔，画出的是彩虹，洒下的是泪滴。"

我常常含着眼泪，听完这首歌曲。

半个多世纪过去了，我从未忘记过藤老师。

这不是你的座位

"这不是你的座位。"

他阻止我坐在他的旁边,没想到我和他的相识竟然是以这样一句话开头。

那是 2017 年的秋季,我经朋友介绍报名东莞市老年大学诗词学习班,开学的第一周我因身在异地而缺课。

第二周上课时我去得很早,我想在未上课之前找到教室和自己的座位,也可以看看其他学员的上课笔记。

一进教室我就去墙上看座次表,发现我被安排在讲台的左边第二行第二排的第一个,与另一个学员同桌。我是班里年纪较大的一个,学校编排座位是按年龄从大到小、座位是从左到右从前面到后面依次排序的,同桌的年龄比我大,所以他被排在我的左边。

我不是到得最早的一个,更有早行者,我的同桌早就坐在自己的位子上了。我走过去向同桌道了一声:"您好!"同桌也重复了这两个字,但他接着说:

"你坐错座位了,这不是你的座位,这是我朋友的座位,我和他曾经在书法班一起学习过。"

我一下子茫然而不知所措,难道是我看错座次表了?我重新去看墙上的座次表。

"没错,那就是我的座位。"我心里想,好像吃了定心丸,我又回到原地。

"我没坐错座位，这就是我的位子，你看，座次表上打印得明明白白。"我坐在座位上不走了。

老人激动起来，声音提高了八度："我早就对你说了这不是你的座位，这是我朋友的座位，我的朋友是一位男生。"老人把"男生"二字说得重重的。

我们正僵持不下的时候，其他的学员围过来了，班长也来了，班长问发生了什么情况，我说明了事情的经过。班长看了看座次表，当着老人对我说："你没有坐错座位。"

这时一位学员走过来对我的同桌说："他们两人的姓相同，名字的写法也相同，但你仔细看一下，名字的顺序不一样啊！"老人仔细地对照了一下，这才恍然大悟。

同桌是一位八十多岁的老人，个子很高，精神矍铄，不难看出他的身体非常健康。

我们的课一周只开一次，一次为两个小时，所以，我们班的学员每周都能见一次面，我和同桌也就渐渐地熟悉了。

同桌姓佘，我称他"佘工"，每次上课无论谁先到，都会先将两张座位摆整齐，然后把座位擦得干干净净。

佘工坐的位置较偏，右边黑板上的字又反光，我就念给他听，有时我写在纸上，以便他下课后自己整理。我不认识繁体字，常常向佘工请教，佘工就一笔一画地写给我看。有时我缺课了，佘工就利用休息时间认认真真地整理听课笔记，过后截图发给我。我们常常在下课后讨论老师的课题，如某些诗词的出处、意境，以及赏析，通过讨论和交换意见，知识掌握起来就更加容易了。

有一次，佘工向我问起"赋"的写法，我答不上来，我对赋体和赋的写作方法一窍不通，通过佘工的提醒，我请教了老师，又自查了一些资料，于是对赋体有了初步的认识。

我常常把自己写的诗词发给佘工过目，每次，他都能给予中肯的建议和指导。佘工喜欢读我写的散文和随笔，他常常鼓励我，叫我坚持写下去，他说，坚持就会有成效。

新学期开始要调换座位了，座次表只将学员调换方向，我们又是同桌，那三年的时间，"同桌"已经成了我和佘工各自的代名词，如果哪一天我没去上学，别人就会说："今天你的同桌缺课了。"有时班上开展活动，班长也会吩咐我："给你的同桌打个电话吧！"

佘工是香港人，年轻时就在香港开了一家公司，他以慈悲为怀，员工们都愿意跟他打拼，后来他又在东莞建立了分公司，几十年来，他的公司一直红红火火。

佘工以"仁、义、礼、智、信"作为自己做人的道德准则，以帮助他人为快乐。他的邻居生活拮据，微薄的工资难以养活一家人，佘工知道后，慷慨解囊，十多年来，除了每月资助生活费外，还赞助他家的孩子上大学，佘工为这个家庭资助了二十多万元，他的邻居感动得痛哭流涕。

这位邻居爱好写作，几年来写的文章够出一本集子，但他拿不出作者自付的费用，佘工听说后，又圆了他出书的梦，他的邻居对佘工感激不尽。

佘工助人为乐的事举不胜举。

三年的学习结束了，我们班照了集体照，看着照片，我问佘工："那是我的座位吗？"

佘工哈哈大笑。

她在诗意中行走

成语"周回陶钧"比喻不断地磨砺一个人的心智,以求达到完美、成熟的境地,成语的第一个字是她的姓。

"玉魄东方开,嫦娥逐影来。"她的名字是否也出自唐代春台仙的诗句?"好一个颜如玉,好一个仙女嫦娥。"我常常这样赞美她。

天道助我,让我有幸于2019年在东莞市老年大学遇到了周玉娥老师。

当时学校有两个诗词鉴赏班,由不同的老师任教,因我是插班生,工作人员建议我先试听然后再进班,这样,我走进了周老师的课堂。

上课铃响,我从后门悄悄地走进教室,教室里座无虚席,我便和最后一个靠窗的学员挤坐在一起。周老师秀雅绝俗,气若幽兰,浑身透着一股轻灵之气,讲课的语调抑扬顿挫,扣人心弦,我被她的气质和聪慧征服了。

听周老师的课,是一种在春天里行走的享受,有一种在广袤的诗野里自由飞翔的妙趣,她能让我们把诗与人生的意义完美地结合在一起,从而达到至高的心灵境界。

"大江东去,浪淘尽,千古风流人物。"至今我还记得周老师上那堂课的情景,老师慷慨激昂、声情并茂地为我们朗诵《念奴娇·赤壁怀古》,通过一遍又一遍地反复吟诵,一幅波涛汹涌、滚滚东流的长江之水淘尽千古风流人物的画面展现在我们的眼前,从诗文里,我们似乎看到了陡峭的石壁直耸云天,大浪如雪拍击着江岸,那激起的浪花就像卷起的千堆雪……

"人生如梦，一尊还酹江月。"鉴赏这首词之后，老师对我们说："世事如梦，沧海桑田，个体的生命，短暂得如同白驹过隙，渺小得如沧海一粟。但宇宙无穷，江流不止，万物在变，生生不息。我们要像苏轼那样有超脱的情怀，像雷锋那样把有限的生命投入无限的生命中去。"在这堂课中，我们不仅领略了千古风流人物的风骚，还懂得了人生的真谛。

周老师利用节假日去了黄州，她想寻觅当年"羽扇纶巾，谈笑间，樯橹灰飞烟灭"的儒家风范，她在黄州辗转了一个星期，虽然她见到的是一片大豆高粱，田野农庄，不见波涛夜惊，当年"舳舻千里，旌旗蔽空，酾酒临江，横槊赋诗"已经成为过去的故事，但她伫立在那里，心中勾勒出一幅当年"江山如画，一时多少豪杰"的画面。

后来她对我们说："黄州之行感受颇深，虽然没有看到'乱石穿空，惊涛拍岸。卷起千堆雪'的雄奇景象，但赤壁依然如故。我相信石头是有生命的，有生命就有吐纳。步石级上下于赤壁矶头，沁人心脾的不单是墨香，可能是曾经的人气、才气、文气、怨气吧！似乎有一个孤鸿的影子画在睡仙亭。所到之处好像弥漫着破灶烧湿苇的烟火味。"

从黄州回到学校，老师又潜心教学，精心准备《赤壁赋》的教案。课堂上，屏幕上视频里的老师带有磁性的朗诵，让我们的心灵在"清风徐来，水波不兴"这种极为清幽的环境下，"纵一苇之所如，凌万顷之茫然"。让我们于这江上明月，于这崖上清风，深刻理解诗人"惟江上之清风，与山间之明月，耳得之而为声，目遇之而成色，取之无禁，用之不竭"的宇宙观和诗人豁达开朗的胸怀，从而启发我们在生活中不能"哀吾生之须臾"，要有积极向上、不断进取的精神。

老师在武汉长大，从小晨听楼鹤鸣翠树，晚眺汉江波渺渺，城下的沧浪水在她的心灵中漾起了波澜，她登上江边的黄鹤楼，凝望层峦叠翠，孤帆远影，她看到了远方，"秋水共长天一色"的美景在她的心中酿成了诗韵，从那以后，她用诗陶冶她的性情，用诗定格她的人生。

老师的童年有欢乐也有幼年就失去母亲的不幸，然而老师心中有志，她在勤奋中寻找乐趣，在生活中寻找诗意，她成功了，成为一名大学的老师。

老师退休后不甘寂寞，不坠青云之志，她要在平仄中寻找另一片绿洲，她在日记中写道："好像一直在诗苑门口的绿藤架下踱步，有时惊艳于那一点红紫，有时品味那一抹风韵，有时陶醉于那一袭芬芳。"

后来她师从于导师傅传魁老师，用手中的笔，用她炽热的心与诗同行，当她接到中华诗词学会高级研修班的入学通知书时，老师即兴泼墨："飞花传喜讯，恰恰鸟鸣枝。云海开眉善，星眸带笑慈。岱宗青未了，天佬梦嫌迟。再到梅开日，金丹换骨时。"

老师在学习上勤奋刻苦，执着地追求未来，正如她自己所写："蹒跚摸韵步，奏乐调难鸣。""驿站芳丛渡，清风又启程。"半年后，由于老师的成绩优异，由导师推荐，提前在中华诗词高级研修班毕业。

一天我问老师："您已经是佼佼者了，为何还要如此自苦呢？"

老师只是淡淡地一笑，那一笑中充满了女性的温柔和诗意的和谐。

老师喜欢"凌寒独自开"的梅花，她喜欢梅花不屈不挠的风骨。东莞市水濂山森林湖有一片梅花，清晨，老师仔细观察沾满晨露、含苞待放的花蕾，傍晚，老师站在夕阳下静等骨朵绽放，终于有一天梅花开了，是夜，老师挥笔，她在诗中浅笑。

老师常常在她自己家里的阳台上观景写诗，她说生活是一杯美酒，让人沉醉；生活是一段憧憬，让人向往。每当东方破晓时，她来到阳台上看碧波荡漾的森林湖，这时，她忘掉了人间的一切烦恼，她一遍一遍地吟诵："海纳百川，有容乃大；壁立千仞，无欲则刚。"

老师常常走出去，贴近大自然，一路欣赏风景，一路吟唱诗歌。

"陶醉新疆，是因为您的英勇、您的神秘、您的浪漫、您的美丽。这

几天，我的衣裙，为你匍匐。"（在新疆）

"天山画卷一程秋，四季风光一日收。邂逅牛羊行谷道，波涛滚滚彩云浮。"（穿越独库公路）

"牧人故事合歌听，雪映峰开玉女情。坡甸牛羊成挂毯，胡杨染色列黄旌。"（在那拉提）

……

短短几天的新疆游，诗情画意就像一朵朵的格桑花在她心中开放。

老师也常常带领我们走进大自然，感受真实的自我。

我们跟着老师走进东莞植物园，游景湖春晓，阅尽人间春色。我们跟着老师走进惠州西湖，品味苏轼的"日啖荔枝三百颗，不辞长作岭南人"的美妙佳句。惠州西湖杨柳依依，我们漫步在西湖的林荫大道上，仰望泗洲塔，"一更山吐月，玉塔卧微澜"久留心中，我们来到孤山，吟听老师讲解东坡寓惠的生活和文学创作，追忆诗人的诗意人生。

老师"兴于诗，立于礼，成于乐"，不戚戚于贫贱，不汲汲于富贵。她团结同人，恭敬谦卑，推己及人。她在教学工作中兢兢业业，任劳任怨，严于律己。她襟怀坦荡，庄重诚实，团结同人。她心怀仁慈，关爱他人。

2020年的春天，武汉城市的上空阴云密布，疫魔恣意横行，老师情系武汉，情系家乡人，她和家人积极慷慨解囊支援家乡。

我们班上的学员中有八十几岁的老人，也有坐轮椅带病坚持上课的学员，课间休息时，老师就走到他们的面前嘘寒问暖，交流读书的信息，使他们在学习的过程中进一步认识了自己的价值，焕发出了生命的活力，学员们都说："老师是一个性情中人。"

最美的诗篇是一个人的美德，老师有诗，也有远方，她在诗意中行走，山高水阔，一路芬芳。

哥哥和妹妹

东山有一排茂密的松树林，松树四季常青，哥哥葬在东山上。西山长满了参天大树，绿树成荫。山脚下有一间小屋，被掩映在竹林之中，妹妹葬在西山上。

东山和西山相隔不远，站在东山可以清楚地望见西山，站在西山的人也可以望见东山，西山的人可以听见从东山上传来的歌声，东山上的人也可以听见来自西山的回应。

每天，妹妹望着东方，看群星坠落，看东方破晓，她希望东方的第一缕阳光将东山暖和明亮起来。

哥哥常年醒着，惦记着终年躺在西山上的妹妹，他希望在晚霞映红整个西山时，能看到妹妹披一身红霞向他走来，那时，他可以拉着妹妹的手奔跑在阡陌之中。

每当夜晚来临，哥哥和妹妹各自孤独地守在东山和西山，听杜鹃的鸣啼声，数天上的星星，哥哥久久地盯着最闪亮的那一颗，那一颗多像妹妹晶亮的眼睛啊。妹妹数着天上的星星，她想天上一定是最美的，哥哥一定在那里遥望着自己。一天又一天，从月起到月落，一年又一年，从春天到秋天，哥哥和妹妹就这样相互守望着。

故事还得从遥远的岁月说起，东山和西山属于武陵山脉东边的一角，此地崇山峻岭，群山叠翠，山湾里有一泓清泉，四周古柳枝繁叶茂，因此，方圆百余里之内的人都知道柳笼塆是一个寂静的世外桃源。二十世纪三十年代，柳笼塆住着一家四口，哥哥、妹妹、父亲和母亲。

177

哥哥比妹妹大三岁，妹妹出生后，哥哥总是守在妹妹的摇篮边看妹妹的那对亮晶晶的眼睛，看妹妹的乌黑头发，看妹妹的俊俏模样。妹妹会笑了，哥哥也扮着不同的笑脸逗乐妹妹，他拧着妹妹的小脸蛋，用小手指点妹妹的小酒窝，妹妹"咯咯"地笑了，哥哥也笑个不停，那是哥哥和妹妹最高兴的时候。

　　三年过去，妹妹三岁了，她与哥哥寸步不离，哥哥去取水，妹妹拿着水舀子，哥哥去放牛，妹妹骑在牛背上。坡上长满了青青的草，小牛悠闲地享受着美餐，坡上长满了野花，妹妹的头上插满了鲜花。妹妹哭闹着说没有长辫子，哥哥便在细细的藤条上结着一朵一朵的小花，然后挂在妹妹的头上，两条长长的花辫子吊在妹妹的胸前，妹妹破涕为笑。天边的一抹晚霞映红了山坡，哥哥吹着木叶，妹妹披一身红霞，木叶声，妹妹的笑声，小牛的"哞哞"声一起流淌在叮咚的泉水中。

　　房子的前面有一棵桂花树，桂花树很高大，每年的八月桂花开花的时候，整个柳笼塆都弥漫着桂花的馨香，秋月高照，哥哥和妹妹坐在桂花树下看天上飘浮着的云，看从东山升起的月亮，妹妹想要一颗星星作为夜间照明，哥哥说，"等你睡着了，我就去天上为你摘星星，等你一觉醒来，外面天就亮了，那是星星的亮光。"妹妹眨眨眼睛信以为真。

　　勤劳和善良是山里人的本性，父亲和母亲早出晚归种田耕地，哥哥扫地，妹妹提来小撮箕，哥哥做饭，妹妹帮忙在灶里添柴，父母回家看到两个孩子的脸上全是黑黑的灶灰，不禁又好笑又心酸。

　　哥哥和妹妹的快乐就像东山和西山的星星和月亮一样，在他们的心中是永恒的。

　　日月又轮回了三次，哥哥和妹妹又长了三岁，九岁和六岁的儿童本应有着金色的童年，然而，他们不曾拥有。母亲患病卧床，家里的日子暗淡无光。一天，哥哥放牛在归家的路上突然遇到他的父亲被人五花大绑，后面还跟着几个端着枪的保丁，父亲被抓壮丁了，哥哥一路哭着跑回家，夜晚，哥哥和妹妹伏在母亲的床前泣不成声。

　　自那以后，家里的日子更是风雨凄凄，哥哥成了家里唯一的男劳力，种田犁地的农活全落在他的身上。妹妹成了"家庭主妇"，洗衣做饭和照顾母亲是她每天必须要做的事情。家里无米下锅，哥哥和妹妹就去山上和地里寻找能填饱肚子的东西，几月下来，一家三口身体浮肿，母亲的病更加厉害了，哥哥不得不从邻居家借来一点米叫妹妹给母亲熬一点稀粥，当哥哥和妹妹将那碗稀粥送至母亲床前时，母亲吃不下，她惦记着还在挨饿的两个孩子，这时，哥哥和妹妹双腿跪在床前哭着说："娘，只有你能活下来，我们三人才能一起活下去。"

　　哥哥想开垦一块荒地，想在那块地里种上玉米，栽上红薯，哥哥说玉米可以进粮仓，红薯可以进地窖，如果丰收，一年四季就不会饿肚子了，于是哥哥起早贪黑去开垦荒地。妹妹每天烧一竹筒棠梨叶茶送到山上，她想哥哥喝了棠梨叶茶就不会饿肚子。一次，妹妹发现哥哥昏倒在山上，她吓坏了，她不能没有哥哥啊，等哥哥醒来，妹妹已哭成一个泪人儿。

　　哥哥和妹妹常常在月亮升起来的时候坐在房前的桂花树下，凝望那条小路，想念他们的父亲。

　　"哥哥，父亲去了哪儿？"妹妹问。

　　"去了很远很远的地方。"

　　"我要去很远很远的地方寻找我的父亲。"妹妹开始流眼泪了。

　　哥哥抹去妹妹脸上的泪水安慰她："等我们长大了，父亲就会回来的。"其实，哥哥早就听家乡人传信，他们的父亲早已不在人世，只是不敢告诉弱小的妹妹。

　　房前的桂花树又多了十个年轮，哥哥变成一个体魄健壮、肤色古铜，全身透着一股坚毅气质的青年小伙。妹妹正当韶龄，肌肤白得胜雪，变得如花似玉，乌黑的一对长辫子过腰，圆圆的脸蛋红得像三月里的桃花，人们说，柳笼塆有一朵出水芙蓉。

妹妹要出嫁了，哥哥不舍妹妹，常常沉默寡言，一天，哥哥拉着妹妹的手哽咽着说：

"妹妹，你去了婆家我们会想念你的，你可要常回家哦。"

妹妹只"嗯嗯"地点点头，说不出话来。做娘的只知道不时地用她的衣襟揩着眼泪，她想起了在外遇难的丈夫。

出嫁的前一天晚上，哥哥一夜不眠，他坐在妹妹房间的外面回忆和妹妹在一起的日子。第二天天刚亮，花轿来了，迎亲的队伍也来了，哥哥跑到屋后的山顶上对着天空大喊一声"妹妹"，然后大哭一场。

哥哥拗不过抬花轿的人，妹妹被花轿抬走了，那一间屋子里只留下母亲和哥哥，只留下妹妹和哥哥在一起的笑声，只留下妹妹上轿前的哭嫁声。

哥哥惦记着妹妹，常常在放工后走上好几里地去看她，他想，哪怕只看一眼，他也就心满意足了。时间长了，哥哥怕打扰妹妹婆家的人，以后的几次，他从窗户里悄悄地望一眼妹妹后就走了。一次，哥哥发现只有妹妹一个人在家，他便走进去，他多想和妹妹说说话啊，妹妹见到哥哥，兴奋的泪水止不住地往下流。哥哥对妹妹说："妹妹，现在婆家就是你的家，你不要担心母亲，家里有我顶着呢。"那次，妹妹把哥哥送出很远很远。

人到中年，哥哥和妹妹各自养育了儿女，二十世纪六十年代初，天旱地涝，田地歉收，日子艰难困苦，哥哥和妹妹一年更比一年老，不幸的是，妹妹的丈夫久病不愈，当时妹妹一家承包到户的自留地的劳动生产全由哥哥帮助完成，春来耕地犁田，夏来锄草，秋来秋收，繁重的农忙活中都有哥哥帮忙劳作的身影。

谁又曾料到，哥哥中年丧妻，那时的哥哥如遭五雷轰顶，将头一次又一次地撞在墙上。

妹妹来了，她安慰哥哥："还有我呢，日子还得过下去。"

"是啊，日子还得过下去，一群孩子还没长大呢。"哥哥擦着眼泪对妹妹说。

妹妹的存在成了哥哥的精神支柱，不幸的是，后来妹妹也成了遗孀，兄妹俩同病相怜，妹妹不改嫁，哥哥不续弦，几十余年，哥哥和妹妹相互帮衬着一同从逆境中走来。

杖朝之年，哥哥和妹妹各自四世同堂，迎来了幸福的晚年。勤劳是哥哥和妹妹的本分，他们还像年轻时一样常年奔波在田野上劳动，为各自的家庭增添了劳动的收入，带来了无尽的欢乐，成为全村老年人当中的楷模。

农闲时，哥哥去看妹妹，妹妹也常去哥哥家，他们还像小时候一样以"哥哥"和"妹妹"相称，彼此的真情无不感动着下一代人。

哥哥一直闲不下来，直到有一天他感到体力有些不支，双腿乏力，身体每况愈下，人一天一天地消瘦下去，几乎连走路的力气都没有了，再也挑不起一百多斤的重担了，但是哥哥在他的孩子面前装得若无其事。

妹妹也不能下地劳动了，她心脏功能紊乱，还有多种并发症，医生说，老年人的身体就像一部老化的机器，各个部件生锈了，机器就不能工作了，妹妹的身体就像一部老化了的机器。

听说妹妹去县城医院住院治疗，哥哥天亮前就去了妹妹家，他生怕妹妹再也不回来了，他有好多话要对妹妹说，他要妹妹安心治疗，他要妹妹健健康康地回来，可是当他看到妹妹时，他只从喉头里挤出一句话："哥哥等着你回来。"

哥哥在家掰着手指头计算妹妹出院的日子，他常常彻夜难眠，坐在床上回忆小时候的情景，想起父亲离家的那天晚上，家里没开火，也没点桐油灯，那一夜，那几天，那几年，他不知道他们是怎么活过来的。日复一日，哥哥消瘦了许多，妹妹出院后见到哥哥时，忍不住抱着哥哥失声痛哭，她想把小时候的一切困苦随着哭声一起倾泻下来。哥哥是性情中人，他像小时候一样搂着妹妹，泪水大颗大颗地滴在妹妹的白发上。

同年的腊月，哥哥参加妹妹八十五岁的大寿，席间，他们举杯同庆。

妹妹说："哥哥，三个月后就是你的生日了，我要来给你祝贺，那时，我要在你家住个够。"

哥哥说："我一定早早地迎接你。"

哥哥要回家了，妹妹送至大门口。

"妹妹，这几天我不能来看你了，我要去县城检查身体，等我一检查完，我就回来看你。"哥哥对妹妹说。

妹妹有些伤感。

"检查的时间不长，只有四五天。"哥哥安慰着妹妹。

妹妹记住了哥哥的话。

哥哥去了县城医院，经医院诊断证明，哥哥得了不治之症，已到晚期，时日不多了，家人送他到市级医院，后来又转到省级医院治疗。

哥哥走后没几天，妹妹的病情加重了，她坐上了轮椅，双腿浮肿。

妹妹和哥哥预约的日子到了，她摇着轮椅来到房前，望着那片田野，望着哥哥平时来看他的那条小路，等着哥哥的到来。她熟悉哥哥高大的身影，熟悉哥哥走路的样子。腊月的寒风刺着妹妹的脸，她毫无知觉，她多么希望那条小路上有一个人影再次出现，然后慢慢地向她走来，可是那一天，哥哥没有来，那天晚上，妹妹不思茶饭。

以后的那半个月，妹妹都会摇着轮椅出来，坐在相同的地方，望着相同的方向，等待哥哥的到来，然而，每次她都带着失望而归。有一次，妹妹还是坐在原来的地方，望着相同的那个方向，不同的是，妹妹一声一声地哭着："我要去哥哥家呀，我要去看我的哥哥呀，我要……"妹妹的哭声消失在寂静的空中。

大雪覆盖了绵延的群山和山村小路，也覆盖了哥哥常来的那条小路，那天夜里，妹妹的脸向着东方，永远地闭上了眼睛。

时间到了第二年的初春，妹妹过世还不到一个月，医院下了病危通知书，哥哥被救护车送回老家，那天夜里，哥哥做了一个梦，他梦见天边有一道绮丽的晚霞，扎着两个小羊角辫的妹妹向他飞奔过来，红霞映红了妹妹的脸，他奔跑过去拉着妹妹的手，沿着那条通向天堂的不归之路去寻找他们的父亲和母亲。

幽谷一枝青兰

"幽谷出幽兰，秋来花畹畹。与我共幽期，空山欲归远。"

我喜欢读清代汪士慎的这首诗，这应该是你的名字中有一个"兰"字的缘故，我想，你的父母给你取这个名字，应该是希望你像兰花一样芳香馥郁，像兰花一样有着坚忍顽强的性格。

有多少年我们不曾相见，我很想给你写一封长长的信，叙叙旧，回忆那个年代的我们，说说话，回忆我们的青葱岁月，可我又不知道如何下笔。前不久我曾经做了一个梦，梦见我和你，还有几个同学一起奔跑在田野里享受山中况味的情景，梦是模模糊糊的，且又瞬息万变，醒来全忘记了，只知道我曾经有一个梦，有一个和你在一起相会的梦。

往事悠悠，过去的事总是让我常回首。我记得你来到我们班上后，坐在靠讲台最右边那一行的倒数第二个座位上，那一学期你是走读学生，早上来，放学后回家，我问你为何不住校，你只是淡然一笑，我猜到了些许，以后便不再问起此事，后来我们之间的谈话渐渐地多了，你告诉我，你比我大一岁，我应该称呼你为"姐姐"。

慈利县龙潭河镇大湖是你的家乡，你告诉我，大湖村原本不是一个大湖，也没有一条大河大江，而是一条小溪流转村前屋后，后来常德市政府修建黄石水库，大湖村就成了一个水中有山、山下有水的村落。

还记得不？一个周六的下午（周六上午上课），你邀请我去你的家，走出学校的那一刻，我俩高兴得就像从笼中刚刚被放出来的小鸟一样，我们背着书包，采撷一朵兰草花，沿着田间小路一路奔跑。那还是五十多年前的事，如果我没记错的话，你的家是一栋木房子，房子一面靠山，一面临近湖水，为了出行方便，湖边的人家几乎都有一只小小的木筏子。你告诉我，你常常背着篓划着船去捞鱼虾，去湖那边的坡上扯猪草，去对面的山上砍柴。我当时很想和你一起去湖中划船，无奈我是山里长大的孩子，害怕坐船，错失了一次良机。

你的父亲和母亲对我很好，你的父亲彭叔就像我的父亲一样宽厚仁慈，虽然他不多言语，但他给我留下了和蔼可亲、纯朴忠厚的印象。你的母亲很年轻，很漂亮，脸上一直洋溢着笑容，我和你一样叫她"yaya"（姑姑），我很喜欢她，因为她像我的母亲一样慈祥善良，我见到她就像见到了我的母亲。你的大弟应该叫作"平儿"吧，那天，他和几个小弟弟也拉着我的手亲切地叫我"姐姐"，他们喜欢我，因为我是他们姐姐的同学和朋友，我也很高兴，因为我又多了几个弟弟。在你们家，我毫无拘束，就像回到了自己的家一样。

穷人的孩子早当家，在家中你是长姐，经常提篮叫卖，风里来雨里去。你说你家里很困苦，我说我的家里也很贫穷，我们同病相怜。那时我俩都交不起一餐三分钱的菜金，开餐时，我们躲进寝室，你从小木箱里拿出一小瓶从代销店打来的二两酱油，在你的饭钵里滴几滴，在我的饭钵里滴几滴，那一顿饭就算解决了。有时我把从家里带来的酸腌菜给你分一小勺子，我自己留一小勺子，我们都吃得津津有味，我说你像深谷里的一枝兰草花，淡雅芬芳。你回应说我是一朵野菊，在山里静静地开，孤芳自赏。那些日子虽苦，但我们很乐观，不觉悲哀。

你会针线活，晚饭后别人去外面散步，你却在寝室里纳鞋底，给你的弟弟做鞋。你纳的鞋底针脚均匀，中间空的花别致好看，我羡慕极了。你重复你母亲的那句话："女孩子从小不学做鞋，长大是嫁不出去的。"当时我打趣地说："你将来一定会嫁得一户好人家，因为你会做鞋。"说完，你我就在寝室里追赶起来。

我喜欢你的文笔，经常翻开你的作文本读你的习作。你的文章不长，但语言生动活泼，很有感染力，我沉浸在故事当中，读着读着，竟然忘记了周围的一切。如今虽然你提笔甚少，但从你的书信中，当年的功夫犹存。

用什么词来形容你的天生丽质呢？也许是你与生俱来的天赋，你没有上过书法班，你的父母不识一个字，可是你的钢笔字在班上独具一格，你的钢笔破旧了，笔尖也顿了，然而笔墨流畅潇洒，婀娜飘逸，清而不俗，既有秀而淡雅的妩媚，又有刚健遒劲的活力。

那时我和你在一起，总会有共同的话题、共同的语言和观点，我们也有共同的人生理想和目标。

毕业后，我们很少见面。

我还是在母校工作的时候，去了一次大湖村，你们家的木房子不见了，取而代之的是砖瓦平房，房子无人居住，长满了青苔和荒草。

看到湖中有一只小船，幽谷中有几株青兰，我便想起了你。

烟雨丝丝润琴声

从张家界朝阳地缝走出来站在山顶,你会更惊异于山下的美丽风光,留念阡陌交通鸡犬相闻的良田屋舍。

这个村子叫作金龙村,村子里有百多户人家,他们祖祖辈辈在这幽静的山林中用他们勤劳的双手编织着彩色的生活。

那次我从金龙村路过是在一个淫雨霏霏的日子,刚刚被雨水清洗过的朝阳山岚更加郁郁青青,一些零星的小木屋点缀在山脚下,悠扬的琴声从小木屋里传出来,琴声陶醉了我,我停下脚步寻找琴声传来的方向。

琴声是从杨家拐的屋场里传来的,杨家拐是金龙村的一个组,位于朝阳山下,如果你想一览朝阳地缝的风景,想去赵家垭水库垂钓,想去朝阳三级电站饱览风光,那么,杨家拐是一条必经之路。

在二十世纪五十年代,杨家拐上只有两户人家,有一家出了两个教书先生,都远离家乡到偏远的山区教书去了。另一家单传,下一代还是单传,单传的父子俩就在杨家拐上守住那一份田产家业。

去年腊月,杨家拐刚刚下过一场雪,河水暂未解冻,我带着对琴声的好奇前往杨家拐,寻觅一直萦绕在我心头的那根弦,于是,我走进了杨叔的家。

杨叔欢迎我的到来,他烧了一堆木柴生火,还特为我烧了一壶茶水,我们围坐在火堆边聊起了话题。

其实我曾经有两次见过杨叔,当时只是擦肩而过,不曾相识。第一次是我路过杨家拐时,看见禾田里有人扯田草,给我的印象是,扯田草的老人满身泥水,太阳把他晒得黑不溜秋。隔年后我再次路过杨家拐时,只见路边有一位老人,手里拄着一根拐杖,走路一跛一跛的,旁边人议论那老人是因为平时闲不下来,上山砍柴砍坏了脚掌而造成的。

说起琴,杨叔的话滔滔不绝,脸上一下子就泛出了红光。

琴声伴随着杨叔一路走来,给了他生活的勇气和无尽的欢乐。他离不开琴声,在生产队出集体工时,杨叔早出晚归,回家后顾不得一天的劳累,提出胡琴拉几弓,琴声消除了一天的疲劳,那晚,他睡得很香。

琴声吸引了周围的孩子们,也吸引了众多的乡亲,夏日,他们一起围坐在瓜棚架下,听琴声与流水声和鸣,享受岁月的静好。

冬天,杨叔望着飞舞的雪花,一首《北风那个吹》如泣如诉,余音袅袅。人们喜欢他拉这首曲子,因为他们都知道杨白劳和喜儿的悲惨遭遇,回忆过去的一切,甚觉现在很美好。

杨叔抚琴,如醉如痴,他说,琴是他的精神食粮,宁可一日无饭,不可一日无琴声。

火坑里的火越烧越旺,红红的火光映红了杨叔的脸,我仔细打量起杨叔来,杨叔虽已接近"古稀"之年,但他很有精气神,说话声音仍然像一口洪钟,掷地有声。杨叔戴一顶较旧的棕色绒帽,上面落满了木柴灰,一件浅蓝色的棉袄上面有几个木柴火星子烧的小洞,看样子这件棉袄也是跟随杨叔多年了,不难想象,杨叔是一个老实巴交的"农民伯伯"。

说起习琴的过程,杨叔向我说起了他的人生故事。

杨叔十八岁那年,积极响应政府"一人参军,全家光荣"的号召,应征入伍,杨叔牢牢记住父母和乡亲们的话,为保家卫国贡献自己的青春。

杨叔那时不识几个字,在部队他认真学习文化,在训练中吃苦耐劳。由于杨叔勤奋好学,他不仅提高了文化程度,还学会了拉琴,他擅长京胡，还会拉二胡和板胡。

在部队，他是出类拔萃的青年，于是他被吸收为部队文工团的团员，经常随部队参加巡回演出。他说，那时只要一接到演出任务，无论是雪天还是雨天，文工团都要及时出发，有时一夜要演出两场，虽累，但他们快乐着。杨叔除了上台演出外，有时还参加乐队伴奏，因为他的琴拉得好。

杨叔德才兼备，文化技术双过硬，深得部队领导的信任，于是被送往部队的干部学校学习，部队的干部学校是为部队培养人才的基地，学员毕业后，就会被分配到重要岗位上担任领导职务，那时的杨叔只有一个愿望：好好学习，机不可失，时不再来。

学成归来，正是杨叔鲲鹏展翅的时候，令人想不到的一件事情发生了，部队的编制被取消，所有的人员哪里来哪里去，就这样，杨叔带着毕业证，带着他的琴回到了家乡，像参军前那样，从事农业劳动，建设自己的家园。开始，杨叔感到很苦恼，恨时运不济，命运多舛，后来他想通了，他说，一个人要走的路很长，中途必定有坑坑洼洼，只要自己的步子走得稳稳当当，就不会跌倒在泥坑中。

回乡几十年来，杨叔把这些故事埋在心底，从不向人说起这一段经历，在别人面前，他只是一个老老实实的种田人，曾经参过军。杨叔没有担任过村干部，也不求受到任何的特殊照顾，他只想种好庄稼，用琴声陪伴自己的一生。

杨家拐上悠扬的琴声吸引了众多的乡亲，他们登门拜访想做杨叔的徒弟，杨叔也想把这门技艺传承下来，于是他满口答应，义务为他们授课。以后，琴声在整个金龙村的山中回荡。

听完杨叔的经历，杨叔的形象在我面前突然变得高大起来。

我问杨叔会拉哪些曲子，杨叔一口气说了很多名曲，如《二泉映月》《梁祝》《梨花颂》等，接着杨叔开始抚琴，一首《赛马》将我引领到辽阔的大草原,我仿佛听到了马蹄声,看到了草原上万马奔腾的景象。

从杨叔家出来,我站在杨家拐上,眼前山岚耸翠,溪水流畅,小木屋里又传来了悠扬的琴声,"梨花开,春带雨。梨花落,春入泥……长恨一曲千古迷,长恨一曲千古思"。琴声婉转悠扬,飘荡在杨家拐的上空。

江英姐姐

　　虽然时间能冲淡一切，那些年那些事容易叫人淡忘，但对于刻骨铭心的事，哪怕年岁再高，人也会常常重温的，生活中的某些事情总是盘踞在人的大脑的某个部位，永远挥之不去。

　　记得那年我还在学校里上班，一天午饭刚过，学生们陆陆续续地从食堂里走出来准备午睡，那天我值班，负责检查全校午睡情况，然后填写校务日志交教务处。这项任务是轮流的，每个教师每学期都要轮流一次到两次。

　　教室外面的走廊上还站着一些学生在那儿聊天，我走过去提醒他们准备就寝午睡。当我走到一间教室的尽头时，发现我们学校雇来的那位女清洁工正在翻厕所旁边的一个大垃圾桶，她把那些可以用来卖掉的废纸一片一片地捡起来装进她随身携带的垃圾袋里，她掏垃圾的动作非常熟练，不难看出她在捡垃圾方面很有经验。

　　我们学校每一学期都要从外面雇用清洁工专职负责全校厕所的冲洗和打扫，教室、走廊和其他范围的清洁区都划分到各班，由各个班级负责。被雇用的清洁工的工资不高，一月也就是十几元的报酬，我常常看到这位女清洁工背一个大垃圾袋进出学校，有时她弓着腰，步履艰难，因为她背的垃圾太沉。

　　有一次我在洗手间遇到了她，只见她先用抹布和洗衣粉擦洗厕所的墙砖和隔板，用刷子蘸上洗衣粉擦洗蹲盆，然后再用拖把拖地面。拖地面的拖把很大，浸上水后更加沉重，她用起来很费力，豆大的汗珠时不时一颗颗地从她的额头上滚落下来。擦完墙，拖完地，她又去冲洗厕所，从楼层外面的水龙头接进来的那根塑料水管又粗又长，她吃力地将那根水管拖上楼梯，拖过一间又一间的教室，绕了几个大圈才拖到厕所。最后，厕所被冲洗干净了，但她全身几乎是被水浇透了。

　　见了几次面，我对她有了初步的印象，她头上包着一条毛巾，半遮着脸，别人只能看出她的一双眼睛，就是熟悉的人也很难认出她来。一件很旧的蓝色上衣套在她身上显得过于肥大，衣服的袖子上还有针线缝合的痕迹。那双塑料靴子不知是经过哪位鞋匠的巧手将一两个补丁整齐地排在靴子上，有时她也穿一双缺了边的塑料拖鞋进出学校，一副疲惫的模样，或许洗手间的臭气淡化了她的香水味，或许她压根儿就没有涂护肤霜。

　　她从不与人交流，也不正面看人，每次我遇到她，她都把头侧向一边，似乎是故意避开我的目光，我怕伤她的自尊心，从来不敢和她交流，每次和她只是擦肩而过。

　　通往厕所过道上的大垃圾桶里什么乱七八糟的东西都有，平时我们从旁经过都有一股难闻的气味扑鼻而来。那天我看见她把手伸进垃圾桶，拣出了一些塑料瓶、塑料盒、塑料管、瓶盖儿、废纸等，凡是能在收费站换几个硬币的垃圾，她都不放过。她没有戴手套，但她全然不顾这些，可能买一双手套要花费她的开支，也可能是她临时起意，见垃圾桶里有她所需要的东西，于是就将手伸了进去。平时她捡垃圾的时候，我总是因为急于进教室而匆匆地从她旁边经过，而她也只是默默地看我一眼便扭过头去忙她的事了。可那天中午，我很同情她，便轻轻地说了一句："你怎么不戴一双手套呢？桶里很脏啊。"

　　接着我又补充了一句："今后捡垃圾时还是戴一副手套吧。"

　　她回过头来看了我一眼，嘴角动了一下但没有说出话来，然后又赶忙侧过头去。从她的脸上，我似乎看到了她投给我的那一丝苦笑，我也似乎看到了她的无奈和忧伤，她背着垃圾袋走了，头也不回地走了。

"我是否伤害了她的自尊心？"我站在那里，凝视着她渐渐远去的身影，心里五味杂陈。

后来，我几乎再也没有见到过她。

我的家离学校不远，只需半个小时的步行，每天我都是早出晚归，我们高中年级组的老师，尤其是高三年级组的老师除了每个月的月底有两天的休息时间外，其余的双休日都正常上班，我非常珍惜一月一次的两天休息。

那天正逢休息日，我很想上街去走走，顺便逛逛商场，好不容易有了休息时间又何不放松一下呢？我沿着街道行走，那些晨练的人背着剑，拿着扇高高兴兴地从我旁边经过，我看着她们，心中非常羡慕。忽然后面传来女人的说话声，我情不自禁地回过头来，只见她们边走边说，边说边笑，多高兴啊！估计她们是有意相约一起而来，她们朝着我的方向走来，在我的视线范围之内，我能看清她们其中的一位脸带着微笑，目光一直注视着我，我心生纳闷，走近时，她轻轻地对我说了一句：

"你也上街了。"她微笑着对我说，我当时怔了一下。

"嗯嗯。"我本能地随便应和了一声。

她的脚步慢下来，我的脚步也慢下来。她是谁？我一时想不起来，那模样，那身段，以及走路的姿态，我感觉似曾在哪里见过，仔细回忆起来，她不就是许多年前在我校打扫厕所的那位清洁工吗？好记性，她居然还认得我。我从心里佩服她。

那天她穿一身干干净净的衣服，身上也没有背一个大垃圾袋，闻不到从她身上散发出来的垃圾臭味儿。她的脸上像是抹了一层淡淡的润肤霜，站在她的旁边，我似乎能闻到一股从山中散发出来的野花香味。长长的秀发虽然没有去过理发店整理，但自然得像一股水流从头上泻下来。

那对眸子虽然有些深陷，岁月风霜的痕迹爬上了她的额头和脸颊，但苗条的身材，脸上的一对酒窝，依然诱人。我突然对她产生了好感，同时又被她的内在气质深深地吸引住了。她走了，我回过头，她也回过头朝我莞尔一笑，然后渐渐地远去。我久久地望着她，她的声音，她的背影，还有……越想越觉得我好像在哪里见过，或许几十年前我们曾经相识过，忽然我想起了一个人。"难道是她？"我不敢相信我自己的判断。

我想起了她。

我读初一的时候认识了江英姐姐。

我们的学校依山坡的地形而建，教室全是泥砖青瓦结构，泥土地面，下雨免不了潮湿，天气干燥时地面尘土飞扬。全校开设三个年级六个班，每个年级两个班，学生来自全县各个地方，有来自县城的，但多半是来自乡下，虽然学校不大，不过在当时来说还是全县有名的一所重点学校。

我们初一的教室面向马路，教室后面是一个小小的操坪。仅供全校师生出操开大会所用。操坪后面是初二的两间教室，因为学校是建立在山坡上，因此，操坪高于我们的教室，初二的教室又高于操坪，在初二教室的左下边是新开垦的一块场地，初三年级的两间教室便设在那里。虽然我们学校的设施简陋，但我们的学习生活丰富多彩。

我们常常在课间操后集合在操场上观看各班表演的小型文艺节目，因为初二教室高于操场，教室前面的走廊便是天然的舞台，学生不化妆，利用民间小调自编自演，自编自唱，内容是各个班的好人好事，节目形式多样，有表演唱、对口词、三句半、独唱和独舞等，每天一两个节目，时间不长。江英姐姐当时读初二，比我高一个年级，每场节目，我们都盼望着她出场，她嗓音圆润，唱起歌来像山中的翠鸟婉转悠扬。

江英姐姐是学校文艺宣传队的骨干，扮演过《刘海砍樵》中的胡大姐，扮演过《红灯记》中的李铁梅，她喜欢舞蹈《北风那个吹》，柔柔的身段，曼妙的舞步，都给大家带来美好的回忆。

　　江英姐姐不仅擅长文艺，而且学习成绩优秀，她是班上的学习委员，经常被评为"五好学生"。她的作文常常在学校被展览传看，师生们不仅欣赏她的文笔，而且对她隽秀的墨迹也赞不绝口，在一次学校举办的经验交流大会上，我们听到了她刻苦学习、助人为乐的优秀事迹的介绍。

　　我第一次见到江英姐姐还是我刚进学校不久。一天晚饭后，我正从教室里出来，一串银铃般的笑声从走廊那头传过来，我顺着声音跟了过去，只见一位扎着长辫子的姑娘与她的几位伙伴一同说笑着走过来，女孩俊俏模样，一对水汪汪的杏眼似乎具有磁性的吸引力，她笑起来脸上泛起的红晕就像两朵桃花，惹人喜爱的那对小酒窝加上活泼开朗的性格，谁第一次见了都会情不自禁地回头张望。就在那次，她给我留下了深深的印象。

　　我们的一位科任老师姓江，我们都喜欢听他讲课，因为他讲的课生动有趣，他也喜欢我们这些从乡下来的孩子，我们这些孩子也非常喜欢他。平时晚饭后，我们常和老师在操场上聊天。

　　"老师，我今天吃得太饱了怎么办？"

　　"你就散散步吧！"老师笑着说。

　　老师经常问起我们家里的情况，家里有几口人，有几个劳动力以及父母的健康状况，我们都很乐意和老师拉家常，因为我们见到他就像见到我们的父亲一样。

　　江老师除了教课以外还兼管全校的劳动工具，他住在初二两间教室之间的那间房子里，房子里除了一间简易的床，一张破旧的办公桌以外，全放着学校的劳动工具，有锄头、镰刀、撮箕、竹扫把、箩筐和扁担等。有一天我们上劳动课，我们去老师那儿领劳动工具，凑巧，我曾在走廊里见到的那位漂亮姐姐也在老师那儿领工具，只听她说：

　　"爸，你怎么给我这么笨重的锄头啊！"

"轻一点的要留给低年级的那些学生。"老师一本正经地对她说。

听到叫爸的声音,我一下子全明白了,原来她是老师的女儿,她多幸福啊!那时,我们非常羡慕江英姐姐。

江英姐姐当时就是一朵校花,这朵花洁白无瑕,全校认识她的人越来越多,我也和她渐渐地熟悉起来,常常在一起散步。

1967年,江英姐姐初中毕业,从此以后我们就失去了联系,时隔一年,我也从这所学校毕业了。

转眼几十年过去了,我也退休了,离开了紧张而又能锻炼人的学校工作岗位,过上了有老年人职责的生活。我的堂哥也从乡镇政府机关退休,在家安度晚年。表妹新开了一家茶馆,我和堂哥堂嫂常常约起去表妹茶馆里坐一坐,说说话,有时我们也带着孙子在那儿相聚。如果长时间不去,表妹就会来电话催我们过去,她要我们帮她凑凑热闹添点人气。

一天,表妹又来电话邀请我们去她的茶馆,茶馆里人不多,为了不影响表妹的生意,我和堂哥堂嫂选了一个客人不常坐的地方坐下来。毕竟没有上班时的紧张生活了,我们倒也安静下来,我们又谈起了家常便饭、儿女们的事业、孙辈们的健康、周围邻居的所见所闻。忽然从楼下上来一位客人,她端庄、文雅的气质引起了客人们的注意,她不品茶,只和表妹说几句话转身就走了,我心里一震,那不就是我认识的那位清洁工吗?她怎么和表妹熟悉呢?

表妹告诉我,她就住在茶馆的楼下,表妹还告诉我,她的爸爸原是一位中学老师,姓江。听到表妹的话,我心里咯噔一下,我马上想到了我们初中时的科任老师江老师,还有江老师的女儿江英姐姐,难道她是……我一脸的疑惑,我简直不敢想象。

"难道你不认识她?"堂哥问我。

"她就是江英,当年江老师的女儿,那时我和她在同一个班级,我们还是同桌呢。"

"怎么会呢？那时的江英可是老师的千金，冰清玉洁，美若天仙，高才生、学霸，人人羡慕追捧的一朵校花……"我不得理解。

表妹告诉我，从学校毕业以后，江英姐姐和她弟弟一直待在乡下，连乡村小学民办老师的职业都与她无缘，虽然她爸爸是一届名师，可他从来不为自己的儿女跑关系走后门。一次，公社有一个上"工农兵大学"的名额分到江英姐姐的大队，江英姐姐是大队唯一的一个有文化的青年，论文化、论人品非她莫属，而且村里的人和大队的书记都积极推荐她。可是后来有一位下放知青想回城，家有老父老母无人照顾，其他下放的知青都通过不同的渠道离开了农村，唯有他成分高了点，一直没有机会被提拔，对于他来说，过了此处无船渡。江英姐姐父女俩想到这些，主动把这个机会让给了那位下放知青。

村小要扩班，需要民办老师。民办老师是人人向往的工作，白天不出集体工，一年四季太阳晒不到大雨淋不到，一个月还有五元到十元的工资，所以，当时对一个女孩子来说是最实惠的，可是江英姐姐又让给了无父无母、比她小两岁的孤儿。又一次主动让贤，良好的机会又与她失之交臂。

眼看着同学和校友一个个上了工农兵大学，或者当上了小学老师，或者走出大山去了大城市，可江英姐姐多年来仍然守护着乡下的那一份耕地，那一亩农田，那一片山林。

后来江英姐姐长大后不幸嫁了一个无业游民，那人好吃懒做，沉溺于赌场，常常在外面酗酒之后就回家撒泼，稍不如意就大打出手，江英姐姐无法逃脱这一悲惨的命运，她只好到外面做清洁工，或者做临时工挣几个钱将两个孩子拉扯大，如今还是寄人篱下。

有人悲观，诉说命运好像是上帝事先安排好了的，使人不能如愿以偿；有人乐观，认为生活就是这样，它会常常和你开一个无情的玩笑，叫你防不胜防，有时叫你哭笑不得，有时又会让你仰天长啸，只有静静地守住那一份心灵的纯洁，耐得住寂寞，就能有一片艳阳天，江英姐姐就是耐得住寂寞的人。

　　我静静地坐在茶桌边，久久地看着玻璃茶杯里泛起的几片嫩叶，茶叶随着刚刚冲下去的开水在杯中翻滚着，当水温慢慢降下来的时候，杯中的绿叶也慢慢开始下沉，而后落入杯底，最后浸出一杯淡淡的清茶，茶香四溢，沁人心脾，我慢慢地抿了一口，味，本该如此。

　　后来在一次同学聚会上，我见到了江英姐姐，她说从第一次在学校里见到我时就认出了我。

　　那次同学聚会，我和江英姐姐聊得很投机。

第六辑　杜鹃声声里

三月桃花九月菊

我生在农历三月，母亲说，"三月桃红柳绿"。母亲生在九月，外婆说，"九月菊笑深秋"。

每到农历九月，一年一度秋风劲，"草拂之而色变，木遭之而叶脱"，秋风萧瑟，树叶变黄，一片一片的叶子随风飘落下来，那些争春的桃花、杏花、枣花、梨花，早已凋谢，唯有山中的野菊花从风中探出头来，用它的恬淡和素雅装点大自然。

家乡的九月是野菊花的世界，山坡地头，丛岗野岭，荒草野地，溪水路旁，全是金黄色的野菊花，一丛丛，一簇簇，在风中摇曳。清晨，当你走出屋子时，菊花的清香就会扑鼻而来，黄灿灿的花就会溢满你的双眼，家乡人扛着锄头，拿着镰刀，走进秋的田野，走进菊花的世界。

小时候我总是感到很奇怪，村里的人为什么喜欢用菊取名呢？我们生产队就有菊仙婆婆、菊香奶奶、菊绒婶婶、菊姣姑姑、菊英嫂嫂等，我的小伙伴也是什么秋菊、兰菊、金菊、银菊，更有甚者，男丁名也有菊，我们生产队保管员的名字就叫杨菊清，出纳员叫杨菊生。

"奶奶，村里人为什么喜欢菊呢？"一天，我不解地问奶奶。

"说来话长。"奶奶喝了一口菊花茶，像往常一样开始给我讲故事。

"你知道白鸡洞吗？"

"怎么不知道呢，白鸡洞离屋后的那座山不远，我还在山的脚下放过牛呢。"

奶奶告诉我："古时候，白鸡洞山高林深，洞中的妖怪常常出来作怪，山中很少有人行走，村里人都想离开此地。以白鸡洞山顶为界，山这边是我们慈利县，山那边是桃源县，从白鸡洞下山，然后步行一天一夜就可以走到桃花源。"

"桃花源可美了，老师上课时说过，每年的三月，芳草鲜美，落英缤纷，那里没有纷争，没有战乱，人们和平共处，男耕女织，怡然自乐。"我插嘴了。

奶奶打断我的话又接着说。

为了寻找桃花源，人们纷纷下山，听说有人去了，永远没有回来，有的人在半路上不幸遇难，村里的人越来越少，田野荒芜，草木萧疏。

一天，村里的一位老人在山上挖药草时，看见一只金鸡从白鸡洞飞出来，长长的羽毛五颜六色，金鸡栖在一棵松树上，鸣声悦耳。突然那只金鸡变成了美貌的仙女，衣袂飘飘，像一朵云彩飘浮在白鸡洞的山顶上。那天夜里，一觉醒来的人们突然闻到了菊花的馨香，第二天的清晨，大小山岭开满了野菊花，村庄变成了金色的海洋，挖草药的老人立刻想到了那只金鸡，立即带领人去寻找，金鸡飞走了，只有漫山遍野的小雏菊。

从此这个村子出名了，以后每年的九月，人们从大老远地跑来一睹菊花的风采，远在外乡的人也陆续归来，从此这个村子又渐渐地热闹起来。后来，人们都用菊花取名以纪念金鸡仙子，人们又称金鸡为"菊花仙子"。

来到白鸡洞山边不上山，沿着一条小溪往右拐，就是一条峡谷，这是我们生产队的山地，叫作土江峪，由于山中溪水长流，因此小草茂盛。九月野菊盛开的时候，我们常常把牛赶进峡谷，让牛悠闲地寻找美食，背着小篓子的几个小伙伴就开始采菊了。山上的菊花有黄色的，也有白色的，就像金银花一样，走进山中的我们各寻所爱。我喜欢在溪沟边采摘野菊花，因为可以听到潺潺的流水声。我不敢去荒草地，因为有咬人的长虫，有从树上掉下来的"霍马鬼"（有毒的绿色松毛虫）。冷不防碰到一处蜂窝，毒蜂一下子全飞出来，你只好捂着头慢慢地移开，不然，毒蜂就会跟着你飞。

"咦，今儿个怎么了？篓子里一朵花儿也没有？"一次奶奶感到很惊讶。

我告诉奶奶我不忍心采摘。

菊花很香，当你凑近一闻，芬芳沁人心脾。菊花很可爱，紧紧拥在一起的花蕊娇小，好像一个稚嫩的小姑娘，我怎敢用手捏伤她？在秋风瑟瑟的季节，只有小小的雏菊安详自若，倒挂枝头，绿叶儿随风飘荡，花骨朵儿沉默不语，把一缕秋思挥洒在淡蓝的天空里，为秋天增添了几分秋色，当我看到一幅"嫩菊含新彩，远山闲夕烟"的大自然美图时，我又怎敢大煞风景？

奶奶笑着不语。

"菊花味兼甘苦，性察平和，备受四气，饱经霜露，得金水之精，益肺肾二脏。"奶奶不知道这一段《本草备要》的记载，因为她不识字，但奶奶说："山中的野菊花是喝露水长大的，汲百草之灵气，是治病的好方子。"还说："多喝菊花茶，小孩子不得眼病，女孩子就会有一对水灵灵的大眼睛，男孩子一目十行，好做文章。"每当这时我告诉奶奶，这叫"明目"，奶奶也会连声说："对，对，明目，喝菊花茶明目。"

我们离公社卫生院较远，远水解不了近渴，平时有个外感发热、咽喉肿痛、咳嗽痰黄、风火赤眼、疮疡肿毒或者皮肤瘙痒等症状，冲杯菊花茶或者用个土方子就能解决问题。家乡有个姓朱的郎中到了古稀之年开处方时还不戴眼镜，秘诀是一生喝菊花茶。我的妹妹一次患了眼肿病，吓得直哭，奶奶安慰妹妹说："不怕不怕，多喝菊花茶。"妹妹很听话，几天下来，眼睛好了。

在我幼小的心灵中，开在山中的野菊花是神圣的。

我家老房子的旁边有一个很大的菜园子，全用木栅栏围着，有一年的春天，我从山中挖来几枝野菊栽在篱下，添上一些细土，浇上水，没过几天，我发现枝条上的叶变黄了，我吓得大哭起来，以为茎干枯萎了，奶奶笑着说："傻孙子，这是推陈出新，老叶子掉了才能长出新的叶子，你看，枝条还是青青的呢。"我破涕为笑。后来，枝条上长出了嫩叶，像小茶树刚刚发的嫩芽，那段日子，我常常担惊受怕，担心大风大雨把嫩芽刮了去。

　　三月是我最高兴的时候，因为栽的菊长得很茂盛，虽然还不是开花的季节，但茎变得又粗又壮，茎的颜色较深，呈墨绿色，茎上有许多皱纹，好像久经风霜的样子。长长的枝蔓在篱下匍匐前行，叶片长成了圆状卵形，碧绿碧绿的，像是点缀在枝条上的绿宝石，有时我双手捧着叶儿，生怕晶莹的几颗露珠从叶片上滚落下来。

　　待到九月，篱下的菊花开了，我高兴极了，每天放学后都要去篱下一睹菊花的花容月貌。那些花瓣儿细长，像白鸡洞金鸡仙子的细腰，花瓣的形状各异，既像明月又像小罗扇。怎样形容它才好呢？如果用"娇小玲珑、亭亭玉立、婀娜多姿、仙姿佚貌"等词语来形容实不为过。

　　一天晚上我依偎在奶奶的怀里，奶奶又说起了村里流传的不同版本的菊花仙子的故事，最后奶奶对我说："你的母亲十六岁嫁过来时如花似玉，她勤劳善良，勤俭持家，村里人都喜欢她，她多像菊花仙子啊。"说到这里，奶奶担心母亲的身体，开始伤感起来。

　　那天夜里我做了一个梦，梦中我和母亲来到一片山地，月儿朗照，菊花满山，风儿撩起了我们的衣襟，母亲拉着我的手，在菊花丛中奔跑着，笑声洒在静静的夜空中。忽然月儿落了，母亲松开了我的手，找不着母亲，我哭了，哭声把我从梦中惊醒。

　　某年的九月，母亲随着菊花仙子飞逝了。

　　那年的九月，山上的菊花开得很艳。

她不曾埋怨过任何人

她出生在湘西的某个村落，青山碧水养育了她，因此，她的心灵像碧水一样清纯，她的性格像大山一样仁厚和温柔。

她是我家先生的母亲，是我的婆婆。

婆婆一生忠厚善良，与世无争，在她勤劳的一生中，她不曾埋怨过任何人。

千年来，养儿能传宗接代在人们的心目中早已根深蒂固，人们重男轻女的观念世代相传，他们都想家养一子以便延续香火。在二十世纪二十年代的乡村，这种观念依然存在，因而婆婆的出生没有给她的父母带来欢乐，族人冷眼相看，婆婆的父母也郁郁寡欢，埋怨上天对他们不公。

婆婆在很小的时候就开始做家务，她的父亲总是看她不顺眼，常拿她出气，稍不顺心就恶语相加，说她没有把屋子打扫干净，说她煮的粥不像粥，说她炒的菜淡。

一次婆婆砍柴回来，婆婆的父亲嫌她背的柴太少，婆婆还没来得及放下柴，父亲便飞起一脚，将婆婆踢倒在地，他说婆婆不中用，恨婆婆不是一个男孩子。瘦小的婆婆饥困交加，怎经得起大人的那一脚，婆婆倒在地上，额头磕出了血，她不敢呻吟，生怕又飞来一脚。夜晚，她流泪、流血，她怨恨自己不是一个男孩，男孩子力气大，可以挑起一百多斤的重担，可以砍很多很多的柴，可以帮助父母犁田耕地，可以娶妻生子传宗接代，因此她不怨恨她的父亲，反倒觉得她亏欠父母太多太多。

那夜，婆婆捶打着自己哭着说："我为什么就不是一个男孩子呢？"

婆婆的母亲忠厚老实，不善言谈，后来又生下一个女孩，这在族人眼中更是大逆不道。族人欺负婆婆一家，强势人家在他们面前更加强势，不久，婆婆家厄运降临，几个族人财迷心窍，竟然背地里合伙将婆婆的母亲卖到了一个遥远的山村。

婆婆的日子如雪上加霜，更加凄惨。白天，她除了带妹妹之外，还要做完家里所有的活儿，不然，她又要挨打受骂。只有在夜间，她才看不到她父亲的那张恶狠狠的脸，尽管这样，婆婆不但不记恨她的父亲，反倒可怜他。

俗话说："爹爹妈妈疼幺儿。"一次，婆婆想等他的父亲回来一起吃饭，妹妹饿哭了。

"你饿死了没关系，不能让我的幺女跟着挨饿。"婆婆的父亲知道后边打边骂，婆婆挨不过打，跑到后山的树林子里大哭起来，他不想回到那个所谓的家，但她想到年幼的妹妹需要照顾，想到父亲的苍老，婆婆依然回到家中。

姐妹二人出嫁后，婆婆隔三岔五地去看他的父亲，给她的父亲缝补浆洗，平时送粮送油，过年时送上新衣新鞋，婆婆的父亲感到十分悔恨。

父亲老了无人照顾，婆婆主动把他接到自己的家中尽孝，给他养老送终，有人不理解婆婆，婆婆解释说："天下无不是的父母，我的生命是他给的。"婆婆的孝顺为当地人传颂。

婆婆十七岁时成了大姑娘，七分人才加上三分打扮，在当地，婆婆颇有几分姿色，那年，婆婆由媒人牵线和公公成了婚。

公公也是苦命人，出生在一个穷苦人家，七岁时就没了父亲，孤寂和繁重的体力劳动使公公的性格变得很怪异，对婆婆要么不言，言必高调，高调如同雷霆乍惊，谁听见都感到恐怖，平日里，公公对婆婆也少有温存。

一次，婆婆去亲戚家因天黑没有按时赶回家，公公追到亲戚家，进门就准备用椅子砸婆婆的头，幸好被亲戚拦住，否则婆婆那天就会倒在那把椅子下。邻居和亲戚劝婆婆带着孩子离开她的丈夫，婆婆解释说，每个家庭都有一本难念的经，她说她的丈夫和孩子们不能没有她。后来，婆婆的恩德感化了公公，他们携手到老。

二十世纪五十年代初家乡成立了互助组，继而合作化，最后成立了人们公社，当时提倡解放妇女，解放劳动生产力，婆婆积极响应党的政策，第一个从家里走出来参加集体生产劳动，即使孩子刚满月，婆婆也不愿意多休息一天。农历六月是给苞谷锄草的繁忙季节，婆婆用背篓带着孩子上山，她把坡上面挖一个坑，牢固背篓，锄完那段地以后，她又移走背篓，孩子见不到母亲，大哭，孩子饿了，大哭，婆婆为了不误集体工，直到队上停工歇息时她才将孩子从背篓里抱出来。冬天寒风呼啸的时候，婆婆把孩子放在工地上，积极参加兴修水利的劳动。

婆婆做事踏踏实实，在生产队出工时，婆婆任劳任怨，有人见她忠厚老实，她们合伙把最重最脏的活儿留给婆婆，婆婆不计较，老老实实地去完成。她常说，生产队就是一个家，大家都要关心这个家，重活脏活你不做他不做，谁来做呢？婆婆做事麻利，常常受到队长的表扬，有人嫉妒她，常常当着众人指桑骂槐恶意攻击她，婆婆用她的善良化解了一次又一次的误会。

队上有一位族亲，她生性好强，谁的能力胜过她，她就"骂街"，谁老实，她就欺负谁，平时又爱占小便宜，婆婆没少受过她的气。后来这位族亲病了想喝红糖水，当时红糖是紧俏物资，代销店很难买到，婆婆立刻将家里的那半斤红糖送给她，那还是我家先生过年时从部队带回家的，婆婆还常常给她送菜，送米送油，帮她抓药熬药。

婆婆常常对她的孩子们说："别人有困难就要帮助别人，人吃五谷米，谁个不生病？人在世上活，谁个没有坑坑洼洼？要想帮助别人，首先就要想到不图回报，别人安然无恙了，你的心也就踏实了。"

婆婆啊，您心阔如海。

婆婆一共生育了十二胎，由于那时生活困苦，又加上缺医少药，最后只剩下兄妹六人。

我家先生回忆，他的两个姐妹和四个弟兄都是因病无钱医治而没有活下来，使他难以忘怀的是其中有一个小弟弟聪明伶俐，逗人喜欢，但后来他的头上、脖子上长了寄生虫，寄生虫钻成像蜂窝一样的血洞，最后，像蚂蟥一样的血虫从像蜂窝一样的血洞里一条一条地爬出来，可怜的小弟弟年仅四岁就夭折了。如今的兄妹六人中，最漂亮的妹妹小时候因郎中开错药而落下耳背的疾病，最聪明的一个弟弟因父母上山劳动无人照看他，不小心摔倒在火坑里被烧成重伤。一想起失去生命的六个孩子和还带着伤残生活的兄妹，婆婆欲哭无泪。

"孩子们，母亲对不住你们。"婆婆常常这样自言自语。

孩子们是婆婆的心头肉，为了孩子们，再苦再累她也心甘情愿。一年三百六十五天，只要队上不放假，婆婆都坚持出集体工，有好几次，由于劳累过度，婆婆晕倒在山坡上。她想多挣工分，年终多分点粮食。

婆婆总是想尽一切办法让孩子们填饱肚子，山里的野葛很深，挖野葛非一般女人所为，但婆婆做着男人们的活儿，她把葛根洗成粉，然后将渣捣碎做成葛米粑粑，虽然葛渣难以下咽，但总算能让孩子们的嘴里有吃的。

农村大兴食堂的时候，吃饭按人定量，婆婆担心孩子们挨饿，常常把自己的米饭留给孩子们吃，在婆婆的心里，孩子健康地活着是她的唯一心愿。

我见婆婆大哭过两次，一次是妹妹出嫁的那一天，迎亲的队伍来了，婆婆在妹妹的房间里放声大哭，她哭她没有照顾好妹妹，让她落下耳背的残疾，她哭妹妹嫁得远，不知今后的日子如何。她想起夭折的六个孩子，伤心得几乎要晕过去。

儿行千里母担忧。那次，我家先生探亲假已满准备回部队，婆婆提前一天来到我的学校，大包小包装满了我们爱吃的家乡特产，记得那天我家先生还没上车，婆婆已是泪流满面，汽车开走后，婆婆放声大哭起来，她边哭边追赶公共汽车，车已走远了，婆婆还蹲在马路边哭泣，当我把婆婆搀扶起来的时候，我的心里也是酸酸的。

婆婆的一生是奉献的一生，善良的一生，她不曾埋怨过任何人。

小雅、小猫和老人

那是一个冬天的日子，外面覆盖了一层薄霜，地面硬硬的，坑坑洼洼里的水结了一层薄薄的冰，脚踩在路面上发出"嘎吱嘎吱"的响声，太阳没出来，阴霜了，阴霜的天气比下雪更冷。

只要冬天不下雪，老人总是每天砍柴不止，别看他已是耄耋之年，从小就在山中长大的人，身体仍然很硬朗。

这天天快黑的时候，老人照样背着柴走在回家的路上，突然他隐隐约约地听到路边的草丛中有一个微弱的声音，老人放下柴，拨开草丛，使他惊讶的是，一只小黄猫躺在那里动弹不得，老人仔细一看，小黄猫的腿上有一道还在流血的伤口，老人第一反应，小黄猫被某种动物咬伤了，老人立刻将小黄猫带回了家。

天色已晚，小黄猫呻吟不止，老人也愁得揪心，他轻轻地摸着小黄猫的头："乖，我知道你很痛苦，我们去找医生，你一定会好起来的。"

老人没有做晚饭，他找来一只小篾篓，在篾篓里放上棉絮，然后就带着小黄猫出发了。

村里倒是有一个兽医，人们叫他"牛郎中"，平时哪家的牛不吃草了，或者从山坡上摔下来受伤了，主人就去请他，牛郎中就将从山上扯来的草药敷在牛的伤口上，或者用牛角将草药粉末灌进牛的嘴里，至于猫和狗，牛郎中平时很少接待，或者说从来没有接待过。老人来不及想这些，不管怎样，他要使小黄猫活下来，就像后来老人告诉别人说的："猫也是一条生命啊。"

老人摸着黑来到了坐落在半山腰的牛郎中的家，外面吹着冷风，牛郎中家里的灯还亮着，见老人带着一只小黄猫进来，牛郎中明白了是怎么回事。老人急急忙忙地说明了来由，并用央求的口吻对牛郎中说："请您救救它。"

牛郎中知道老人平时的口碑很好，是远近有名的善良人，于是，他二话不说，提来药箱，他先给小黄猫的伤口消毒，然后在小黄猫的伤口上撒上止血生肌的草药粉，伤口包扎好以后，老人紧锁的眉头才舒展开来。

牛郎中对老人说："你明天来换一次药，如果伤口不化脓，以后就隔一天来一次，毕竟山高路远的。"

老人谢过牛郎中，心中悬着的那块石头总算落下来了。

回到家，老人用小勺子给小黄猫喂了些米汤，然后又生了火，将小黄猫抱在怀里，小黄猫渐渐地暖和了。老人给小黄猫做了一个窝，想把小黄猫放在窝里，但他还是不放心，他怕他一觉醒来，火灭了。老人决定不睡觉，他坐在火坑边，怀里抱着小黄猫，不时地在火坑里添木柴，屋子里很暖和，小黄猫在老人的怀里打起了呼噜，老人坐了一通宵。

从此老人再也没有去山上砍柴，他整天守着小黄猫，并且隔几天又去给小黄猫换药，在老人的细心照料下，小黄猫的伤渐渐地好了。

冬天的天气格外寒冷，尤其是在大半夜，老人怕小黄猫被冻坏，就把小黄猫抱到床上，被窝里很暖和，小黄猫"呼噜呼噜"地睡着以后，老人才安静地躺下来。

小黄猫总是不愿意离开老人，老人去种地，小黄猫跟着去了地里；老人去挑水，小黄猫跟着老人"喵喵"地去了水井边。人们常常看见放牛的坡上除了一位老人外，还有一只小黄猫。

以后的日子，小黄猫和老人如此厮守着。

一天天一年年地过去了，小黄猫长成了一只毛茸茸的大黄猫，可是，老人老了,已是风烛残年。

老人一生坎坷,暮年总希望儿孙满堂,后来添了孙子,因当时没有生二胎的政策,老人就只好希望看到第四代。愚公每天挖山不止感动了上帝,将那两座山背走了。或许是老人一生积德行善的行为也感动了上帝,小雅出生了,从此老人四世同堂,他来到老伴的坟边,告慰他的妻子。

小雅是在医院里的手术台上从母亲的怀抱里抱出来的,呱呱坠地的时候,哭声就像一曲美妙的音乐,雅而不俗,家人当即取名"小雅",有人说这个名字好,出自《诗经》。

小雅的出生给老人带来了无限的欢乐,有人说老来得子是最大的乐趣,老人则不然,他是当了太爷爷最幸福。

老人从田间劳作回来第一件要做的事就是先看小雅,当他看到小雅粉嘟嘟的脸蛋,听到小雅"咯咯"的笑声时,老人的心醉了,那一天的疲劳荡然无存。

小雅有几岁了,老人就带着小雅去看山,看他的祖祖辈辈居住的大山,他告诉小雅,那里是杨泗湾,杨泗湾有一条小溪,溪水常年哗哗地流入山下的稻田。杨泗湾还有一泓泉水,清甜甘冽,泉水从山洞流出来,通过竹笕流到自己家的水缸里。

老人还告诉小雅,后山的反面有一个洞叫作"白鸡洞",古人说,白鸡洞里曾经有一只白鸡,那只白鸡原是一个行善修行的姑娘,后因修成正果就成神仙了,他经常去白鸡洞砍柴。以白鸡洞山顶为界,前面是慈利县,后面是桃源县,桃源县有一个桃花源,美极了,老人说,等小雅长大了,就带小雅去桃花源里看桃花,小雅听得津津有味。

房子的前面有一条小溪,老人和小雅常常坐在房前听哗哗的流水声。

"太爷爷,小溪的水流到哪儿去了?"小雅不解地问太爷爷。

"呵呵,小溪从房前流到山下,又从山下拐了九百九十九道弯,最后流到洞庭湖。"

每一次，小雅都听得入神，她把太爷爷的话牢牢地记在心里，她想长大后去看桃花源，她想长大后跟着小溪走到山下，绕过九百九十九道弯去看洞庭湖。

冬天的夜晚风打着门，老人在火坑里烧了一堆大火，拿出一根竹笛尽情地吹着，这根竹笛还是老人年轻时使用过，开始吹给他的爱妻听，后来吹给他的孩子们听，老伴过世后，老人再也没有吹过笛子。有了小雅，笛声又在木屋里悠扬，小雅听着笛声，望着太爷爷，看到太爷爷就像台桌上的那根蜡烛，几乎要燃尽了，小雅的脸蛋上滚下几颗晶莹的泪珠。

老人还是病了，而且病得不轻，小雅伏在病床边难过极了。

"我不会有事的，我还要等着看你上大学呢。"老人强装着笑容。小雅也笑了，后来小雅告诉别人说，为了让太爷爷高兴，她当时是含着泪水笑的。

老人知道自己的时日已不多，他怕浪费儿女们的钱财，便拒绝喝药，谁人也劝不了，小雅端着药来了，看见小雅，老人接了药碗。

不久，笛声停止了，火坑里的火灭了，再也没有木柴燃烧的亮光了，小雅戴着孝，一连几天不曾吃饭食。

有人劝她："小雅，别难过，太爷爷是看你的太奶奶去了，他们在那边一定会好好的。"

小雅不知道别人在说些什么，她只知道她有一个太爷爷，太爷爷很爱她，她也很喜欢太爷爷，如今太爷爷永远永远地去了，她是再也见不着太爷爷了。

后来，小雅常常坐在火坑边，手里拿着那根笛子，泪如泉涌。

按照当地的风俗，老人生前用过的东西和衣物在老人出屋的那一天要随同扎的纸屋一起烧掉，床上的蚊帐、被子、棉絮等都被烧掉了，老人的房间里只留下一张空床和一个空柜子。

夜晚，大黄猫从床上跳到地上，又从地上跳到床上，满屋子寻找老人，最后，它爬上了房梁，爬上了屋顶，从这家到那家，不停地叫着，那声音听起来叫人感到恓惶，一天又一天，大黄猫的声音嘶哑了。

不久，大黄猫失踪了，有人在地头上看见过它，也有人在老人砍柴的山头上看见过它。

两年后，山上的樱桃花开了，人们看见那座山上，小雅跪在坟头，怀里抱着家里的那只大黄猫。

我的母亲

我的母亲过世得很早,四十几年来,我常常想起她,此文虽是以流水账的形式出现,但流水账记录了我母亲平生的点点滴滴,我将随时翻阅,以此感恩伟大的母亲。

一

对于我来说,农历九月初六是一个难忘的日子。

四十多年前的那一天,家里托人送信到学校说母亲病危,要我速速赶回家。"既然病危为何不送去医院?"我担心凶多吉少,于是急急忙忙安排了上课的事情后就带着两岁多的儿子和还在读初中的四妹立刻启程回家。

那时山里没有通车,翻山越岭全靠步行,一路上我们谁也不说话,我只催促儿子快点赶路,儿子稍慢一步,我就牵着他的手一路小跑,走到半山腰,突然前方开始塌方,一块山石滚落下来,我惊呆了,听家乡人说,走路遇到塌方是一个不好的兆头,我更加心慌意乱,心里一遍又一遍地祈祷:"母亲,您要挺住啊,我一到家就会把您送到医院,那时您就会有救了,母亲,您一定要坚持啊,您不能撇下我们啊……"

四妹眼泪汪汪地望着我,我不敢放声哭泣。

不知走了多长时间才到老鸦凹,这里离家还有两里地,突然一群老鸦飞出来,久久地在天空中盘旋,老鸦凹是一块洼地,常是老鸦成群出没的地方，此时，空中老鸦的嘶叫声听起来十分凄凉和悲伤，我恨不得立刻来到母亲的身边给她梳头、洗脸，给她喂药，或者和母亲亲昵地说说话儿，我祈祷着。

舅表哥均接我们来了，他什么话都不说，只催我们赶快走路。

到了对面的山坡上，我第一眼瞧见山下的小屋，发现门口站着许多人，天啊，我什么也不顾，一口气跑下山来。灶房门开着，其他几间房门都掩着，我一步跨进灶房门，发现父亲坐在长条凳子上，他的头不停地撞着木壁，父亲绝望了，和他相濡以沫的爱妻突然撒手人寰，留下他和六个儿女，今后的日子怎么过啊，父亲悲恸欲绝，泣不成声。

我哭着跑进母亲的卧房，母亲还在床上，舅表哥青抱着她，我跪在床前，捶着胸，捶着床沿，一声一声地呼唤："妈妈，您不要睡了，我们都来了，您睁开眼睛看一看我们啊。妈妈，您还年轻，弟弟妹妹们都还小，您怎么就走了呢？"无论我怎样声嘶力竭地呼唤，我的母亲再也没有醒过来。舅表哥青和几个亲戚一直守在床前，怕我们因悲痛过度而走向极端。那一天是农历九月初六，是母亲过完生日的第三个日子。

九月初一，我家先生正好从部队回来休假，因初三是母亲的生日，所以初二那天我们去了乡下，回到了母亲的身边，乡下农历九月的天气开始转冷，晚上，火坑里生了一堆柴火，母亲穿着一件红色的绒衣外套，火光映在她的脸上，使她容光焕发。看见围坐在火坑边的亲人们，母亲有说有笑，异常兴奋，她不停地添柴烧茶，给我们端茶倒水，我们要母亲坐下休息，不要忙这忙那，可她说我们难得团团圆圆地回家一次。后来，我们又聊起了家常，多是母亲牵挂我们的事情，那晚，母亲没有一点生病的迹象。

初三那天本应是母亲休息的日子，她怕劳累年岁已高的奶奶，又怕累着我们，于是她很早就悄悄地起床，不声不响地在厨房里忙开了，她做了满满一桌我们平时爱吃的菜，席间，她不停地给我们夹菜，总是劝我们多吃一点，还说来年她早早做准备。我们一齐祝母亲生日快乐，身体早日康复，母亲非常高兴，脸上浮现出两朵红晕。

早饭过后，我回到了学校，从母亲的精神状态看，再活几十年是不成问题的。想到母亲的身体暂时无恙，我心里悬着的那块石头总算落下来了。

后来父亲告诉我，初四那天母亲像往日一样能照顾她自己，毫无发病的迹象。白天屋子外边晒着谷子，母亲坐在门边，身上还是披着那件红色的绒衣，手里拿着赶鸡的响夹（将竹筒的一端破成条制成）和上工的人有说有笑，她不时地招呼过路人进屋歇息喝茶，别人问起她的病情，她说她比以前好多了，能喝一点粥了，过不了多久她就能和大家一起下地干活儿了。后来人们回忆说，母亲那天的精神非常好。

我父亲是大队干部，生产队队长，每天晚上都有社员邻居来我家聊天，他们聊大队的生产情况，聊生产队出工和派工的情况，大家好像都有说不完的话，因此聊得很晚，据我父亲回忆，那晚母亲总是认真地听着，毫无睡意，大家散伙之后她才进卧房休息。

时辰已到初五，天还没亮，父亲和母亲说着话儿，谈到了我们几姐妹的生活情况，母亲惦记我，说我身体差，工作很忙，与丈夫远隔千里，身边又无人帮助我带孩子，说到这里，母亲不时地叹息，父亲是一个性情中人，说着说着就哭了起来。

天亮了，母亲起了床。

"今天不用给我熬粥了。"她对奶奶说完这一句话后就躺床了，父亲见母亲身体不适，心里有不祥之兆，来不及和母亲说一声就急急忙忙下山。

那天我和我家先生准备去县城办事，正准备上车时，父亲来了，显得很着急，他说母亲身体不好，他是来高桥卫生院给母亲买药的。以前母亲在龙潭河卫生院住院时，医生总是给母亲几粒心得安（即普萘洛尔）药丸，患病的时候吃几粒，用此维持生命。

父亲带上几粒心得安药丸就匆匆地走了,一到家就直奔母亲的床前,发现母亲正在呕吐不止,其实母亲吐出来的只是清水,无任何其他食物。母亲已经精疲力竭,她被人扶着,父亲问候一句,母亲只是朝他望了一眼,已无力回答。父亲知道母亲的病情加重了,他赶忙去找姑父,想请姑父为母亲打一针。姑父当时是我们大队的唯一的一个赤脚医生,谁家的人有个三病两痛,都去他那里买点药。姑父平时对我们一家很好,我们平时看病吃药都是免费的,父亲想,请姑父给母亲打一针,或许她就会好起来。

姑父来了,给母亲打了一针,他临走时对父亲说,如果晚上有什么特殊情况随时叫他。姑父走了,母亲一直昏睡,从此再也没有醒过来。

二

生产队里的人都不敢相信这是事实,有人擦着眼泪说:"昨天下午放工时她和我还有说有笑的,还招呼我进屋坐一会儿,怎么就……"

邻居菊仙姐姐就像失去亲娘一样痛哭流涕,她说她嫁过来时年轻不懂事,母亲就像她的亲娘一样关心她,几乎每晚,菊仙姐姐都要来我家坐坐,有什么心事就向我的母亲吐露,母亲常常安慰她。母亲还教她绣花,教她做鞋,教她做针线活,如今母亲走了,菊仙姐姐哭着说她以后依靠谁呢。

丹云嫂子体弱多病,嫁过来时婆家的成分高(地主),属于被管制的对象户,母亲为人善良,她可怜丹云嫂子,于是处处关心她。有一天晚上丹云嫂子快要生小孩了,据说是难产,谁都不敢去帮助她,都怕背着恶名,母亲说,孩子是无辜的,母子的生命重要,于是,母亲举着杉木火把来到了丹云嫂子的家,当母亲赶到时,丹云嫂子已经无力说话了,豆大的汗珠从她的脸上滚落下来,她命在旦夕。母亲先安抚丹云嫂子的情绪,然后用尽各种办法,挽救了丹云嫂子母子的生命。丹云嫂子的家人跪在母亲的跟前谢恩,又送给母亲许多鸡蛋,母亲婉言谢绝,她说:"只要母子平安就好。"如今母亲走了,想起母亲生前对她的好,丹云嫂子在母亲的灵前守了两天两夜。

村子里的人都来了,他们都怀念母亲,想着母亲平时为人处世的品德,谁又不会在她的灵前痛哭呢?

奶奶年事已高,平日里视母亲为亲闺女,我的外婆过世早,母亲也把奶奶当成自己亲生的母亲一样对待,奶奶生日时,母亲总是不忘亲自煮几个糖水鸡蛋端给奶奶,平日里收工回来后,母亲不顾一天的劳累,争着做家务,母亲说奶奶年纪大了,应该照顾她的身体,母亲还说奶奶年轻时就守寡,一个人将一双儿女抚养长大不知吃过多少苦头。总之,从我记事起,母亲和奶奶从未拌过一次嘴。

如今母亲先奶奶而去,而且头上还是缠着孝布走的(因为奶奶还在世,母亲在阴间也要尽孝),看到这一切,奶奶像被撕掉了一叶肝肺,她迈着小裹脚来到母亲的灵前,一声"儿啊"一声"女啊"地呼叫,她哭着说母亲还年轻,为什么就早早地被阎王招了去。奶奶想揭开盖脸纸,最后看一眼她的孩子,当她的手伸出去的时候,她一时不能自已,跌倒下去。

三

母亲是本村亮沙潭人,外公陈义生,外婆朱氏,他们一生养育了一个儿子和三个女儿,舅舅陈志堂是老大,姨妈陈金凤,我的母亲陈仙姣排行第三,在小姨妈陈腊芝还没有出生时,母亲在家中最小,所以母亲有了"婋儿"的称呼,这是外公和外婆对母亲视为掌上明珠的称呼。

母亲天生丽质,从小就长得水灵灵的,或许是亮沙潭清澈的泉水滋润了母亲，滋润了她的那一对明眸，滋润了她的肌肤，纯洁了她的心灵，因此，亮沙潭因母亲的美而出名。母亲从小就跟着外婆学着绣花，做鞋，纺棉纱，十三四岁时就被人称作天上下凡的仙女，雅而不俗，美而不娇。那时外公家拥有耕牛和几亩土地，虽然没有雇用长工和短工，但是外公和外婆勤劳，家中积蓄倒是比较厚实。

我的父亲家中贫穷，他从小就失去了父亲，常年和我的姑姑、奶奶挤在一间半的寒窑里。父亲家穷志不穷，他勤劳善良，是一个能顶天立地的青年小伙，或许是天意的安排，父亲看上了母亲，母亲也暗恋上了父亲，就在母亲十六岁那年，父亲用花轿将母亲迎进家门，从此，还是如花似玉的母亲就成了人妻。

母亲十七岁时生下了我，奶奶疼爱我的母亲，田里地里的活儿都不让母亲去做，母亲专职照顾孩子，一家人和和睦睦。一年后，为了响应党的政策，在初级社、高级社、农村合作化、人民公社各个阶段中，父亲成了劳动中的积极分子，母亲也从家庭中走出来，积极带头参加生产队的劳动，后来，妹妹们相继出生，从此母亲便担负起一个大家庭的生活重任。

我们一家共有九口人，父亲母亲、年迈的奶奶和我们手足六人。父亲是大队干部，又是生产队队长，除了大队的工作之外，父亲还要解决全生产队几百号人的吃饭问题，哪有时间照顾家，母亲非常理解父亲，从不埋怨他。有人说："成功的男人背后总会有一个默默奉献的女人。"母亲就是这样一个乐于奉献的人。

每年的秋季，社员们打下粮食后都会积极支援国家，这就有了"送公粮"之说。为了不耽误白天的生产劳动，村里人只有在夜晚趁着月亮升起来的时候，或者天亮之前月亮还没有落下的时候去送公粮，队上的男女老少都积极参加，我的母亲更是不甘落后，在领粮谷的时候，她都叫过称的人给她加重量。一次是我的表哥过称，表哥心疼地说："姑姑，你背的公粮够重的了，再也不能加了，你又有气喘的毛病。"可母亲不顾这些，那次，母亲背的公粮重量远远地超出了她的负荷能量。送公粮的路都是山路，有些男社员脚步快，提前送到后就转身接自己的家人，可是我的母亲从来没有享受到这种待遇，她总是提醒父亲要照顾年纪大一些的老年人，不要管她，因此，每一次送公粮母亲都是自己坚持送到粮店。

母亲常常对我们说，父亲是生产队队长，我们家人要支持他的工作，处处要起带头作用，不能搞特殊化。

母亲是这样说的，也是这样做的。

每天早上，男劳力都要出早工，妇女早上不出工，留在家里洗衣做饭，可是我的母亲一直和男劳力一起出早工，回家后趁着我们吃早饭的时候，她又开始搓洗一大家子人的衣服，我们吃完早饭，房子外面的竹篙子上早已晒满了母亲洗的衣服，出工的人来了，母亲又走在队伍的前面，那时，我真为母亲的身体担心。

碰上下雨天，女劳力本可以在家缝缝补补做针线活，可是我的母亲穿着蓑衣戴着斗笠下田栽秧，和父亲一起风里来雨里去，回到家，衣服湿了，脱下草鞋，那双脚泡发成了白色。

夏天的天气炎热，尽管人们的头上戴着小斗笠或包着头巾，但火辣辣的太阳将人烤得像热锅上的蚂蚁。暑假期间正是六月，我随母亲一起上山锄玉米草，玉米叶子扫在身上和脸上，痒痒地痛，快到正午的时候，天气热得叫人喘不过气来，我又累又渴，偷偷地站到了阴凉的地方，母亲看见后对我轻言细语地说："我们是家属，生产队队长虽不是一个高官，但别人随时看着我们，我们要带好头，在大家面前起好的带头作用。"

母亲心里装的是整个生产队，从不为自己着想。别人锄草累了的时候伸伸腰，喘口气，或者身子靠在锄头上稍稍休息一会儿，可是我的母亲很少这样，如果哪里有人落后了，母亲便去帮忙。俗话说，三个女人一台戏，记得有一次挖地，有几个妇女叽叽喳喳光顾着说话儿，手中的活慢了下来，母亲不插言，挖到前面去了，其他人觉得不好意思，立刻停止说话，赶紧继续干活，在母亲的带动下，那天的劳动任务，她们完成得很出色。

在我的印象中，母亲一年四季是早出晚归，无论晴天和雨天，每天总是背着背篓，肩上扛着劳动工具参加生产队的劳动，晚上还要做针线活，从未歇息过一天。

二十世纪五十年代末，我们住在蔡家溶姑姑家，记得有一天母亲早上收工回来时脸色很苍白，她没有吃早饭就进了卧房，不一会儿，房间里传来了婴儿的哭声，母亲生下了三妹。记得有一年的腊月，离过春节不到十天，母亲照样和队上的人一起修水库，晚上放工时母亲还从山上背来一捆柴，吃晚饭时，母亲累了，点着油灯进了房间，那晚，母亲生下了四妹。奶奶常常在我们面前夸奖我的母亲，她说母亲最能吃苦，孩子出生的那一天还下地干活。

村里人说我的母亲不仅人很漂亮，而且很善良，村里没有哪一个不喜欢她，他们回忆了很多有关我的母亲助人为乐的事情。

队上的青玉姨妈说要不是我的母亲相助，她的一个孩子恐怕难以活下来。她说有一次她生病后无奶水喂养刚刚生下来的孩子，眼看着孩子一天天地消瘦下去，怕是养不活了，她一时毫无办法，整天挂着泪水，我的母亲知道后，每天去她家给她的孩子喂几次奶，救活了这个孩子，当时我家的妹妹也正是吃奶的时候啊。我记得有一次妹妹在家饿得哇哇直哭，奶奶告诉我，母亲给别人家的孩子喂奶去了，当时我真难理解。

母亲心灵手巧，她经常点着油灯帮助别人做嫁妆鞋，夏天帮别人家的小孩做凉帽，冬天做棉帽。队上黄姨家的孩子多，家里特别困难，冬天里孩子还是单衣单裤，母亲疼在心里，立即将妹妹的棉衣送给她的孩子，为了不让妹妹冻着，母亲连夜剪裁了自己那件不能穿的旧棉袄给妹妹穿。

队上有一个孤儿，很早就失去了父亲，他的母亲又改嫁到外地，不久也离开了人世，他成了无父无母的孩子。母亲的心里一直惦记着他，经常给他送菜送衣，只要家中有好吃的，母亲总不会忘记他，母亲常说，他也是爹妈的孩子，怎能不叫人牵挂呢？

在母亲的眼里，我们是她的孩子，队里的那些叔叔伯伯、爷爷奶奶们都是她的亲人。队上的金枝姨妈丈夫过世早，母亲见她一个人拉扯几个孩子很不容易，常常念着她，处处关心她。一次我们去山上背柴，山上的路又滑，母亲担心金枝姨妈从山上滑下来，于是，母亲立刻帮忙把那捆柴背下山来，然后再去山上背自己的那捆柴。

夏天，我们常去较远的坡上除玉米地里的草，为了节省时间，社员们都必须带上中饭，中午休息时，母亲发现队上的一位社员没有带中饭，母亲马上将自己带的中餐省下一半留给没带饭的那位社员。母亲的品德感化了我，后来我参加工作后，也常常把自己的那一份饭食留给挨饿的学生。

四

母亲勤劳节俭，让我们一家度过了艰难的岁月。

高山地区靠天吃饭，记得二十世纪六十年代初，我们那个地区连续几年遭受干旱和虫灾，田地产粮甚少，有的稻田颗粒无收，即使队上每月按人口分一点口粮，分得的稻谷也很少很少。我们一家人口多，每次吃饭桌上都有八双筷子和八个碗（当时六妹还没有出生），分得的那一点粮食维持不了多少日子，我们一日三餐就把玉米粒和干薯丝拌在一起蒸来吃，有时吃南瓜玉米糊，待到玉米粒和干薯丝也不够吃的时候，母亲总是想尽一切办法为我们寻找吃的，她挖地苦菜，挖野藠，挖老鸦蒜。马齿苋我们吃得最多，母亲将马齿苋洗净，剁碎，用开水焯，然后和干红薯丝拌在一起，这样就节约了干红薯丝。

崖坡上的土皮子薄，适应马齿苋的生长，一次母亲放工后又去寻找马齿苋，但由于崖坡高，天上刚下过小雨，坡上很滑，母亲劳累了一天，体力不支，她从崖坡上摔下来，后来还是父亲将她背回了家。

那时我们都很难穿到一件新衣服，大一点的孩子不能穿了的衣服就留给小一点的孩子，我是家中的老大，小一点的衣服都留给了妹妹们，一个传一个，记得我有一件棉背心，六妹还穿过。

母亲心灵手巧，衣服破了，母亲一针一线地缝补，她补的衣服针脚密且很均匀，补的补丁要么长方形要么正方形，我们几姐妹的衣服虽然有大大小小的补丁，但穿在身上很大方。有时一件衣服无法再缝补的时候，母亲就将还没有破口子的布片子拆下来洗净，然后包好放在针线篮子里，以便今后补衣服时再用。

做农活是体力活儿也是苦力活儿，肩挑背负，常常汗流浃背，时间一长，肩背上的衣服就被磨坏了，这时，母亲将肩背上不能缝补的地方剪掉，买一尺新布再缝上，这种缝补方法叫作"托肩"，一般只有裁缝才有这种手艺。我们都喜欢穿托肩了的衣服，因为肩背上那一块是由新布缝补的。母亲缝补衣服时总是把好一点的布片子留给孩子们，她说孩子们要上学，要穿得干净体面，不能脏了孩子们。

我永远也忘不了母亲夏天穿的那几件补丁衣服，衣服上不知有多少个大大小小的补丁，有一件衣服几乎全是用补丁连成的，补丁多了，衣服很厚重，夏天穿在身上，就像穿着一件厚厚的秋装。一天放工回来，母亲背上背着猪草，手里提着锄头，额头上冒着豆大的汗珠，母亲累了，她一到家就躺在椅子上，上气不接下气，我问她是否不舒服，她无力回答，只是摇摇头，我发现母亲穿的那件用补丁连成的衣服湿透了，一拧就出水。我想给母亲擦掉背上的汗水，当我撩开母亲的衣服时，止不住的泪水从脸上滚落下来，那么热的天，母亲穿着厚厚的补丁衣服，不知是怎么熬过来的。因身上一直浸着汗水，时间长了背上就生出了许多红色的小粒子，有的破了还渗出了血水。母亲肩上的皮肤也是红一块紫一块的，有的地方开始腐烂，我知道，那是沉重的担子在母亲的肩上摩擦和挤压出来的，我轻轻地抚摸着母亲的伤痕，心如刀绞。

那个年代我们每年盼望着生产队办年终总决算，指望着年终分红。分红是将生产队的总收入按劳动日计算（当时一个劳动日十分，男劳力出一天工为十分），每家要完成规定的劳动日之后才能用剩余的劳动日参加分红，劳动日不够的，不但不能进钱还要倒找（当时我们生产队一个劳动日只有两毛多一点）。由于母亲全年坚持出集体工，每年我们都能分到几十元。

母亲没有上过学堂，由于她聪慧好学，她会算账，能认得自己的名字和人民币的元角分，以及布票上的寸、尺、丈等字。我家进钱后，母亲首先留出我们的学费，她说，这笔钱是永远不能动用的，她将一年中要花费的食盐、缝补衣服的新布、做鞋面子的布和孩子要添置新衣服等都一一作了预算，由于母亲勤俭持家，我们一家平安度过了饥荒年代。

虽然母亲不识字，但她的心里一直是亮亮堂堂的，在我们的成长过程中，母亲给了我们勇敢生活的力量。当时大队需要民办老师，二妹高中毕业后被联校送到外地参加数学培训，准备学成回来后在大队担任民办老师，谁知二妹学成回来后，那个民办老师的位子被人走后门而顶替了，二妹很伤心，把自己关在房里长达三天三夜，她哭了，不愿意见任何人。母亲也很难过，可是她在我们面前就像不曾发生任何事情一样，她端着饭菜茶水坐在二妹的房门边，语重心长地劝她凡事要看远一点，世界很大，到处都有太阳照着，只要人很健康，没有克服不了的困难，没有过不去的坎。她还鼓励我们，一个人从小要读好书，只要有了知识和本领，就不愁没有用武之地。后来，二妹发奋自学，考上了师范学校，当上了国家的人民教师。

五

母亲由于常年超负荷劳动，三十多岁时就犯了心脏病，而且以前的气喘病也越来越厉害，可是母亲从来舍不得花钱买药，只要还能站得起来，她就要下地干活儿，从来没有休息过一天。

记得二十世纪七十年代的一个春节，队上正月初一放假一天，初二全体社员出工，这是开春的第一天劳动，也是当时时兴的"开门红"，母亲因病没有吃早饭，家里人都劝她在家养病，可是母亲说这是新年开工的第一天，她不能落下，尽管小妹强拉着母亲的锄头哭着劝阻，母亲还是坚持出工了。那天回来，母亲感冒加重，一连几天不能起床，父亲请人将母亲抬到高桥卫生院，中医王家职医生说母亲的心脏跳动过快，必须服用朱砂，谁知母亲用量太多，精神状况出现反常，连最亲的人都不认识了，我们和医生都慌了神，卫生院赶忙派一辆车送往龙潭河卫生院，龙潭河卫生院的医生说母亲是二尖瓣狭窄，要手术，而且要到北京或者上海的医院才能做这样的手术。当时，费用对我们来说是一个天文数字，而且医生也告诉我们，即使手术也不能保证母亲痊愈。

给母亲治病的医生很年轻，他说他的母亲就是因为患心脏病而过世的，所以他决心要学医。母亲出院时，那位医生交代我们，母亲发病时就吃几粒心得安药丸，并告诉我们，母亲回家后一定要好好休息，再也不能做体力活了。自那次住院后母亲的身体一直不见好转，但她总是支撑着身体坚持做力所能及的事情。

人们都说我的母亲一年四季都停不下来，她太累了，累过头了，就在那年九月初六的凌晨，我的母亲停止了手中的活儿，永远地离开了我们。那年，母亲刚过完四十二岁的生日。

当时家里已无一粒剩下的谷子，我们只好向队里借了一百斤稻谷，我记得丧礼的一切开支不过八十元，可怜生前没有吃过一顿白米饱饭、没有安安静静休息过一天的母亲，就这样匆匆地去了另一个世界。

母亲过世时六妹还不到十岁，在守灵的那天晚上，六妹和弟弟只知道"哇哇"地大哭，我一手拉着还不到十二岁的弟弟，一手牵着六妹，跪在灵柩前痛哭不已，二妹昏迷了好几次。

舅舅含着眼泪送来了他自己预备好的棺木。

母亲被葬在她的娘家亮沙潭，和我的外公在同一座山上。每天放工后，父亲都要去母亲的坟地，坐在荒草里陪伴母亲，常常夜半才回家。

母亲走后，父亲沉默寡言，一天比一天老，不见了往日的笑容，人也一天天地消瘦下去，常常不思茶饭。夜晚，我们兄妹六个也常常依偎在一起，流着泪，思念我们的母亲，尤其是年纪很小的弟弟和妹妹，一说起母亲，他俩就放声大哭。

那几年，我常常夜中多梦，多次在梦中见到母亲，可是不知为什么我们没有机会说话。一次我又梦见了母亲，我正要喊她时，她走了，我急急忙忙地追赶，母亲一下子不见了，我大哭，醒来后脸上满是泪水，枕头也浸湿了一大片。

我也常常梦见我去亮沙潭那座山上寻找母亲，夜里的月光模模糊糊，山中空无一人，我知道母亲被葬在那座山里，我慢慢地往山上爬，可是怎么也找不到我的母亲，我躺在荒山上，只有朦胧的月色陪伴着我。

最后两天

　　我虽然躺在床上，但一直醒着不能入睡，我惦记着躺在病床上的父亲，他从县医院回家已将近两天了，两天来，他疼痛难忍，茶水不进。

　　今年年后，父亲又一次住进了县城医院，在住院期间，我每天都要打几个电话询问父亲的病情，尤其是那天，好像是有天意的怜悯，或者说是预兆，我打的电话更多了，记得晚上七点左右，轮班守护的二妹和六妹告诉我，虽然父亲每天只能进一点米汤，但还能说话，偶尔打起精神来也还能幽默几句。同一个病室的病友要出院了，父亲不舍，叮嘱他回家要好好休养，并告诉病友，他可能住一个月就可以出院了，可怜的父亲，他根本不知道他的病情，他一直渴望着能延长生命。

　　我和妹妹通话后还不到一个小时，在医院里轮班守护他的四妹就在电话里哭着告诉我，说父亲已开始疼痛了，医生刚打了止痛的针，父亲似睡非睡，他那被疾病折磨的痛苦样子叫人看了实在揪心。医生给父亲做了检查，告诉家属，他的生命可能就剩一两天的时间，将病人抬回家还是留在医院，医生要家属拿主意。听到这个消息，我在电话里哭了起来，也听到电话那头众姊妹的哭泣声。老公打电话安慰我，说我是长女，在这关键的时候要控制住自己的情绪，可那是我的父亲，他的生命只有短暂的两天，我又远隔千里路，叫我如何不伤心悲痛，叫我又如何不放声悲哭呢？

　　医生下了病危通知之后，弟妹及妹夫们都及时赶到医院，怎么办呢？大家一时都无主张，弟妹们只好待在医院的走廊里悄悄落泪，她们一筹莫展，不知如何是好，谁又能忍心拔下输给父亲营养的吊瓶呢？如果没了吊瓶中的那几滴延缓生命的水，我们的父亲又还能活多久？虽然乡里的老人一般都想"老"在自己的故乡、自己的家里，但我们怎舍得……

弟弟给我打电话：

"大姐，父亲的脸苍白得像一张纸了，还不赶快出院，怕是来不及了。"弟弟哭了起来。

大家又考虑了许久，最后商议，父亲一生辛苦，最后还是让他在自己的家里安静两天。

"爷爷，我们今晚回家吧。"我的侄子贴在父亲的耳边轻轻地说。

"等天亮了再说吧。"等了好半响，父亲才有气无力地回答。

父亲不愿他的生命就此结束，他不甘心就这样离开我们，他想再等，等天亮了，或许有奇迹出现；他想再等，等到他好的那一天再出院，因为在来到院里的那一天他就立下誓言：

"这次我要把我的病彻底治好后再回家。"

可怜的父亲，他多么渴望再一次重生，他在求生啊！我们都知道，父亲不是不舍医院，而是不舍他的儿女，他的亲人。

"回家吧。"许久，父亲才应下这一句。

当时，父亲的神志是非常清醒的，他知道自己的病情已经加重了，或许已无法挽救，他也想"老"在自己的家里，但他没想到这一天竟然会来得那么早，他不甘心。

妹妹们背着父亲偷偷地哭了起来，没想到父亲在这个时候，竟以这样的结果离开医院，离开医院就意味着什么？谁都不愿意接受这个残酷的现实。

记得那天是正月十五，我用救护车把父亲接到了县医院，父亲由我的弟妹照顾，就在那天下午，我乘飞机飞到了东莞，当时准备过一两个星期后再回家看望父亲，临走时父亲叫我不要挂念他，院里有弟弟妹妹们照顾他就行了。我站在他面前向他许诺，今年他八十九岁生日时我一定回家给他祝寿，还要给他买一个很大的生日蛋糕，让他吹蜡烛许心愿。他也高兴地告诉我，他想在家里过生日，他还说，那一天估计有几大圆桌的客人要来呢。看他精神也好，我也放心地走了，心想他也许还有些时日。谁知我刚走四天，父亲的病竟然恶化到这种程度，我简直不能自已，听到弟妹们在电话中哭泣，电话这头的我也失声地痛哭起来。

当晚，医院用救护车把父亲送回了家。那天晚上，我也买了第二天飞往家乡的飞机票，那天是正月十九。

正月二十一的夜宁静得可怕，外面一片漆黑，星星不闪烁，月亮不发光，只有父亲房间的那扇窗透出微暗的光。我看看手机，正是凌晨一点，屋后的树林里偶尔传来一两声杜鹃的哀啼，突然远处的狗汪汪叫起来，门外又没有行人路过，狗在叫什么呢，再仔细一听，好像是狗的哭声。小时候听老人们说，如果村里有狗在哭，那准是村里有人即将去世，想到这里，我立刻披衣起床，来到父亲的病床前，这个时间段到天亮也是我和二妹、弟弟和侄子四人守护父亲的时间。

房里另外开了一个铺，是用沙发搭起来的，它就在父亲病床的另一头，但一直无人愿意躺下。病床前有一张方桌，离床沿仅一尺左右，上面盖着火被，火被下面是一个电火炉。正月初曾下过一场大雪，地面冻结过，后来又下过几场小雪，天气很冷，尤其是在夜晚。父亲躺在床上，外面挂上了蚊帐，有一面蚊帐敞开着，我们几个伏在火桌上，眼睛盯着父亲那张灰色的脸。父亲痛啊，痛得非常厉害，那样子，真是生不如死，可他咬着呀，不呻吟。我们几个给他喂了一粒止痛的药，可是不管用，再加一粒，还是不管用，病魔在无情地折磨着父亲。打止痛针吧，外面又漆黑一团，老家方圆几十里也无一家诊所，就是有诊所又有何用呢？他已属于县医院都治不了的病人了。怎么办啊！

夜莺的哀啼一声接着一声，我们心如刀绞。

我们给父亲端来茶水，可是喂不进去。

"怎么办啊，一勺子茶水都不能进了……"妹妹又哭了起来。

"爸，喝一勺茶水吧，再这样下去，您怎么撑得住呢？我们跪下求您了……"

二妹端着茶水跪在父亲床前忍不住大哭起来。我们都望着父亲，泪水一滴一滴地落在火被上，被子上湿了一大块。

外面的冷风吹打着窗格子，屋里更加冷起来。我们的视线都不敢离开父亲。

"几点了？"这是父亲细微的声音。

"三点了，爸爸，你挺住，我们已经派人去请医生准备给你打止痛针，天亮了就一切都好了，爸，你一定要挺住啊！等着天亮。"我哽咽着。

"我要……擦身。"我听到了父亲微弱的声音，他是断断续续说的。

父亲最近一月不能起床，他常对我们说，他很想坐着轮椅去外面晒晒太阳，看看门前他的那块菜园，园里的豌豆花开了没有，蔬菜长势怎样。他想看看门前的那几亩田地，因为涨了春水之后要准备整理水田，然后要准备播种，他也想看看在房前屋后顺墙垒起来的一垛垛的木柴现在还剩多少，那是去年冬天他从山那边砍来的，因为他担心我们过年回家挨冷受寒。

如今父亲想擦身，也许他想等到天亮后坐着轮椅干干净净地去迎接新一天的太阳。

我知道父亲一生最爱干净，即使在生病期间，他也很讲卫生，于是，我立刻从厨房里提来热水。父亲瘦得太厉害了，瘦得如同一根干柴，皮包骨头的手，凸出的脊柱，眼睛深深地陷下去了，大家都明白，这是我们在父亲生前最后一次给他擦身洗脸的机会了。

天还没亮，暗暗的灯光下，父亲咬着牙，脸上的肌肉在抽动，身上浸出了汗水，父亲体内的癌细胞在疯狂地吞噬他的躯体啊，我们全伏在床边，望着父亲，心如针扎。

医生来了，为了减轻父亲的疼痛，我们请求医生给父亲打了止痛针，父亲没有拒绝，或许他也希望这一针是灵丹妙药，打这一针后，天就亮了，他就不痛苦了，他就能去看外面的世界了。

"父亲，您好好地睡一觉吧，等你醒来，天就亮了，我们再给你擦身，让您坐上轮椅，到外面去看看自己的家园。"我们也在祈祷着。

父亲昏睡了，但呼吸变得越来越急促，嘴张开着，渐渐地，父亲熟睡了。

父亲再也没有醒过来。我们都围在父亲身旁，跪在床前号啕大哭起来。

"爹，爹爹呀，您要睁开眼啊，您要醒来啊。您要看看你的儿女，我们四十多年前就没了妈妈，您怎么舍得丢下我们呢，爹爹呀，我的爹爹呀……"

我们一声声地呼唤着父亲，可是，无论我们怎样呼唤，父亲再也听不到我们的声音了，父亲的眼睛永远地闭上了。

弟弟坐在床上紧紧抱住父亲不放，妹妹们伏在父亲身边撕心裂肺地哭喊，我泣不成声，握着父亲的手不愿松开，父亲的手还是热的啊！

"父亲会醒过来的，一定会醒过来的。"我们一齐哭喊着。

亲戚将我们兄妹六个从父亲身边拉开，给父亲又擦了身，换了装，在入棺之前，将父亲的遗体停放在屋内的门板上。

父亲戴着黑色帽，着一身青色的外套，一双长袜，一双青布鞋，遗体上面覆盖着一床红色的绸缎被，脸上盖着几叶黄色的纸钱（冥钱），在停放父亲遗体的旁边，我们六个泪人跪成一排给父亲一张一张地，一沓一沓地烧着纸钱。

房子里一片哭声。

杜鹃声声里

　　时值三月，又恰逢农历二月中旬，正是春天来临万物崭露头角的时候，我回到了家乡，可我无心欣赏美丽的春景，而是不知不觉地沿着那条熟悉的小路，径直朝着父亲的墓地走去。

　　父亲被葬在一个斜坡上，四面青山环抱，溪水潺潺，良田数亩。斜坡是一片绿茵茵的草地，软绵绵的浅草像一围绿色的栅栏将墓地围起来。墓地的下沿多是很深的茅草，其间也夹杂着一些小小的杂树。非人工栽培的两棵松树青翠欲滴，在常年无人涉足的这块荒地上饱经风霜，像两个铮铮铁骨的忠诚卫士，常年守护着这块荒地，自从父亲来到这里，它们就相依着与日月星辰为伴。

　　"父亲，我来看你了。"我轻轻地叫了一声，不知怎的，鼻子一酸，泪水夺眶而出，儿时的记忆像潮水般地涌上我的心头，我努力搜寻着最初的记忆。

　　我家的老房子是木柱青瓦结构式的四合院，中间有一个天井，天上的雨水和飘下来的雪花落在天井里后又从井底下消失。天井的左面有一个舂米的臼，平时用来舂米和去五谷杂粮的皮壳，到了年关，人们就把脚踏的杵卸下来，以便在碓里打糯米糍粑。

　　每年过了农历腊月二十四的小年后，家家户户便忙碌起来，炒泡米、熬糖和打糯米糍粑都是我们乡下人必做的三件大事，其中打糯米糍粑尤为重要。记得那年我还不到五岁，那天打糍粑的时候，亲戚们都来帮忙了，我也站在一旁看热闹。只见父亲和一位亲戚手中紧握一根又粗又圆的木槌，你一下我一下地打糍粑，我在旁边看得津津有味，禁不住拍手欢叫起来。糍粑的香味慢慢地从臼里溢出来，我直流口水，真想扯来一块糍粑一饱口福，正当我上前一步准备弯腰时，说时迟那时快，父亲大喝一声，我止住了脚步，吓得哭了起来，想到必有一顿责骂和被打的后果，我哭得更厉害了。

"没吓着你吧？"父亲立刻把我抱起来，"刚才那样好危险，别哭，别哭。"他用手轻轻地拍着我的背，抱着我来回走动着。

"你听，山中的鸟叫了，好听吗？"父亲边说边学着山中的鸟叫，一会儿又捏着他的鼻子模仿着小牛"哞哞"地叫起来。

听到类似小牛的声音，我破涕为笑。父亲见我恢复了常态，便端来一盆温水为我洗掉脸上的泪痕，洗净那双因贪玩而弄得脏兮兮的小手，帮我理顺挡在额头前的头发，最后，又把我抱起来。我伏在父亲的肩上，感受到一股暖流在我心中涓涓流淌，那股暖流源于父亲的怜爱，也就是从那时起，我幼小的心灵中便有了父爱如山的故事，我背靠父亲这座坚如磐石的大山上完了小学，收藏了许许多多有关父亲的慈祥和善良的故事。

六年级毕业后，为了给家里多挣点工分，我每天随同父母参加生产队的劳动，农历六月，烈日炎炎。一天，父亲正带领全队社员在大湾里给红薯锄草，我的舅爷爷忽然来到坡地，只见他老远就朝着我们大喊：

"考上了，考上了，成绩优异。"

原来，我以优异的成绩考上了县办初中。舅爷爷是一位公立学校老师，他是来送通知书的，他一边喊一边挥舞着那份通知书。父亲立刻从山坡上奔下来，接过通知书，笑得合不拢嘴，好像我中了状元似的，他的那两道眉似乎要飞扬起来。

回家后，父亲和母亲一直商议着我上学的事情，这时，亲戚邻里劝告父亲说：

"农村里的孩子老老实实地种田种地就行,几个字担不来几筐粮食,家里这么困难,还送孩子读什么书,尤其是女孩子家,长大终究是别人家的人,送她读书,那是为别人做嫁衣。"

对于这些好心的劝说,父亲总是笑着向他们解释。

在靠工分分红的年代,年终的工分决算决定我们一年的总收入,工分多,劳动日就多,劳动日多,收入就多。

那时父亲是我们家里唯一的一个全劳力,奶奶年老,母亲又体弱多病,尽管她坚持天天出集体工,可我的几个弟妹都还年幼,如果我要继续升学,这的确将给家里带来很多困难,几元钱的学费从哪里来?学习和生活用品也不知从何谈起。为了减轻家里的负担,我决定放弃学业。我把我的想法告诉了父母亲,父亲一口回绝了我的要求,父亲把我叫到跟前语重心长地对我说:

"我家祖祖辈辈无一读书人,如今你好不容易有了升学的机会,咋能放弃呢!我们就是砸锅卖铁也要让你继续升学,你考上哪里,我一定送你到哪里。"

想想我的同伴和同桌,她们连小学都没有毕业就辍学了,有的仅读过小学二年级,有的一直被关在校门外,而我的父亲为了儿女的前途,他简直是豁出去了。我从心里感谢我的父亲睿智豁达,感谢他永远站在我背后做我的坚强后盾。

父亲常常在夜晚走亲访友,为我上学做准备。他从几家亲戚中借来五元钱作为我的书费和学杂费,又找来几块木板,请木匠用竹钉钉了一个简易的小木箱(看起来像一个粗糙的工具箱),被单是舅舅家送的。父亲说:"为了送孩子读书,借钱讨米都不会丢人。"

开学那天,父亲送给我一双新草鞋,他说:"路太远,路上乱石多,光着脚丫会伤脚的。"我双手接过那双鞋,哽咽着说不出话来,父亲不知熬过多少个不眠的夜晚才编成这双草鞋。其实,父亲根本不会编草鞋,他是一百多号人的生产队队长，每天，他总是以身作则从早到晚领导全队社员劳动，晚上要为第二天全队人的生产做周密细致的安排，还要挨家挨户地走访调查一天的生产情况，常常等我们熟睡了他才回家，他还哪有时间和心思去学编草鞋呢？我们平时都习惯了赤脚出行，这次，他是熬夜学着编成的。我把那双草鞋紧紧抱在胸前，仿佛看到了在夜深人静之时，在一间简陋的小木房里，劳作了一天的父亲正借着微弱的灯光用他的心编织一双草鞋的情景。

我读的那所学校是县办公立学校，虽不在县城，但离家很远，每次只有步行，所以周末也很少回家。父亲总是抽空去看我。他说我体质差，叫人担心。母亲也常告诉我说："你爸总是惦记着你，你刚上学那阵，他总是念着你，常常夜间翻来覆去睡不着觉，有时夜间还说梦话呢。"

我也常对父亲说："爸，您就别经常来看我了，山高路远的，家里和队上的事情就够你辛苦的了，我担心您，怕您真的有一天撑不住。"

"没事，我这不是好好的吗？"每次，父亲总是反过来安慰我。

我在学校里也总是挂牵着我的家人，晚饭后每当我徜徉在校园里的时候，我总是念上一句："父母还在山上劳作呢，而我……"尤其是一到黄昏，我的脑子里总是浮出一幅图画：一队劳作的人赶着牲口，提着锄头，背着干柴正缓缓地从山坡上走下来，那迟迟未归的便是我的父亲，因为他在履行一个生产队队长的职责。

那时没有手机，全公社也只有一部电话机，重要的信息只有通过公社的那部电话传递下来，常常将消息误传。

记得一天晚自习前，一位同学飞快地跑进寝室告诉我，说我父亲看我来了，我高兴得几乎要蹦跳起来，待我正要出去时，父亲已站在我的面前。

"你不是病了吗？怎么……"父亲一副惊奇的样子。

那天下午父亲正领着几个社员筑瓦窑，有人传话给父亲说我生病了，当时父亲心急如焚，他马上安排了队上的事情后就启程了，一路上他不知道我病成啥样，心里乱糟糟的，想着想着眼睛就湿润模糊了。那时没有交通工具，就连去县城也只有靠人的脚力。父亲一路快走，不敢停歇半步。他告诉我说他最怕听见空中老鹰的叫声，他不迷信，但他心中一直默默地为我许愿，当他看见我安然无恙地站在他面前的时候，他才长长地松了一口气。这时我仔细地打量父亲，他一身灰尘，额头上还冒着汗，衬衣被汗水浸湿了一大片，父亲的眼睛告诉我，他流过泪。

天快黑了，我留不住父亲，我把父亲送到校门外，这时我才发现父亲走路一跛一跛的。

"爸，你的草鞋呢？"

原来父亲怕那双沾满泥的草鞋脏了我们的寝室，在进寝室之前就把草鞋脱掉了。

"爸，你等着，我去帮你取草鞋。"

我在寝室门外找到了那双草鞋，草鞋的耳子断了，草鞋的底上现出了一个大窟窿，草鞋上带着血，黏糊糊的。我再也无法控制住自己的感情，手里提着那双草鞋蹲在地上"呜呜"地哭起来。父亲转身寻到了我，看到我提着草鞋蹲在地上落泪，他把我扶起来像小时候那样抹去我脸上的泪水，轻轻地对我说：

"别哭，天快黑了，我得赶路去，你要好好读书，别惦记家里……"

晚自习时，我毫无心思温故知新，呆呆地望着窗外那混浊的月和几点星光，想着我的父亲，他一定正借着朦胧的月色，拖着那双受伤的脚，在山路上艰难地往回走呢，他饿了，可他还没来得及喝上一口水就走了，他的那双带着血的草鞋一定坏掉了，那双赤裸裸的脚一定在出血，那血正一点一点地滴在山路上……

我伏在课桌上，手里捧着父亲临走时留给我的那个红薯，泪水涟涟。

一阵凉风中断了我的回忆，头顶上的那只老鸦在墓地上空兜了几个圈之后哀叫几声又飞走了。墓地旁边的那几棵樱桃树，满树繁花，早已把春的信息报给了人们。樱桃树的旁边是一湾清清的溪水，那是我父亲领导村民大战三个冬春修建的一座水库，如今水库里蓄满了水，在六月的干旱季节，那一湾溪水就会哗哗地流向村民们干涸的稻田。

环望四面青山，我不禁想起了父亲领导村民们餐风饮露，开荒造林的艰苦岁月。弟弟告诉我说，父亲生前有遗言，他要用他的魂守住这座座青山和那一碧溪水，让青山常在，让溪水长流。

暮色来临，山上的松树、杉树和油茶树渐渐地隐去，四周一片寂静，唯有林中杜鹃声声啼叫，像是告慰长眠在此的老人。

我含着泪缓缓地走下墓地。

后记

我的第一本散文集《路边黄》有序但无后记，当时我将《我的2019》《路在脚下》两篇文章附录在后，算作是后记的补充，我想，《三月菊》必须有后记，因为我想和读者说说心里话。

从我识字开始，就对方块字情有独钟，也渐渐地爱上了文学，但是参加工作后一直忙于手头的事情，未能如愿。退休多年后，我想"再续前缘"，拿起笔后就一发不可收拾，有人问我："这么大把年纪了为何突发奇想与文字打交道呢？"我告诉他，文学就像一片绿色的天地，走进这片天地，你就会因绮丽的风光而被陶醉。

我的家乡在湘西，是土家族和汉族混住的地方，远隔千里的我，常常思念家乡。家乡的文化传承，家乡的一草一木，家乡的民风民俗，以及父老乡亲的勤劳和耿直的性格，无不在我的心灵中打下深深的烙印，我总想把它们写出来，因此，乡愁是我写作的动力。

我常常回忆童年的生活，在似水的流年里，童年就像一片云永远飘浮在我的眼前，童年有欢乐的时光。虽然出集体工、砍柴、放牛、扯猪草、挖药草等农活又苦又脏又累，但至今回忆起来，它像一杯清香的茶，越品越有滋味。

我常常被身边的人所感动，几年前我曾住在东莞南城时尚岛的一栋高楼上，时间刚刚接近凌晨四点，楼下的街道上就传来扫帚扫街的声音，我打开窗户，昏暗的灯光，消瘦的身影映入我的眼帘，他们就是环卫工人，默默无闻地为社会服务的底层劳动人民。我曾经在慈利县城的小巷中遇到过一位给早餐店送米粉的人，当许多人还在梦中的时候，他开着一辆破旧的三轮车，车上装着早餐店需要用的米粉，一路音乐伴随，我当时感慨：他活得多么阳光啊！

我身边的人就是我写作的源泉。

《三月菊》是我用真诚向读者讲述的来源于现实生活中的小故事，这些故事有我童年时光中的趣事，有不改乡音的情话，有对人间烟火、田园生活的描述，更有对家乡的挚爱。

写作不是三五个朋友的聚会，它需要一人独处一室静思，它必须占用你大部分的休息和娱乐的时间，它需要锲而不舍的毅力，写作的时间和精力的付出，只有写作的人才有深切的体会。我把写作当成一次心灵的旅游，一次陶冶性情的机会，只要你独处幽静的小屋，聚精会神地去写，那些抑郁、浮躁、消极等情绪就会消失殆尽，那种文字给你带来的快乐是无与伦比的。

我没有文字功底，读完初一后正赶上动荡的年代，以后的几十年都在为生活而打拼。"书到用时方恨少"，如今拿起笔来，文无章法，言辞匮乏，难以淋漓尽致地表达自己要说的话和想要叙述的事情，在写作中常常因词穷而顿笔，也常常因顿笔而懊恼。

我不善言辞，没有驾驭长篇和大题材的能力，但我坚持"原汁原味"地记录生活，力求文章的真实性。生活不全是阳光普照，它有雪雨风霜，它有甜酸苦辣，五味杂陈，如果能将这些多维的生活原原本本地展现给读者，保持文中的人物"土生土长"的原型，哪怕语言再"土"，我想，文中的人物也该是活灵活现，具有其独特性的。

朋友们说喜欢读我写的散文，他们认为我是用心、用一种深厚的感情写出来的，他们读着读着就产生了共鸣。有读者看了我的文章后说作者是否有点"多愁善感"，有的读者又告诉我说读着读着泪水不禁夺眶而出。

作者有着双重角色，先是读者再是作者，站在读者的方位上，用心、用真实的感情去写，就能产生文章所要达到的效果。我总是会把感情融于文字中，在写我的父亲和母亲时，常常是一边写一边泪水长流，文章写完，泪水浸湿了一大片文稿。

　　写作的背后总是有贵人相助，我所指的贵人则是读者，哪怕只有一位读者关注拙文，我就有无穷无尽的写作动力，因为我要写的东西是为读者服务的，不是私藏品，为读者去写作是我的初衷。

　　完成这本散文集不是我个人的能力，感谢家乡的山山水水孕育了我，感谢文中的主人公为我提供了良好的素材，也要感谢亲朋好友对我在写作上的支持和帮助。我和东莞市长安镇穗东燃气公司的小帅哥朱钟昕从未谋面，仅仅是微信上的朋友，然而在写作上他给了我多方面的帮助，从他那里我学到了许多，懂得了许多，在此向他表示衷心的感谢。《东方散文》杂志总编助理李婷老师、既是同乡又是同事的曾省阳老师、东莞市老年大学诗词鉴赏班的任课教师周玉娥老师等，都给了我很大的支持和鼓励，在此，我一并向他们致谢。

　　《三月菊》散文集即将与读者见面，我愿用质朴的文字，用我的真诚，与读者一起"采菊东篱下，悠然见南山"。

2022 年 7 月 9 日